D1395378

Zwaar verliefd!

Chantal van Gastel

ZWAAR VERLIEFD!

the house of books

Omslagontwerp en art-direction
Studio Marlies Visser

Fotografie
Chris Hoefsmit

Foto auteur
Gerry Hurkmans

Opmaak binnenwerk
ZetSpiegel, Best

www.chantalvangastel.nl
www.thehouseofbooks.com

ISBN 978 90 443 2245 3
D/2008/8899/135
NUR 340

Voor oma

1

Hij past niet. Shit, hoe kan dat nou? Het is de grootste maat in deze winkel. Ik heb geen andere keus, deze broek moet passen. Het móét.

Ik houd mijn adem in en trek aan de broekspijpen alsof ik een panty aandoe. Natuurlijk helpt dat niet. De broek is gewoon te klein. Flink te klein, zelfs. Het is zaterdagmiddag en in dit benauwde pashokje met onflatteus licht dringt voor het eerst de afschuwelijke waarheid tot me door. Ik ben te dik om nog in 'gewone' winkels mijn kleren te kopen. Ongelooflijk dat ik het zo ver heb laten komen.

Floor steekt haar hoofd langs het gordijn. 'En? Past deze wel?'

Ik kijk van de broek die halverwege mijn dijen is blijven steken naar mijn vriendin. 'Nee, ook niet. Ik snap er niets van.' Ik pak mijn eigen broek van het haakje en laat haar het label zien. 'Zie je? Maat 42. Die past me nog wel en nu kan ik niet eens een broek in maat 44 aan? Hoe kan dat nou?'

'Lukt het met passen?' hoor ik de verkoopster vanachter het gordijn vragen. Alsof ik zit te wachten op advies van een superslank meisje van zeventien.

'Het gaat prima!' antwoord ik. Ik wissel een blik met Floor. Ze houdt het gordijn weer dicht en ik trek vlug mijn oude en vooral versleten broek opnieuw aan. Nog even en hij valt van ellende uit elkaar, denk ik terwijl ik het gordijn opentrek.

De verkoopster stort zich haast op me. 'Dat is zo'n mooie broek, vind je ook niet? Ik heb hem zelf ook en hij zit heerlijk. Je kunt hem ook heel mooi combineren. Heb je die brede riem gezien die erbij hangt?'

'Nee,' zeg ik, 'ik vind hem toch niet zo goed zitten.'

Ze kijkt me aan alsof ik niet goed snik ben. 'O, anders moet je hem eens een maatje groter proberen. Dat heb ik zelf ook gedaan. Hij valt vrij klein.'

Ik onderdruk de neiging om haar toe te snauwen dat alles in deze winkel vrij klein valt wat mij betreft. Alsof ik er zelf niet aan zou denken om een grotere maat te nemen als die bestond.

'Laat maar,' antwoord ik en ik duw de broek in haar handen. 'Het is gewoon niet wat ik zoek.' Ik kijk naar Floor. 'Zullen we verder gaan?'

Eenmaal buiten kost het me moeite weer gezellig te doen. Dit is al de zoveelste winkel waar ik niet kan slagen. Ik begin door mijn voorraad vertrouwde winkeladresjes heen te raken. Wat moet ik nu? Ik heb spijt van het hamburgermenu dat ik als lunch heb gegeten, al heeft dat weinig zin. Het is slechts mijn meest recente misstap in een hele serie.

Floor heeft ook al een tijdje niets gezegd. Als ik zo doorga is de hele middag verpest. 'Wil jij nog ergens naar binnen?' vraag ik.

Ze schudt haar hoofd. 'Niet echt. We gingen toch voor jou winkelen?'

'Ja, maar dat schiet niet echt op. Ik wist niet dat ik zo dik ben...'

'Dat ben je ook niet!' roept Floor. 'Je bent niet dik. Je bent hooguit een beetje stevig. Jouw probleem is dat het allemaal aan je kont zit.'

'Wat?' roep ik uit. 'Heb ik een dikke kont?'

'Niet dik... Eerder een beetje buiten proportie. Bij jou gaat alles meteen op je heupen zitten. Van boven ben je best slank.'

'Nou bedankt,' mompel ik.
'Wees blij dat het niet overal zit. Je kunt in ieder geval leuke truitjes kopen.'
Ik antwoord niet. Vroeger was dat misschien zo, maar nu grijp ik steeds vaker naar wijdvallende bloezen en truien. Ik kan me amper herinneren wanneer ik voor het laatst een strak truitje aan gehad heb. Ik probeer juist zoveel mogelijk van mijn lichaam te verstoppen.
'Hoe dik ben ik dan?' vraag ik Floor. 'Als je me met iemand moet vergelijken?'
'Dat weet ik niet, hoor. Dat vind ik echt moeilijk, Isa.'
'Ben ik dikker dan zij?' Ik knik in de richting van een meisje dat voor de etalage van de juwelier staat. Ze ziet er heel hip uit. Ze draagt een mooie wijdlopende rok met een kaki hemdje en daarop een getailleerd jeansjack. Een roze sjaal hangt nonchalant om haar schouders en ik zie een suède riem met bloemgesp op haar heupen. Ze heeft espadrilles aan haar voeten en de roze tas met tientallen kraaltjes en applicaties matcht perfect met haar sjaal. Ze ziet er te gek uit, is ongeveer van mijn leeftijd en ze is te zwaar. Ze moet wel dikker dan ik zijn. Ze ziet er leuker uit, maar ze is echt wel wat dikker.
'Ik weet het niet, jullie zijn anders,' zegt Floor.
'Hoezo?' vraag ik verontwaardigd. Waar twijfelt ze nou over? Ze moet zeggen dat ik dunner ben. Ik kan niet geloven dat ik even dik ben als zij.
'Ze heeft een ander figuur. Ze is heel zwaar van boven. Zeker cup E of zo. Dat kan ik toch niet vergelijken?'
Ik zucht. 'Ik moet gaan lijnen. Dit kan zo niet langer.'
Floor slaat een arm om me heen. 'Maak je niet druk. Volgende week gaan we gezellig met Daphne shoppen en dan gaan we alleen naar leuke winkels. Waar ze gewone broeken verkopen in plaats van kaboutermaatjes.'

Ik zwaai Floor uit nadat ze me thuis heeft afgezet. Terwijl we in de auto zaten, belde Mas haar op haar mobiel. Ze heeft hem leren kennen tijdens het uitgaan en sindsdien kan ze bijna nergens anders meer over praten. Ik heb haar al heel lang niet zo verliefd gezien en ik hoop echt dat het iets wordt tussen die twee. Aan Floor zal het niet liggen. Ze vindt alles aan hem helemaal het einde. Zijn naam uitspreken vindt ze al geweldig. Ze heeft me uitgebreid verteld dat Mas eigenlijk een bijnaam is. Gewoon het omgekeerde van Sam. Hij wordt blijkbaar door al zijn vrienden zo genoemd en Floor ziet dat als de vondst van de eeuw. Vanochtend vertelde ze me over zijn manier van autorijden. Dat ze helemaal verliefd wordt als ze naar hem kijkt terwijl hij achter het stuur zit. Volgens Floor heeft hij een typische houding die nonchalance en zelfverzekerdheid uitstraalt. Zijn manier van bewegen als hij schakelt, moet enorm sexy zijn. Hij schijnt een ontzettend lekker ding te zijn. Helaas heb ik hem nog nooit ontmoet. Ik heb geen idee hoe serieus hij het met mijn vriendinnetje meent. Maar als Floor zo gek op hem is, moet hij haast wel deugen.

Net belde hij dus om te vragen of ze zin had om vanavond ergens met hem te gaan eten. Ze aarzelde even, wat ik aardig van haar vond, maar ik gebaarde vlug dat ze gewoon lekker met hem moest afspreken. Eigenlijk zou ik bij Floor blijven eten en daarna zouden we (natuurlijk in onze nieuwe kleren) naar onze stamkroeg gaan. In plaats daarvan zit ik nu op zaterdagavond alleen thuis. Floor is bij Mas, een nieuwe outfit kan ik voorlopig op mijn buik schrijven en ik heb ook geen eten in huis.

Ik kruip op de bank en zet de tv aan. Er is niets leuks, dus laat ik hem op Animal Planet staan. Na een tijdje begint mijn maag te knorren. Ik heb geen zin om te koken en loop naar de kast waar nog een onaangebroken zak paprikachips op me ligt te wachten. Er zit 30 procent extra in, lees ik op de verpakking. Wat maakt het ook uit. Ik eet verder toch niets.

Ik plof weer op de bank en bel mijn moeder. 'Hoi mam! Met Isa,' zeg ik terwijl ik een chipje in mijn mond stop. Er zit lekker veel paprikapoeder op. Ik stop er nog wat chipjes bij.

'Hé lieverd, ik dacht dat je bij Floor bleef eten,' zegt mam.

'Nee, dat gaat niet door,' antwoord ik terwijl ik een mooi

groot, rijkelijk bestrooid paprikachipje uitzoek. 'Er kwam iets tussen. Een jongen.'

'Wat leuk voor Floor!' roept mijn moeder. 'En heeft die jongen misschien nog een leuke vriend voor jou?'

'Mam!' roep ik met volle mond. 'Ik ben niet zo wanhopig dat ik dat meteen vraag, hoor.'

'Zo bedoel ik het ook niet,' zegt ze. 'Het had toch gekund? Dan hadden jullie samen uit kunnen gaan.'

Ik veeg mijn vingertoppen aan mijn broek af voordat ik weer in de zak graai. 'Daar ziet het niet naar uit. Misschien ga ik straks wel een dvd-tje huren.'

'Waarom kom je niet gezellig bij ons eten vanavond?' vraagt mam.

Ik kijk in de zak chips. Die gratis dertig procent is al op. 'Eigenlijk ben ik al bezig met mijn avondeten.'

'O, je bent al aan het koken,' zegt ze.

'Nee, dat ook niet precies,' antwoord ik voorzichtig. Ik heb geen zin om toe te geven dat een zak paprikachips mijn avondeten is. Mijn moeder is een kei in preken en mijn kookgedrag staat boven aan haar lijstje. Dat komt vooral omdat mijn kookgedrag voornamelijk bestaat uit niet koken. Waarom zou je ook als er van alles voor in de magnetron of in de oven is? Alsof ik nog zin heb om na een drukke dag op mijn werk een uur in de keuken te staan.

'Nou, kom dan gezellig hier eten,' zegt mam. 'Net als vroeger met z'n viertjes. Tamara eet ook thuis vanavond. Ik maak lasagne met extra kaas. Precies zoals jij het lekker vindt.'

Ondertussen is het chipspeil in mijn zak weer gedaald. Als ik nu stop met eten, kan ik nog wel een klein stukje lasagne nemen. Ik heb mijn zusje ook al een tijdje niet gezien. En mama's lasagne is inderdaad overheerlijk. Ik leg de zak chips op tafel. 'Vooruit dan.'

'O, gezellig!' roept ze uit, terwijl ze aan pap vraagt een extra bord klaar te zetten.

Ik buig me voorover om nog één handje chips te pakken. Ondertussen lach ik om de vrolijke klank in mama's stem. Ze doet niets liever dan ons allemaal flink bemoederen en ze is dolblij dat ze daar dadelijk weer de kans voor krijgt.

'Dan zie ik je zo!' zegt ze.

Ik stop de laatste chips in mijn mond en klop mijn handen af. 'Oké, tot zo!' Ik pak de zak van tafel terwijl we nog drie keer over en weer gedag zeggen. Dan loop ik naar de kast. Onderweg haal ik nog een paar keer wat chips uit de zak. Dan prop ik hem dicht. Er zit niet zoveel meer in, zie ik nu ik hem terugleg.

Een kwartiertje later sta ik bij mijn ouders voor de deur. Mijn vader doet open en de geur van lasagne komt me al tegemoet. Het is lang geleden dat ik die gegeten heb en ik ben blij dat ik toegegeven heb.

Tamara zit al aan de eettafel en ik aai over haar hoofd terwijl ik langs haar loop. 'Hé zus!'

'Isa!' roept ze terwijl ze de laatste letter van mijn naam overdreven uitrekt. 'Ik ben een uur met mijn haar bezig geweest, hoor. Laat het even zo zitten.'

'Je bent blij om me te zien, hoor ik,' zeg ik terwijl ik naast haar ga zitten. 'Wat zie je er mooi uit!' Tamara's haar zit inderdaad prachtig. Haar blonde krullen vallen soepel over haar schouders.

Ze gaat staan. 'Leuk hè? Het is nieuw.'

Ik kijk naar de zwarte strapless top, de lage gebleekte spijkerbroek en naar de enorme stilettohakken van haar pumps met zebraprint. 'Tamaar! Die schoenen! Mag ik ze zo eens passen?'

Haar schoenen zijn ook meteen het enige wat ik ooit van mijn zusje zal kunnen lenen. Ze heeft het perfecte lichaam. Haar kleding is allemaal in maatje 36, maar we hebben dezelfde schoenmaat. Mijn voeten zijn gelukkig nog niet dik.

'Hé, zou je je moeder niet eens begroeten?' vraagt mam terwijl ze met een enorme ovenschaal met dampende lasagne de keuken uitkomt.

'Sorry mam,' zeg ik. Ik geef haar een kus op haar wang. 'Ik was afgeleid door Tamara's kleren.'

Mijn moeder zet de schaal op tafel en Tamara gaat de lasagne meteen te lijf met de opscheplepel.

'Wil je wat drinken?' vraagt pap.

'Is er cola light? Ik wil een beetje op mijn lijn letten.'

Tamara wijst naar mijn broek. 'Nou dan moet je vooral doorgaan met chips eten voor je aan tafel gaat.'

Ik kijk naar de plek die ze aanwijst en zie mijn vingerafdrukken in paprikaoranje op mijn broekspijp. Ik moet toch eens leren mijn handen niet aan mijn kleren af te vegen. 'Wil jij soms een lasagnevlek op je nieuwe topje, Tamara?'

Tamara neemt een grote hap. 'Ik zeg toch niets vreemds? Je kunt wel cola light drinken, maar daar val je heus niet van af. Zeker niet als je gewoon door blijft eten.'

Ik schep een klein beetje lasagne op. 'Waarom doe je zo hatelijk?'

Ze haalt haar schouders op. 'Ik probeer je te helpen, Ies. Als je echt wilt afvallen, moet je met me meegaan naar de sportschool.'

Mijn ouders schuiven nu ook aan en pap zet een glas cola light voor mijn neus. 'Ga jij ook sporten, Isa?'

'Daar heb ik nog niet echt over nagedacht,' zeg ik terwijl ik op mijn vork vol met lasagne blaas.

'Als jij ook nog gaat sporten, zie ik je helemaal niet meer,' zegt mam terwijl ze eerst voor mijn vader en daarna voor zichzelf opschept. 'Je hebt het al zo druk. En trouwens...' Ze knikt naar mijn bord. 'Als jij zo weinig eet, hoef je ook niet te sporten.' Ze schept nog een stuk lasagne uit de schaal en legt het op mijn bord.

Ik kijk schuldbewust naar Tamara, maar ze is kennelijk niet van plan te verraden dat ik chips heb gegeten. Ze kijkt alleen geïrriteerd naar de ovenschaal. 'Hé mam, je moet nog wel een tweede portie voor mij overlaten, hoor!'

'Ik begrijp niet dat jij zo'n magere spriet blijft,' zegt pap. 'Je eet nog meer dan ik!'

'Inderdaad!' beaam ik gretig. Hier kan ik uren over doorklagen. Het is ook zo oneerlijk.

'Je kunt niet alles hebben,' zegt Tamara. 'Jij hebt een goed stel hersens en een mooie carrière en ik ben gezegend met een snelle spijsvertering.'

'Ik weet eerlijk gezegd niet waar ik meer plezier aan zou beleven,' mompel ik.

Tamara wijst met haar vork in mijn richting. 'Jij zou nooit tevreden zijn met een winkelbaantje. En doe maar niet zo onverschillig. Ik weet zeker dat elke man onder de indruk is als je vertelt dat je dierenarts bent.'

'Ze zijn in ieder geval onder de indruk als ik vier keer in één date word opgepiept wegens een spoedgeval.'

'Weinig mensen hebben bereikt wat jou op deze leeftijd al gelukt is, lieverd,' zegt mijn moeder. 'Dat komt ook omdat je zo hard werkt. Daarom denk ik dat sporten niet ook nog in je onregelmatige werkrooster past. Straks heb je helemaal geen tijd meer om te genieten. Je sociale leven moet er niet onder lijden.'

'Mam! Van sporten zal ze echt niet slechter worden, hoor. Ik heb er juist een leuker sociaal leven door gekregen. En weet je wel hoeveel leuke mannen er op de sportschool zitten?'

Ik glimlach. 'En voor wie heb jij je vanavond zo opgetut?'

'Voor mezelf!' antwoordt ze. 'Ik ga lekker stappen met de meiden. Heb je ook zin om mee te gaan?'

'Nee.' Ik lik wat bechamelsaus van mijn vork. 'Ik blijf nog even hier en dan ga ik lekker vroeg naar bed.'

'Jeetje, je bent 26! Doe eens gek, mens. Leef je uit! Nu kan het nog. Ga nou mee dansen met je kleine zusje.'

Ik eet stug door. 'Nee, moet je zien hoe fantastisch jij eruitziet. Moet ik daar zo naast gaan lopen?' Ik knik naar beneden, naar mijn oude versleten broek die vandaag de hoofdrol in elke conversatie lijkt te spelen.

'Dan leen je iets van Tamara,' oppert mijn vader.

Ik kijk hem aan alsof hij gek geworden is. Even denk ik dat hij een grapje maakt, maar zijn gezichtsuitdrukking is serieus. Hij meent het echt. 'Wat dan? Twee broeken? Voor ieder been een?'

'Kom op Isa, zo erg is het niet,' zegt mam.

Opeens heb ik geen honger meer. Ik leg mijn vork neer. 'Jawel. Zo erg is het wel. Vandaag ben ik gaan winkelen met Floor en ik pas niet meer in maat 44.' Ik hoor het zelfmedelijden in mijn stem. Ik vind het erg zielig voor mezelf, maar als ik opkijk, lijkt alleen Tamara onder de indruk van wat ik net heb gezegd.

'Dan neem je maat 46,' zegt mijn vader simpel.

Tamara kijkt me aan. 'Je moet echt gaan sporten, Ies.'

'Onzin!' vindt mijn moeder. 'Er zijn genoeg leuke kleren voor jou te vinden. Daarvoor hoef je echt niet af te vallen. Ik ben een stuk dikker dan jij en ik heb ook kleding genoeg.'

'Mam, jij ziet er wel leuk uit in die kleren, maar ik wil eruitzien zoals Tamara. Ik wil in andere winkels kopen dan jij.'

'Je ziet Isa toch niet zo'n grotematenwinkel binnenstappen, mam?' zegt Tamara spottend. 'Jij gaat ook niet bij hippe kledingzaakjes shoppen. Als ik iets van mijn werk meebreng, vind je het altijd te modern.'

Ze haalt haar schouders op. 'In de winkels waar ik kom, zou Isa ook prima kunnen slagen.'

Tamara kijkt me aan en rolt met haar ogen. 'Ik heb nog wel ergens een inschrijfformulier van de sportschool voor je,' zegt ze. 'Ga je dat nog opeten?'

Ik schud mijn hoofd en schuif mijn bord naar haar toe. Beteuterd neem ik kleine slokjes van mijn cola light en Tamara eet de rest van mijn lasagne op.

Ik ben weer thuis. Ik heb de hele avond bij mijn ouders op de bank voor de televisie doorgebracht. Het was gezellig en ik zit propvol. Mijn moeder had allerlei lekkere toastjes gemaakt.

Ik was van plan om er maar één te nemen, maar er stond zoveel lekkers op tafel. Allemaal luxe dingetjes die ik voor mezelf niet zo snel in huis haal zoals paté, Franse kaasjes, filet americain en zalmsalade. Het zou toch gewoon zonde zijn geweest als ik niets van dat lekkers genomen had? Dan had mam alles weg moeten gooien.

Ik zie dat het lichtje van mijn voicemail knippert. Er staat een kort berichtje van Daphne op. Ze heeft van Floor gehoord dat we volgende week gaan winkelen en ze heeft er nu al zin in. Ik overweeg om haar terug te bellen, maar zie op mijn horloge dat het al halfeen is. Een beetje laat.

Het tweede berichtje is van Floor. Ze vindt het heel erg dat ze me vanavond in de steek heeft gelaten, maar ze heeft de mooiste avond van haar leven gehad en ze zal me altijd dankbaar blijven. Daar doe ik het allemaal voor, natuurlijk.

Ik loop naar boven en trek mijn pyjama aan. Ik wil meteen in bed duiken, maar bedenk dan dat mijn broek vies is. Ik kijk in mijn kast of er nog iets hangt wat ik morgen aan kan. Die grijze broek misschien? O nee, die naad was helemaal losgeraakt. Die zou mama nog voor me repareren.

Mijn spijkerbroek zit veel te krap. Daar hangt een hele vetrol overheen. Als ik hem nog aan krijg, tenminste. Het is al een tijd geleden dat ik dat heb geprobeerd. Wat heb ik verder nog?

Die linnen broeken zijn nu echt te koud voor buiten... Een rok is niet handig... O, verdorie!

Ik gris mijn kleren van de vloer en loop ermee naar de wasmand, waar ik nog wat donkere kledingstukken verzamel. Ik stop de hele handel in de wasmachine en zet hem aan. Van mijn moeder mag ik 's nachts geen apparaten laten draaien, maar ik heb weinig keus. Ik zal morgen toch iets schoons aan moeten. Nu ik toch zo actief bezig ben, loop ik naar de badkamer om mijn make-up netjes van mijn gezicht te halen en poets ik mijn tanden. Dan kruip ik eindelijk in bed en ik val als een blok in slaap.

Ik heb het gevoel dat het pas een paar seconden later is als ik ruw gewekt word door mijn mobieltje op het nachtkastje. Het duurt even voor ik besef dat het mijn telefoon is die rinkelt. Even heb ik geen idee waar ik ben, waar het geluid vandaan komt en welke dag het is. Dan kijk ik op de klok en zie ik dat het ongeveer twee uur later is. Ik draai me om en pak mijn telefoontje. 'Stijn' staat er op het schermpje. Stijn loopt stage in onze kliniek. Dit weekend is hij oproepbaar, wat min of meer impliceert dat ik oproepbaar ben. Stijn kan veel zelfstandig afhandelen, maar uiteindelijk blijven wij verantwoordelijk. Ik heb hem daarom op het hart gedrukt dat hij me altijd mag bellen als hij ergens mee zit. Ik had natuurlijk niet verwacht dat het nodig zou zijn. Ik hoop voor hem dat het geen administratief detail is waarmee hij me lastigvalt en neem op.

'Sorry Isa,' ratelt hij onmiddellijk als hij mijn stem hoort, 'ik weet dat het weekend is, maar ik krijg net een spoedgeval aan de telefoon en die man was helemaal in paniek en ik weet bij god niet wat ik moet doen en ik vind het zo erg dat ik jou nu uit je bed moet bellen, maar die man was zo overstuur en ik denk ook echt dat het ontzettend ernstig is...'

Omdat ik begin te vermoeden dat er nooit een einde aan zijn zin zal komen, onderbreek ik hem. 'Stijn. De symptomen, graag.' Ik knip het licht aan en zwaai mijn benen uit bed.

'Labrador van vijf jaar in goede conditie heeft ademhalingsproblemen. Verhoogde hartslag. Diarree. Rillingen. Hijgen. Volgens de eigenaar kan het dier niet meer op zijn poten staan. Het beest was erg opgefokt, maar lijkt nu weg te sukkelen.'

'Shit, dat is niet goed. Klinkt als vergiftiging,' zeg ik. 'Ik bel je terug zodra ik in de auto zit. Zorg dat je zijn adres bij de hand hebt. Zeg tegen die man dat ik onderweg ben. Als de hond nog goed bij is, kan hij proberen Norit toe te dienen. Of zuurkool om hem te laten braken. Weet je waarmee het dier vergiftigd kan zijn?'

'Nee, weet ik niet.'

'Oké. Ik kom eraan. Ik ben al weg, Stijn. Ik bel je zo terug.'

Ik wil mijn kleren aanschieten die ik gewoonlijk nog naast mijn bed heb liggen, maar die heb ik natuurlijk in de was gedaan. Ik heb geen tijd om iets te verzinnen, dus pak ik snel een wijde sportbroek (die voor alles behalve sport wordt gebruikt) uit de kast. Ik trek een T-shirt met lange mouwen aan en daarover mijn doktersjas. En nu snel wegwezen.

In de auto laat ik alles wat Stijn verteld heeft bezinken. Ik herhaal het hardop voor mezelf zodat ik niets over het hoofd zie. Een jong dier, in topconditie, gezond gewicht. De symptomen klinken ernstig. Vooral de plotselinge versuffing baart me zorgen. Die hond zit in de problemen en ik hoop echt dat ik er op tijd bij ben.

Als ik de straat in kom rijden, zie ik nog maar in één huis licht branden. Ik stop, stap uit, ren naar de voordeur en nog voor ik aanbel wordt de deur voor me opengedaan. Ik verwachtte een oudere man, maar hij blijkt ongeveer van mijn leeftijd te zijn. Hij is knap. Niet zomaar een beetje, maar echt ongelooflijk knap. Hij is het type man waar je meteen slappe knieën van krijgt. Het soort waar je naar moet blijven kijken, waar je je ogen niet vanaf kunt houden.

Aan de blik in zijn ogen zie ik dat hij helemaal van streek is en ik probeer mijn professionaliteit te hervinden.

'Het gaat niet goed met mijn hond,' zegt hij terwijl hij met grote passen terug naar de huiskamer loopt. Ik sluit de deur achter me en volg hem. Hij zit al naast zijn hond, die op een fleece deken op de grond ligt. Het is een prachtige chocoladebruine labrador en hij ligt er inderdaad niet erg florissant bij. Ik zie dat het dier gebraakt heeft en hij kijkt niet helder uit zijn ogen.

Ik aai de hond over zijn kop en praat zachtjes tegen hem. 'Hoe heet hij?'

'Bo.'

'Hé Bo, wat is er allemaal met je aan de hand?' vraag ik. Ik kijk naar de man naast me. Hij heeft al zijn hoop op mij gevestigd. 'Ik heb begrepen dat hij erg onrustig was. Hij heeft overgegeven en diarree gehad?'

'Ja,' antwoordt hij. 'Ik dacht dat het wel meeviel, maar nu is hij ineens zo zwak. En hij beeft helemaal. Net probeerde hij op te staan, maar dat lukte hem niet.'

'Het klinkt vrij ernstig,' zeg ik eerlijk. 'Het lijkt op vergiftiging. Heb je enig idee of hij iets geks binnengekregen heeft? Heeft hij op een plant geknauwd of in een keukenkast zitten snuffelen? Heeft hij buiten ergens aan gezeten? In de tuin of tijdens het uitlaten misschien?'

Hij schudt driftig zijn hoofd. 'Dat kan ik me niet voorstellen.'

Ik denk na. Veel tijd heb ik niet. Ik moet actie ondernemen, maar ik heb geen idee wat de hond heeft binnengekregen. Toch komt dit ziektebeeld me bekend voor. Wat kan het nou zijn? Ik kijk de kamer rond. Opgeruimd. Geen planten op de grond. Een hondenmand. Een kluif. Een kauwspeeltje. Zijn hondenriem ligt klaar. Op tafel liggen sleutels en een mobieltje. Op de salontafel liggen handdoeken. Naast Bo ligt een gebruikte handdoek waarmee zijn braaksel weggeveegd is. Ik krijg een idee en kijk in de handdoek. Ik hoop iets te vinden wat me in de juiste richting kan wijzen. Er is niets vreemds aan zijn braaksel te zien, hoewel... Als ik goed kijk, zie ik bruine slijmdraden. 'Chocolade,' mompel ik.

'Wat?' vraagt de man verbaasd.

'Heb je chocolade gegeten?'

'Nee,' zegt hij. Hij heeft geen idee waar ik heen wil.

Ik kijk nog eens rond. Onder de tafel glinstert iets. Ik buig me voorover en pak het op.

Ik herken het meteen. Het is een stukje van een wikkel. Een wikkel waar ze snoep in verpakken. Chocolade om precies te zijn. Ik herken de kleuren van het logo. Het is toevallig mijn lievelingsreep. En ook die van Bo, vermoed ik zo.

Ik spring op. 'Bo heeft het in ieder geval wel gegeten. Dit is een papiertje van een chocoladereep en chocola is puur vergif voor honden. Ik moet weten of hij chocola heeft gegeten.'

Hij haalt zijn schouders op. Opeens krijg ik een ingeving en ik loop naar de hondenmand. 'Kan iemand het hem gegeven hebben? Iemand die bij je woont? Je vriendin misschien?' Zo slinks ben ik wel. Als ik erachter kan komen of hij bezet is, terwijl ik Bo help, kan het geen kwaad. Er is niets mis met twee vliegen in een klap vangen. Ik kniel voor Bo's mand.

'Nee,' antwoordt hij. 'Ik heb geen vriendin... Ik weet niet hoe...'

'Ik heb het!' roep ik. In de mand ligt het restant van de reep. Hij is bijna helemaal op. Het kleine stukje dat nog over is, is helemaal afgesabbeld.

'Hoe kan dat nou?' stamelt hij. 'Ik snap het niet... wat...'

Ik ga terug naar Bo. 'Er zit een stofje in chocolade, theobromine, waar honden absoluut niet tegen kunnen.'

Maar je vindt het zo lekker, hè? zeg ik in gedachten tegen de hond. Als ik iets begrijp, is het dat wel. 'Heb je enig idee wanneer hij die chocolade heeft gegeten?' vraag ik.

'Ik weet niet hoe hij eraan gekomen is. Ik ben vannacht weggeweest en toen ik thuiskwam was hij zo. Ik weet het echt niet.'

'Hij moet naar de kliniek,' besluit ik. 'Er is geen specifiek antigif, maar ik kan hem daar wel beter behandelen. Vind je dat goed?'

Hij knikt.

'Kun je me helpen hem op te tillen?'

'Ja, natuurlijk. Wacht maar. Ik doe het wel alleen.'

Ik vouw de handdoek met braaksel dicht en sta op. 'Als je hem alleen kunt tillen, zorg ik ervoor dat hij meteen mijn auto in kan.' Het lukt hem natuurlijk gemakkelijk alleen. Zijn armen zijn behoorlijk gespierd, zie ik. Nogal stom van mij om te denken dat ik moet helpen dragen. Ik loop voor hem uit naar de auto en hij legt Bo bij mij op de achterbank. 'Ik heet Isa, trouwens.'

'Ruben,' antwoordt hij op de automatische piloot.

'Ik ga je hond beter maken, Ruben.'

Hij kijkt me aan en ik zie dat hij me gelooft. Ik hoop maar dat ik die belofte waar kan maken. Ik hoop het echt.

Met Bo op de achterbank scheur ik naar de kliniek. Ik heb het idee dat hij nog iets suffer aan het worden is. Hij is nog niet echt opgeknapt van het braken. Waarschijnlijk zit de chocolade al in zijn darmstelsel en van daar uit wordt het steeds opnieuw in het bloed opgenomen. Het duurt uren voor een stof als theobromine uit de bloedsomloop is verdwenen en de lever kan het nauwelijks afbreken. Het maakt me nerveus en de dwingende koplampen van Ruben in mijn binnenspiegel maken de situatie niet relaxter. Hij jaagt me op zonder rekening te houden met het feit dat we in een woonwijk met verkeersdrempels rijden. En ik heb ook nog een doodzieke hond op de achterbank die niet veel meer kan hebben. Het zal me toch niet gebeuren dat een kerngezond dier me ontglipt door een stuk chocola? Zeker niet nu ik Ruben min of meer heb verteld dat het goed gaat komen. Waarom doe ik dat ook? Ik moet onderhand toch weten dat ik zulke dingen niet kan beloven. Ik moet afstand bewaren. Ik mag niet persoonlijk betrokken raken bij dit soort dingen, maar het ontroerde me zo toen ik Ruben met die zieke hond in zijn armen zag. Ik kan zien dat hij echt om het dier geeft. Hij had hem ook aan mij mee kunnen geven, maar hij stond erop om achter me aan naar de praktijk te rijden.

Ik rijd de parkeerplaats op en zet mijn auto bij de zij-ingang. Zo ben ik meteen dicht bij de behandelkamer. Ik wil niet nog meer tijd verliezen. Nog voor ik goed en wel uit de auto ben gestapt, staat Ruben naast me.

'Ik wist niet dat honden geen chocolade mochten. Anders had ik het niet laten slingeren.'

Hij kijkt me gekweld aan.

'Veel mensen weten dat niet,' zeg ik terwijl ik omloop en het portier open om Bo uit de auto te halen. Ik zoek naar mijn sleutels. 'Ik ga even een draagbaar halen om hem naar binnen te brengen.'

Als ik de deur opendraai en omkijk, staat Ruben alweer met Bo in zijn armen achter me. We lopen door de gangen en ik knip gaandeweg de lichten aan.

'Mijn buurjongetje kwam vanavond langs om die repen te verkopen,' zegt Ruben met een stem vol schuldgevoel. 'Ik stond op het punt om weg te gaan en ik heb die reep zo op tafel gegooid. Als ik het had geweten...'

'Ruben, je hoeft je niet schuldig te voelen,' antwoord ik terwijl ik de deur van de behandelkamer open. 'Er zijn heel veel mensen, zelfs dierenartsen, die niets van chocoladevergiftiging bij honden weten. Leg hem maar op de tafel. Ik ga hem meteen een infuus geven. Misschien is het beter als je buiten wacht.'

'Ik wil er liever bij blijven.'

Ik kijk hem even aan en vraag me af of hij ertegen zal kunnen. 'Oké, maar je mag me niet in de weg lopen. En ik moet je waarschuwen. Het is waarschijnlijk geen prettig gezicht.'

Hij knikt. Ik ga aan het werk. Allereerst dien ik de hond actieve kool toe.

'Wat doe je?' vraagt Ruben terwijl hij vlak achter me komt staan.

'Ik zal je precies uitleggen waar ik mee bezig ben, maar je moet me wel de ruimte geven om mijn werk te doen,' antwoord ik. Ik verbaas me over het toontje in mijn stem. Sinds wanneer doe ik zo autoritair tegen ongelooflijk knappe mannen? Ruben lijkt het echter meteen te accepteren en doet een stapje terug.

'Ik geef hem Norit,' leg ik uit. 'Dat zal helpen het gif af te breken. Hoe eerder het uit zijn lichaam is, hoe beter.' Tot mijn opluchting werken Bo's slikreflexen nog redelijk, ondanks het feit dat hij niet goed bij bewustzijn is. Ik moet en zal voorkomen dat het dier in coma raakt. Terwijl ik een infuus bij Bo aanleg, praat ik verder. 'Ik verbaas me eerlijk gezegd nogal over de heftige reactie die hij nu vertoont. Ik heb de hoeveelheid chocolade gezien en voor een hond van Bo's formaat zouden de symptomen niet zo ernstig hoeven zijn. Ik denk dat hij een chocoladeallergie heeft.'

Ik loop naar de medicijnkast. 'Ik ga hem bètablokkers geven,' zeg ik. 'Hij heeft een extreem hoge hartslag en dit zal hartritmestoornissen tegengaan.' Ik bepaal de juiste dosis en dien Bo de medicijnen toe. Ik houd diazepam achter de hand voor het geval hij straks ook nog epileptische aanvallen krijgt. Ik hoop van harte van niet. Dit beestje heeft het nu al moeilijk genoeg en ik ben bang dat hij niet veel meer kan hebben. Die informatie deel ik nog maar niet met Ruben. Eerst afwachten of de behandeling aanslaat. Ik kijk naar de monitor waarop ik Bo heb aangesloten en zie dat zijn hartslag stabiliseert.

Ruben staat nog steeds op een afstandje toe te kijken. Hij heeft tranen in zijn ogen. Hij is echt enorm geschrokken. Ik zie dat hij een beetje trilt en schuif een hoge kruk naast de behandeltafel waarop Bo ligt. 'Ga maar bij hem zitten. Ik kan even niets meer voor hem doen. Misschien wordt hij rustiger als jij tegen hem praat.'

Ruben gaat zitten en aait Bo over zijn kop. 'Sorry jongen,' fluistert hij, 'het spijt me echt...'

Bo slaat zijn ogen even naar zijn baasje op en laat ze dan weer langzaam dichtvallen.

'Het is een heel goed teken dat hij reageert. Hij is nog niet bewusteloos,' zeg ik.

Ruben knikt. Hij lijkt niet echt overtuigd. Eigenlijk ziet hij er doodongelukkig uit en een golf van medelijden gaat door me heen. Dan kijkt hij me aan. 'Hij komt er toch echt wel bovenop, hè Isa?'

Ik weet niet of het de blik in zijn ogen is of de intensiteit waarmee hij me aankijkt of gewoon het simpele feit dat hij mijn naam uitspreekt, maar opeens sta ik daar niet meer als dierenarts, maar puur en alleen als Isa. Als mezelf. De professionaliteit waarachter ik me zo graag verschuil, maakt plaats voor onzekerheid. Niet zozeer vanwege de conditie van de hond, want ik weet dat ik de juiste stappen heb ondernomen. Maar ik sta hier in het felle licht van de tl-buizen met de leukste en knapste man die ik ooit heb gezien en ik draag een oude uitgelubberde joggingbroek. Ik ben zo mijn bed uitgerold, heb geen make-up op en mijn haar zit met een elastiekje vastgefrut in iets wat noch een staart, noch een knot genoemd kan worden. Ik zie er slechter uit dan in mijn ergste nachtmerrie en in deze toestand ontmoet ik Ruben. Iemand die waarschijnlijk toch niets in me zou zien, al zag ik er op mijn best uit.

'Isa?' vraagt Ruben en ik merk dat hij mijn zwijgen als een slecht teken opvat. De paniek vlamt op in zijn ogen.

'Sorry,' zeg ik snel. 'Ik was in gedachten, maar het gaat naar omstandigheden heel goed met Bo. Zijn hartslag is onder controle, hij zakt niet dieper weg... Zelfs het beven wordt al minder. Het komt vast goed.'

Hij slikt. 'Als hij doodgaat, is het mijn schuld. Ik heb die chocolade laten liggen en ik ben de hele avond weggeweest. Als ik eerder had gezien dat het zo slecht met hem ging...'

'Luister Ruben, het is prima dat je je verantwoordelijk voelt voor je hond. Maar je hebt heel goed voor hem gezorgd. Je hebt de signalen dat er iets mis was herkend, je hebt hulp ingeroepen toen het slechter ging en je hebt hem laten overgeven. Zonder die drie dingen zou hij nu in coma liggen. Bo mag zich gelukkig prijzen dat jij voor hem zorgt. Dat meen ik echt.'

Een opgeluchte glimlach doorbreekt de spanning op zijn gezicht. 'Dank je,' zegt hij.

Ik haal mijn schouders op. 'Het is de waarheid.'

Er valt een stilte en Ruben blijft me aankijken. Even heb ik het gevoel dat er iets in de lucht hangt tussen ons. Het is belachelijk natuurlijk. Waarom zou hij iets in me zien? Ik voel me ongemakkelijk bij mijn eigen gedachten. Straks merkt hij het nog. Dat is wel het laatste wat ik kan gebruiken.

'Ik moet even mijn collega bellen,' zeg ik. 'Om hem op de hoogte te houden. Hij was ook behoorlijk geschrokken van je telefoontje.'

'Oké,' zegt hij. 'Maar ben je dan wel in de buurt? Ik bedoel voor als er iets met Bo is.'

'Ja, natuurlijk. Geef maar een gil als er iets verandert. Ik ben zo terug.' Terwijl ik naar mijn kantoortje loop, trek ik het elastiek uit mijn haar en kam ik mijn haren met mijn vingers een beetje los. Daarna bind ik het wat netter vast in een normale paardenstaart. Ik ga aan mijn bureau zitten en toets het nummer van Stijn in.

Als hij opneemt, hoor ik aan zijn stem dat hij alweer sliep. Erg betrokken. Ik leg de situatie uit en vraag of hij morgen in de kliniek aanwezig kan zijn. Ik wil Bo nog niet alleen laten. Stijn vindt het goed. Kan hij ondertussen voor zijn tentamens studeren. Nadat ik heb opgehangen, zie ik op de klok tegen de muur dat het al vier uur is geweest. Ik ben doodop. Ruben zal dat ondertussen ook wel zijn. We kunnen allebei wel een kop koffie gebruiken, denk ik zo.

Onderweg naar het keukentje werp ik eerst nog een blik in de behandelkamer. Ruben zit voorovergebogen tegen Bo te fluisteren. Hij heeft niet eens door dat ik in de deuropening sta. Ik maak niet vaak mee dat mannen van zijn leeftijd zo veel om hun huisdier geven.

Opeens kijkt hij om en hij ziet me staan. Ik schrik en voel dat ik rood word. 'Wil je misschien koffie?' vraag ik vlug.

'Graag,' antwoordt hij.

Snel loop ik door naar de keuken, waar ik de koffieautomaat aanzet. De bekertjes lopen vol en ondertussen kijk ik in het make-upspiegeltje dat mijn assistente op tafel heeft laten liggen. Ik kan wel een laagje poeder en een vleugje mascara gebruiken, zie ik. Ik weet dat Vivian altijd een lippenstift en een oogpotlood heeft liggen. Ik open de keukenlade waarin ze haar voorraadje reservemake-up bewaart. Maar het staat natuurlijk hartstikke stom als ik nu helemaal opgetut terugkom. Dan denkt hij vast dat ik hem zie zitten. Wat ook zo is, dus op zich zou dat niet zo erg hoeven zijn. En ik moet natuurlijk die joggingbroek compenseren. Waarschijnlijk merkt hij het niet eens. Hij denkt nu alleen aan Bo en mannen zijn nooit zo gericht op details.

Ik pak een transparante lipgloss en doe een laagje op mijn lippen. Daarna doe ik ook nog maar wat mascara op. Er is toch niets mis mee om er een beetje verzorgd uit te zien in het bijzijn van een klant?

'Wil je trouwens iets in je koffie?' vraag ik als ik met de bekertjes weer de behandelkamer in loop.

'Nee hoor,' zegt hij en hij neemt een bekertje van mij aan. 'Ik drink het liefst zwarte koffie.'

Ik roer in mijn bekertje. 'Ik drink alleen koffie met suiker en melk. Anders lust ik het niet. Ik ben meer een theedrinker, geloof ik.'

Hij lacht. 'Ik lustte het ook nooit zwart, maar ik heb het mezelf aangeleerd. Vond ik stoerder.'

Ik moet nu ook lachen. Hij zou zelfs ranja stoer kunnen maken.

'Heb je Bo al van kleins af aan?' vraag ik om het gesprek op gang te houden.

Hij neemt een slokje en knikt. 'Ja. Ik heb hem helemaal zelf opgevoed. Je zou het zo misschien niet zeggen, maar hij kan best veel. Ook trucjes en zo. En hij luistert heel goed. Ik ben met hem op cursus geweest toen hij nog een puppy was.'

'Je kunt zien dat jullie een bijzondere band hebben.'

'Daarom vind ik dit ook zo erg. Hij is niet zomaar een hond. We zijn echt maatjes. Bo is onvervangbaar, hij moet beter worden.'

'Hij reageert erg goed op de medicijnen,' zeg ik. 'Ik heb er alle vertrouwen in. Ik wil hem nog wel even hier houden voor het geval zijn toestand verslechtert.'

'Verwacht je dat dan?'

'Nee, helemaal niet. Maar ik wil op alles voorbereid zijn. Hier kunnen we meteen ingrijpen als er iets aan de hand is.'

'Hij ziet er toch al beter uit?'

'Zeker. Maar hij heeft een flinke opdonder gehad, daar zal zijn lichaam van moeten herstellen. Hij heeft nu vooral veel rust nodig en ondertussen houden wij hem goed in de gaten.'

Ruben knikt. 'Als het nodig is, dan moet het maar.'

'Het is echt het beste voor hem.'

'Hoe lang moet hij dan blijven, denk je?'

'Dat ligt eraan. Als hij vannacht stabiel blijft en morgen weer een beetje op krachten komt, verwacht ik dat je hem maandagochtend wel weer kunt ophalen. Zullen we voor maandag in ieder geval een afspraak maken?'

'Ja, dat is goed.'

Ik sta op en loop naar mijn kantoor om mijn agenda te pakken. Ging het in het dagelijks leven ook maar zo gemakkelijk om iets af te spreken met een man als Ruben. Zullen we iets gaan drinken, Ruben? Ja, dat is goed. Het klinkt simpel genoeg.

'Maandagochtend halftien?' vraag ik als ik terug ben.

Hij knikt. 'Oké.'

Ik noteer de afspraak in mijn agenda en leg hem terug op mijn bureau. 'Isa?' hoor ik opeens paniekerig uit de behandelkamer. Ik loop snel terug. 'Ja?'

'Hij ligt nu wel erg stil...'

Ik controleer Bo's ademhaling en hartslag.

'En zijn tong hangt zo raar uit zijn bek...'

'Dat is normaal,' antwoord ik. 'Hij is een beetje bedwelmd

door de medicijnen, maar verder gaat alles goed. Hij slaapt gewoon.'

Ruben lacht opgelucht. 'Oké. Gelukkig.'

'Misschien moet jij dat ook maar eens gaan doen. Bo slaapt nu waarschijnlijk toch eerst het klokje rond.'

'O sorry,' zegt hij. 'Jij wilt natuurlijk ook naar huis.'

'Nee, daar gaat het niet om,' antwoord ik. 'Ik laat hem nu toch niet alleen. Ik word over een paar uur afgelost door mijn collega. Tot die tijd blijf ik op hem passen. Slapen zit er vannacht voor mij niet meer in.'

'Het spijt me.'

'Dat hoort allemaal bij mijn werk. En ik doe het graag als ik daarmee een hond als Bo kan helpen. Geen probleem. Maar jij mag nu wel naar huis gaan. Kun je nog een paar uur slapen.'

Hij kijkt eerst op zijn horloge en dan via Bo naar mij. 'Vind je het erg als ik ook hier blijf? Ik begrijp het wel als het niet kan. Het hoort misschien niet zo. Maar ik vind het nogal oneerlijk als jij je nachtrust moet opofferen om op mijn hond te letten. Ik ben degene die hem ziek heeft gemaakt, dus als jij de dupe bent, kan ik net zo goed ook de dupe zijn. Toch?'

Ik glimlach. 'Dat is heel aardig van je. Maar het hoeft echt niet.'

'Weet ik. Maar als ik het nou wil?'

Ik haal mijn schouders op. 'Als jij het wilt, dan heb ik daar geen problemen mee. Weet je het zeker?'

Hij knikt. 'Ik kan heel nuttig zijn. Ik kan koffie voor jou gaan halen. Met suiker en melk, natuurlijk. Kan ik tenminste iets terugdoen.'

'Dat hoeft niet, hoor. Het is mijn werk. Wacht maar tot je de rekening krijgt.'

Hij lacht. Niet zomaar beleefd, maar alsof ik zojuist de leukste mop heb verteld die hij ooit gehoord heeft. Ik lach ook en ik merk dat ik bloos.

'Het mag dan je werk zijn, maar wat je vannacht hebt gedaan, gaat wel wat verder dan wat je verplicht bent als arts. Je bent erg bekwaam... En ontzettend lief voor Bo.'

Ik bloos nu nog erger.
'Ik vind het vervelend voor jou dat je wakker gebeld bent,' gaat hij verder. 'Maar voor mezelf ben ik blij dat jij degene bent die Bo heeft geholpen.'
Daar zit ik dan. Midden in de nacht met een doodzieke hond en een bloedmooie man, in mijn joggingbroek en met een slaperig hoofd. En volgens mij ben ik smoorverliefd.

2

Om kwart over zeven die ochtend laat ik Ruben uit. Stijn is zojuist gearriveerd en hij doet alsof hij bij de balie nuttig werk verricht. In werkelijkheid rommelt hij gewoon wat in de buurt van Ruben en mij zodat hij kan horen wat we zeggen.

Ik geef Ruben een hand, wat ik achteraf een beetje stijfjes vind. We hebben net een hele nacht samen over zijn hond gewaakt, die in een bench op een warme deken zijn roes uitsliep. Ondertussen hebben we over van alles en nog wat gekletst en nu geef ik hem keurig een hand. Niet dat er iets mis is met zijn handdruk. Integendeel. Het voelt krachtig, maar niet *te*. En ik raak hem tenminste aan. Heel voortvarend van mij, al zeg ik het zelf.

'Tot morgen,' zeg ik.

Hij glimlacht. 'Goed op Bo passen, hoor. Ik wil hem morgenvroeg meteen mee naar huis nemen.'

'Ik doe mijn uiterste best,' antwoord ik.

'Weet ik. Ik zie je morgen weer.'

Ik knik en Ruben draait zich om en loopt naar zijn auto. Stijn komt naast me staan en kijkt hem na.

'Nogmaals bedankt, trouwens!' roept Ruben voor hij in zijn auto stapt en het parkeerterrein afrijdt. Ik zwaai nog even en sluit de deur van de kliniek. Stijn kijkt me met een grote grijns aan. 'Jij bent zeker wel blij dat ik je vannacht gebeld heb?'

'Zou jij blij zijn als je al bijna vierentwintig uur niet geslapen hebt?'

'Nou, als ik de nacht met zo'n man zou hebben doorgebracht, zou ik niet ontevreden zijn.' Stijn is homo en hij heeft de neiging zich te bemoeien met elke man die in mijn leven verschijnt. Of door mijn leven flitst, zoals Ruben. Ik pak mijn klembord, waarop ik inmiddels wat gegevens van Bo heb verzameld. 'Ik zal mijn patiënten even met je doorspreken.'

'Nou, spreek maar liever even door wat er vannacht is gebeurd.'

Ik ben niet van plan me door Stijn van mijn stuk te laten brengen. 'Dat wil ik dus net gaan doen en dan heb ik het over de medische kant.'

'Oké, ik begrijp het, je bent moe. Maar morgen wil ik alles horen.'

Ik knik. 'Goed. Morgen vertel ik je precies hoe ik met mijn patiënten en hun verzorgers omga. En hoe je daar je professionaliteit bij bewaart. Lijkt me een mooi onderwerp om een scriptie over te schrijven. Ben je nu klaar voor de overdracht? Ik wil graag naar mijn bedje toe.'

Eenmaal thuis kruip ik meteen in bed. Ik slaap een paar uur en dan gaat mijn wekker alweer af.

O ja, ik zou vanmiddag met Floor en Daph film gaan kijken. Dat is vaste prik op zondagmiddag. We huren dvd'tjes, halen allerlei lekkers en liggen languit op de bank. Meestal ga ik pas 's avonds laat weer naar huis.

Ik spring onder de douche, trek een vreselijke outfit aan (mijn goede broek is namelijk nog niet droog), gris een fles witte wijn uit de koelkast en stap in mijn autootje op weg naar mijn vriendinnen. Ik ben nog niet helemaal fit, maar ons filmdagje sla ik niet over.

Daphne opent de deur al vóór ik aangebeld heb. 'Kom gauw binnen,' zegt ze. 'Floor heeft al bijna alle bonbons op.'

'Bewaar wat voor mij!' antwoord ik.

Ik plof naast Floor op de bank en ze duwt meteen het schaaltje onder mijn neus. 'Ik heb nog witte voor je bewaard,' zegt ze. 'Die vind je zo lekker.'

Ik neem er een en bijt langzaam de bovenkant eraf. Ik laat de witte chocolade smelten op mijn tong en dank God dat mensen niet hetzelfde gestel hebben als honden. Ik zou dit echt niet kunnen missen. Ik denk meteen weer aan Ruben. Stijn had gelijk, ik vind hem echt leuk. Echt heel erg leuk. Zo leuk dat hij nog steeds niet uit mijn gedachten is.

'Hé, waar denk je aan?' vraagt Daphne. Ze pakt de fles wijn van me aan en zet die op tafel.

Ik pak nog een bonbon uit de doos. 'Aan chocolade.'

'Lekker...' zucht Floor terwijl zij er ook nog eentje uitkiest.

Ik bijt weer het bovenkantje, dit keer van melkchocolade, van de bonbon en slik het nu wat sneller door zodat ik bij de vulling kan. Een laagje nootjes op een toffeecrème. Ik lik het met het puntje van mijn tong op. 'Om precies te zijn dacht ik aan chocoladevergiftiging,' zeg ik dan.

Ze kijken me allebei verbaasd aan en ik leg uit wat er vannacht gebeurd is. Als ik over Ruben begin te vertellen, worden de meiden bijna hysterisch.

'Is hij de hele nacht bij je gebleven?' vraagt Floor. 'Vertel verder!'

Ik zak wat verder onderuit op de bank en stop het laatste hapje van de bonbon in mijn mond. Dit vind ik zo leuk aan mijn vriendschap met Daph en Floor. We kunnen samen zo heerlijk zwijmelen over onbereikbare mannen. 'Hij was echt ontzettend leuk,' ga ik verder.

'Hoe heet hij?' vraagt Daph.

'Ruben.'

'Leuke naam!' zegt Floor.

'Isa en Ruben...' probeert Daphne, 'Ruben en Isa, hmm, klinkt goed.'

'Hij was ook erg...'

'Is er iets tussen jullie gebeurd?' vraagt Floor midden in mijn zin.

Ik kijk in de doos op Floors schoot en neem nog een bonbonnetje. De laatste voor mij.

'Nee,' geef ik met tegenzin toe. Ik voel me meteen niet zo stoer meer als ik de teleurgestelde gezichten van mijn vriendinnen zie. 'Jongens, dat kon toch ook niet? Ik moest zijn hond helpen. Bo ging bijna dood en Ruben was heel erg overstuur.'

'Ze heeft gelijk,' zegt Daphne.

Floor lijkt te twijfelen.

'Floor!' roep ik verontwaardigd. 'Dat kan echt niet, hoor. Ik moet mijn hoofd koel houden in zo'n situatie.'

'Je hebt gelijk,' antwoordt ze. 'Het zou niet gepast zijn.' Ze blijft even stil en denkt er overduidelijk nog over na, terwijl ze zacht op de bonbon zuigt. 'Maar je was de hele nacht met hem alleen! Je had toch wel een klein beetje...'

'Maar het was een noodsituatie. Ik was heel druk bezig met het stabiliseren van zijn hond, dan kan ik toch niet...'

'Nee, dat zou ik ook nooit doen,' zegt Daphne en ik ben blij dat zij het met me eens is. Hoef ik tenminste niet toe te geven dat ik gewoon een lafaard ben en dat ik nooit het initiatief tot iets zou hebben genomen, in welke situatie dan ook.

'Wat hebben jullie dan de hele nacht gedaan?' vraagt Floor.

'Nou, we hebben voor Bo gezorgd. En we hebben gekletst. Hij is ook ontzettend aardig. Echt, dat zou je niet verwachten. Als je hem ziet, denk je dat hij wel heel arrogant zal zijn omdat hij er zo goed uitziet. Maar hij is zo aardig.'

'Heeft hij een vriendin?' vraagt Floor.

'Dat kan ze toch helemaal nog niet weten,' zegt Daphne.

'Nee,' antwoord ik.

Daphne haalt haar schouders op. 'Zie je wel!'

'Ik bedoel: nee, hij heeft geen vriendin,' zeg ik.

Floor maakt een vreugdedansje op haar plaats en Daph kijkt me bewonderend aan. 'Hoe weet je dat?'

'Gewoon gevraagd. Ik vroeg of iemand misschien die reep

kon hebben laten slingeren. Zoals zijn vriendin bijvoorbeeld. Maar dat kon niet, want hij heeft geen vriendin.'

'Geweldig!' roept Floor. 'Maar waarom niet eigenlijk? Hij is toch zo knap?'

'Weet ik veel,' antwoord ik. 'Wat maakt het uit? Het is een wonder.'

'Denk je dat hij jou ook ziet zitten?' vraagt Daphne serieus.

'Nou, dat is het gekke...' Ik werp een blik in de doos en zie nog één witte bonbon. Wat maakt het ook uit? Hier heb ik chocola bij nodig. Ik pak de laatste witte bonbon en bijt hem doormidden. 'Het is natuurlijk onmogelijk dat iemand als hij iets in mij ziet. Maar hij was zo...'

'Aardig?' vult Floor voor me in.

'Echt bijzonder aardig... Soms had ik even het idee dat het klikte. Echt klikte, weet je wel? Het is stom van me om dat te denken...'

'Niet waar,' zegt Daphne. 'Vertel verder.'

'Het was de manier waarop hij me bedankte en hoe hij luisterde als ik iets zei. Hij bedoelde het vast niet flirterig, maar...'

'Waarom niet?' vraagt Floor. 'Dat is jouw probleem, weet je dat? Jij denkt altijd dat mannen je niet zien staan, maar hij heeft vast niet die glimlach op je gezicht gebracht door ongeïnteresseerd tegen je te doen. Volgens mij is hij helemaal onder de indruk van je.'

'Denk je? Dat kan haast niet, hoor. Jullie hadden hem moeten zien!'

'Wanneer zie je hem weer?' vraagt Daphne.

'Hij komt morgenvroeg zijn hond ophalen.'

'Dan moet je er werk van maken,' zegt Floor.

Ik verslik me bijna in het laatste restje bonbon in mijn mond. 'Hoe dan?'

'Gewoon,' antwoord Daphne. 'Laat merken dat je hem leuk vindt. Als je zijn hond eenmaal opgelapt hebt, zie je hem misschien nooit meer.'

'Ik heb een idee!' roept Floor. 'Je laat zijn hond steeds voor allerlei testjes en controles terugkomen. Dan blijft Ruben zeker de komende maanden je praktijk in- en uitwandelen en heb jij de kans om hem in je eigen slakkentempo te versieren!'

'Zeg, hallo!' antwoord ik verontwaardigd. 'Hoezo slakkentempo? Ik ben een vrouw. Ik hoor versierd te worden. Mannen zijn toch de jagers? Sinds wanneer zijn ze te lui om aan hun jagersinstinct gehoor te geven?'

Daphne lacht. 'Sinds wij vrouwen zo assertief zijn. We maken ze bang.'

'Hij hoeft van mij niet bang te zijn. Ik durf niet achter hem aan te gaan. Hij lacht me uit!'

'Onzin Isa,' zegt Daphne. 'Hij vindt je al leuk. Wees gewoon de beste, grappigste en liefste Isa die je kunt zijn. Dan valt hij als een blok voor je. Dat weet ik zeker!'

De volgende ochtend ben ik er helemaal klaar voor. Ik heb goed naar Floor en Daphne geluisterd en probeer vandaag mijn beste ik te zijn. Ik heb mijn zwarte broek aan en daarop een mooi truitje met driekwart mouwen en een gigantisch decolleté. Het tekent alleen nogal op mijn rug, maar dat verhult mijn doktersjas gelukkig.

In plaats van de gebruikelijke paardenstaart, heb ik mijn haar nu losjes opgestoken. Heel nonchalant met een paar schuifspeldjes. Ik heb ook extra aandacht aan mijn make-up besteed. Ik heb niet altijd zin om me uitgebreid op te maken en zeker op mijn werk sla ik weleens een dagje over, maar vandaag wil ik er op mijn best uitzien. Ik heb alles gebruikt. Kohlpotlood, oogschaduw, twee dikke lagen mascara en een gloss voor op mijn lippen. Ik ben zelfs – precies zoals het hoort – begonnen met foundation. En als finishing touch heb ik Tamara's nieuwe schoenen aan.

Gisterenavond laat ben ik nog bij haar langsgegaan om ze op te halen. Ik moest echt op mijn knieën om ze te mogen lenen, maar dat zijn ze dubbel en dwars waard. Het idee dat ik die schoenen draag, zorgt er al voor dat ik me mooier voel. Volgens mij is het onmogelijk om afgewezen te worden in deze schoenen. Ze zijn magisch. Ik zou ze nooit meer uit moeten doen, maar helaas kan ik niet werken op hoge hakken. Deze ene keer maak ik een uitzondering, maar als ik de kliniek binnenkom en door de spreekkamers naar het dierenverblijf aan de achterkant loop, weet ik al dat ik het geen hele dag ga volhouden. Gelukkig heb ik mijn vertrouwde sneakers meegenomen. Ik kan de schoenen omwisselen zodra ik Ruben heb gezien. Hopelijk kan ik ze tot die tijd schoonhouden, want Tamara vermoordt me als er ook maar een spatje bloed, kots of pies op komt. Ik heb haar beloofd dat het niet zou gebeuren, maar de kans dat het wel gebeurt, is vrij groot. Ik riskeer het maar gewoon. Aangezien mijn leuke kleren niet meer passen, moet ik het wel van de accessoires hebben. En deze schoenen maken mijn simpele zwarte broek zelfs leuk!

Ik loop naar de bench van Bo en zie dat hij er al een stuk vrolijker uitziet. Als ik bij hem neerkniel en mijn hand door het deurtje steek, komt hij naar me toe om me te besnuffelen.

'Het is niet leuk om in een hok te zitten, hè jongen?' Ik aai hem over zijn kop. 'Dat ben je vast niet gewend thuis. Je eetlust is trouwens helemaal in orde.' Ik zie dat Bo zijn voerbakje al leeggegeten heeft. Over een kwartier komt Vivian, mijn assistente, haar rondje doen. Ik haal mijn sleutels uit mijn zak en maak het deurtje van de bench open. 'Kom er eens uit en laat me je eens bekijken.'

Bo springt kwispelend tegen me aan. Nog niet met alle kracht en enthousiasme die een jonge labrador normaal zou hebben, maar hij komt wel erg in de richting. Ik verlies bijna mijn evenwicht. Langzaam aai ik over zijn dikke vacht, langs zijn flanken. 'Ja, er wordt goed voor jou gezorgd... Misschien wel een beetje te goed.'

Ik haal een handjevol hondenbrokken uit de zak tegen de muur. 'Daar heb je vast trek in.'

Hij eet ze gulzig uit mijn hand en lebbert me daarna dankbaar af. 'Ja, ja, zo is het wel goed. Kom! Je moet nog eventjes wachten tot je baasje je komt halen.' Ik houd het deurtje voor hem open en begeleid hem terug naar het hok, waarop hij zijn oren laat zakken en een zacht gejank laat horen. Hij heeft het duidelijk gehad met het fenomeen 'bench'. Hij laat zich er door mij in duwen, maar kijkt me aan met zulke zielige hondenogen dat ik het niet over mijn hart kan verkrijgen om hem op te sluiten. Wat is dat toch met Ruben? Ik kan zelfs de charmes van zijn hond niet weerstaan. 'Kom maar met me mee dan,' zeg ik terwijl ik het deurtje openhoud. Bo huppelt achter me aan terug naar mijn kantoor.

Ik kom Vivian tegen in de hal. 'Goedemorgen!' roep ik.

'Goedemorgen,' antwoordt ze vrolijk als altijd. 'Wat zie je er leuk uit!'

Ik glimlach. 'Dank je.'

'Ben je al bij de dieren geweest?' vraagt ze met een blik op Bo.

'Nou, alleen bij hem eigenlijk. Ik ben er net.'

'Dan ga ik gauw de ronde doen.'

'Ja. En als meneer Zuidhof er is, mag je hem direct doorsturen.' Ik kijk op mijn horloge. Over een halfuur begint mijn spreekuur.

Ik ga achter de computer zitten en Bo vlijt zich aan mijn voeten neer. Ik heb nog niet de tijd gehad om een fatsoenlijk dossier aan te leggen voor Bo. Ik pak mijn klembord erbij waarop ik wat gegevens heb genoteerd en begin alles wat ik weet in te voeren in het systeem. Ondertussen babbel ik wat tegen Bo en kriebel ik met een hand achter zijn oor. 'Ik begrijp je wel, hoor,' zeg ik als ik klaar ben met het dossier. 'Ik weet niet wat ik in jouw situatie zou doen. Voor een lekkere chocoladereep zou ik die ellende misschien ook wel overhebben. Ken je die witte reep met nootjes? Die is het zeker waard. Ik zal je er verder niet mee kwellen, maar...'

Ik word plotseling onderbroken door twee klopjes op mijn openstaande deur en als ik opkijk, staat Ruben in de deuropening. Aan de grijns op zijn gezicht te zien heeft hij gehoord wat ik net tegen Bo zei. Waarom ga ik ook zo onzinnig tegen een hond zitten kletsen over mijn eetverslaving? Waarom? Waarom?

Bo krabbelt overeind en springt blij tegen zijn baasje op.

Ruben knielt neer om hem eens goed te knuffelen. Ik sta met een rood hoofd op. 'Zoals je ziet, gaat het weer helemaal goed met hem. Hij is misschien nog een beetje sloom, maar hij is alweer vrolijk en alert.'

'Dit had ik zaterdag niet durven hopen,' zegt Ruben. 'Ik dacht dat hij nog half bewusteloos in een hok zou liggen. Maar in plaats daarvan krijgt hij hier de vip-behandeling.'

'Ik had hem vanochtend even uit zijn bench gelaten om hem te bekijken en toen wilde hij niet meer zo graag terug. Dus heb ik hem maar meegenomen naar mijn kantoor. Ik heb net zijn dossier bijgewerkt en er is nog iets wat ik met je wil bespreken.'

'Oké...' zegt Ruben op zijn hoede.

'Het is niets ernstigs, hoor. Ik zal het je laten zien. Kun je even mee naar de behandelkamer lopen?'

Ik zie dat Bo een beetje onrustig wordt in de ruimte waar hij zaterdag bijna doodgegaan is. Ik kniel naast hem neer en aai hem over zijn kop. 'Rustig maar, jongen. Je mag zo naar huis.' Ik kijk op naar Ruben. 'Zou je me weer even willen helpen om hem op de tafel te tillen?'

Hij buigt zich meteen over Bo heen, waardoor ik hem precies in zijn ogen kijk. Zijn gezicht is zo dicht bij het mijne dat ik zijn aftershave kan ruiken en de stoppeltjes op zijn kaken kan zien. En ik verdrink bijna in zijn ogen. Ze zijn diepbruin, zoals... Chocolade. En zijn mond... Hij heeft mooie lippen. Precies vol genoeg. Ik wil ze zoenen en terwijl ik me voorstel hoe dat zou voelen, raak ik even helemaal van de wereld. Plotseling krijg ik een natte zoen, recht op mijn mond. Helaas niet van Ruben. Bo kijkt me vrolijk aan en zijn kletsnatte tong hangt uit zijn bek. Ik deins een beetje achteruit, waardoor Ruben de ruimte heeft om Bo op tafel te zetten. Fijn. Dat is al het tweede gênante moment in vijf minuten tijd.

'Sorry,' zegt Ruben. 'Hij is je volgens mij nogal dankbaar.'

Ik veeg mijn gezicht aan mijn mouw af. 'Beroepsrisico.' Ik herstel me en pak Bo vast, die van de tafel wil springen. 'Wat ik wilde zeggen, is dat Bo aan een lichte vorm van overgewicht lijdt. Weet je dat?'

'Nee, eigenlijk niet.'

'In dit geval is het in zijn voordeel geweest. Zo'n chocoladereep heeft natuurlijk minder invloed op een hoger lichaamsgewicht dan op een lager. Als hij kleiner en lichter was geweest, had hij hier waarschijnlijk niet meer gestaan.'

Ruben knikt begrijpend. 'Maar overgewicht is natuurlijk nooit gezond.'

Ik voel me een beetje beschaamd en vraag me af of Ruben het nu eigenlijk over mij heeft. Waarom snijd ik dit onderwerp ook aan? 'Nee, overgewicht is nooit gezond, al was het in dit geval een geluk.'

'Maar zo dik is hij toch niet?'

'Labradors hebben een tonvormig ribbenstelsel. Hierdoor kunnen ze beter en langer zwemmen. Vaak vinden dierenartsen daardoor al snel dat een labrador te zwaar is. Maar in het geval van Bo...' – ik leg mijn handen om Bo's borstkas – '... voel je de ribben niet. Dat wil zeggen dat hij iets te zwaar is. Je hoort zijn ribben niet te kunnen zien, maar je moet ze wel kunnen voelen.'

'Mag ik eens?' vraagt Ruben.

'Natuurlijk.' Ik haal mijn handen weg en Ruben legt de zijne op Bo's ribbenkast.

'Hier beginnen zijn ribben,' zeg ik terwijl ik Rubens handen wat hoger leg. 'Hier zou je ze goed moeten kunnen voelen, helemaal tot aan... hier.' Ik beweeg zijn handen langzaam langs Bo's flanken en ik voel een kriebel in mijn buik. Ik kijk Ruben aan en hij kijkt naar mij met een typisch glimlachje. Ik haal mijn handen van de zijne. Ik weet zeker dat hij weet dat ik hem leuk vind.

'Dus, zoals ik al zei... Het is... Het is niet ernstig,' stamel ik. 'Maar als je wil kan ik hem af en toe controleren.'

'Toch snap ik het niet helemaal,' zegt Ruben. 'Hij eet helemaal niet zoveel. Soms geef ik hem een reep chocola, maar dat is alles.'

Ik schiet in de lach en op dat moment ben ik al mijn professionaliteit verloren. Ik lach om Ruben zoals een verliefde puber om de stoerste jongen van de klas lacht.

Als ik mezelf weer onder controle heb, zie ik weer een twinkeling in Rubens ogen. Volgens mij vindt hij het effect dat hij op mij heeft erg vermakelijk. Ik probeer de dokter in mezelf te hervinden. Ik heb mezelf nu genoeg voor schut gezet.

'Vaak is het zo dat een dier het leefpatroon overneemt van zijn baasje. Een ongezonde eter geeft zijn huisdieren vaak ook ongezond eten en iemand die weinig beweegt zal ook zijn huisdieren weinig beweging geven.' Ik kijk naar Ruben en zie het toppunt van lichamelijke gezondheid. Alles zit op de juiste plaats bij hem. 'Nu zal dat in dit geval niet echt opgaan...'

'Nou, als ik eerlijk ben, geef ik Bo weleens een bordje macaroni of zo. Die brokken alleen lijken me nogal saai, snap je? Ik dacht niet dat het veel kwaad kon.'

'In principe is het ook geen ramp. Honden zijn alleseters. Maar ze hebben genoeg aan gewoon hondenvoer. Er zijn onderzoeken die uitwijzen dat ze variatie helemaal niet belangrijk vinden. Dat blijkt iets typisch menselijks te zijn.'

'Nu ik weet dat hij te zwaar is, zal ik er wat beter op letten. En misschien is het dan wel handig om hem een tijdje onder controle te houden.'

Ik glimlach. Yes! Ruben komt terug! 'Dat lijkt me wel verstandig. Je kunt bij de balie een afspraak maken met mijn assistente. En in de tussentijd mag Bo in principe alles doen wat hij normaal ook doet. De volgende keer kunnen we eventueel besluiten om hem een dieet te laten volgen. Hij mag trouwens weer van de tafel, hoor. Hij wil dolgraag springen, geloof ik.'

Ruben zet hem op de grond. 'Ik zal hem in ieder geval uit de buurt van chocolade houden.'

'Dat lijkt me slim. Hij kan het waarschijnlijk door de verpakking heen ruiken, dus...'

'Het is eigenlijk wel zielig, hè? Dat iets wat hij zo lekker vindt zo slecht voor hem is.'

Ik knik. 'Dat is heel erg zielig.'

3

Nieuwe kansen! Daph, Floor en ik zijn in het centrum van Antwerpen beland. Daph heeft haar kleine, metallic zilverkleurige Volkswagen Kever lekker dichtbij geparkeerd. We vonden het zelf nogal grappig dat wij ons kleine autootje meteen op een vrij plekje konden parkeren, terwijl al die mensen met hun dikke BMW, Mercedes of terreinwagen verder moesten zoeken.

Uitgelaten lopen we de winkelstraten in. Ik ben van plan om met tassen vol nieuwe broeken, sexy truitjes en geweldige schoenen thuis te komen. Ik ben de afgelopen week een halve kilo afgevallen. Na mijn laatste ontmoeting met Ruben ben ik heel goed op mijn eten gaan letten en ik heb bijna niets gesnoept en alle frisdrank van mijn lijstje geschrapt. Ik drink nu alleen nog water of cola light.

Een halve kilo is natuurlijk nog niet zoveel, maar ik ben pas een paar dagen bezig en misschien is het net dat kleine beetje waardoor ik wel in een nieuwe broek pas. Ik ben optimistisch gestemd.

Floor trekt haar tas steviger om haar schouder. 'Zullen we maar gewoon beginnen?'

Daphne knikt. 'Yep! Winkel in, winkel uit!'

Rond de middag is mijn optimisme een beetje gezakt. Daph en Floor hebben allebei al tassen vol met kleren en ik heb alleen een paar laarzen en een haarklem. Goed, die laarzen zijn geweldig. Ze hebben een enorme hak. Een stilettohak, bijna. Ze zouden geweldig staan onder een rokje. Maar wees eerlijk, wanneer moet ik nou een rokje aan? Ik zucht. Ze stonden ook wel mooi onder mijn zwarte broek...

'Ahhhh, zullen we een frietje nemen?' zeurt Floor opeens. Ik kijk op en zie dat we langs een Vlaams frietkot zijn gekomen.

'Ik heb eigenlijk ook wel trek,' zegt Daphne. Ze kijken allebei tegelijk mijn kant op.

'Ik hoef niet,' antwoord ik. 'Maar jullie kunnen gerust een frietje nemen, hoor.' Ik heb een van mijn zeldzame sterke momenten.

'Ja, maar jij moet ook iets eten,' zegt Floor.

'Ja,' beaamt Daphne. 'Niet eten is net zo ongezond. Dan stopt je verbranding ermee.'

Ik haal mijn schouders op. Ik verlang naar een frietje en als ik al die mensen met grote puntzakken en klodders mayonaise zie lopen, krijg ik nog meer trek. Als Daph en Floor dan ook nog blijven aandringen... 'Dan neem ik wel een slaatje.' Ik ben vastbesloten om sterk te blijven.

'Gadverdamme! Weet je wel hoe vet die dingen zijn? Neem dan tenminste iets lekkers!' roept Daphne.

Floor loopt het frietkot binnen. 'Ik bestel gewoon drie friet mayo!'

Vijf minuten later loop ik dus ook met een grote puntzak friet. Heb ik het toch weer laten gebeuren. De geur van de friet en de zurige Belgische mayonaise verleidt me toch om het op te eten. Fijn dat ik twee vriendinnen heb die mijn schaarse momenten van wilskracht meteen de kop indrukken.

Zo slenteren we door de straten, onze handen onder de saus, onze lippen glimmend van het vet. En natuurlijk vind ik het erg lekker. Maar de gedachte aan die halve kilo die er na vandaag natuurlijk weer bij zit, zorgt ervoor dat ik er niet echt van kan genieten. Bovendien stel ik me steeds voor dat Ruben me zo zou zien. De kans dat ik hem hier tegenkom is klein, maar als het zou gebeuren, zou ik door de grond willen gaan van schaamte. Opeens walg ik van mezelf. Ik kan geen normale kleren meer kopen. De man die ik leuk vind, zal mij nooit zien staan zolang ik er zo uitzie. Ik loop elke dag van mezelf te balen, maar ondertussen werk ik wel allerlei vettigheid naar binnen. Er zitten nog een paar frietjes in mijn puntzak. Ze drijven van de mayonaise en ik wil ze niet meer opeten. Ik gooi de zak in de eerste prullenbak die ik tegenkom.

'Wat doe je nou?' roept Floor. 'Die zat nog halfvol.'

'Ik had genoeg...'

'Had het dan aan mij gegeven! Zo vaak eet ik geen Belgische patatten,' zegt Floor.

'Hij was bijna leeg,' mompel ik. Mijn stemming is nu tot het nulpunt gezakt. Daphne en Floor hebben het niet in de gaten en ze kwebbelen vrolijk verder.

Als we eenmaal weer aan het winkelen zijn, heb ik de moed opgegeven. Ik heb geen zin meer om zelfs maar naar kleding te kijken. Terwijl Daphne Floor in het pashokje in een erg ingewikkeld jurkje helpt, snuffel ik in de rekken met accessoires. Ik heb al een hele verzameling aan troostaankopen: twee cd's, drie dvd's, een boek, een tas vol make-up waarin onder andere een superverlengende mascara zit en vuurrode nagellak, een kasjmieren sjaal, een tas van honderd euro en een hippe armband.

Floor besluit het jurkje te kopen, ondanks de totale onhandigheid, en ik vind in het rek een paar oorbellen dat goed bij mijn nieuwe armband past. Ik ben een beetje depressief geworden. Mijn vriendinnen beginnen het nu ook te merken.

'We zijn nu toch al een stuk beter geslaagd dan vorige week, nietwaar?' zegt Floor.

Ik knik.

'Ik kan mijn tassen bijna niet meer dragen,' zegt Daphne. Ik kijk naar de tassen van Floor en Daph, die voornamelijk afkomstig zijn uit allerlei leuke boetiekjes. De hippe kledingmerken vliegen ervan af. Ik heb alleen tasjes van cadeaushops, boekhandels en cd-winkels en – oké – een schoenenwinkel. Ik wil ook grote tassen van Zara, Mango en Vero Moda! Floor en Daph hebben de geweldigste kleding gekocht en ik heb een fortuin uitgegeven aan spullen die ik niet eens echt nodig heb.

Onderweg naar de kassa blijft Daphne staan bij een tafel met spijkerbroeken. 'Hé Ies! Wat vind je hiervan?' Ze laat me een donkere spijkerbroek zien met kleine kontzakken en een mooie rechte pijp. Dat kan er ook nog wel bij. Ze gaat de perfecte spijkerbroek kopen. 'Mooi hè?'

Ik knik. 'Ja, super.'

'Pas hem eens, dan!'

'Wie, ik?' vraag ik geschrokken. 'Ik dacht dat je hem zelf wilde. Ik ga echt geen spijkerbroek passen. Dat lukt nooit, dat zie ik zo al.'

'Doe normaal. De dikste mensen lopen nog in spijkerbroeken, dan moet jij het zeker kunnen.'

'Daph, dat zijn niet zulke spijkerbroeken. Geloof me, die is te klein.'

'Maar ik heb de grootste maat gepakt. Kom op, joh. Je kunt het toch proberen?' Ze houdt de broek omhoog. 'Floor, wat denk jij? Deze past Isa toch makkelijk!?'

'Vast wel,' zegt Floor.

'Jongens, alsjeblieft...' smeek ik.

'Denk eens aan hoe fantastisch die laarzen eronder zouden staan,' gaat Daphne verder.

'Ik zou het proberen,' zegt Floor.

Ik zucht. 'Maar ik weet zeker dat het niet lukt...'

'Kom mee jij!' roept Floor terwijl ze me aan een arm naar de pashokjes sleurt.

'Ik heb er ook nog een met een flairpijp,' hoor ik Daphne zeggen. Voor ik het weet sta ik in het pashok met twee spijkerbroeken. Spijkerbroeken zijn rampzalig om te passen als je te dik bent. Waar de ellende ophoudt bij gewone broeken, begint het pas bij spijkerbroeken. De enige modellen die passen zijn de taps toelopende broeken die hoog in je middel eindigen en in je kruis plooien. Die maken je nog dikker dan je al bent. Ik haat spijkerbroeken. De mooie, zoals deze, zijn een onbereikbare droom. De eerste krijg ik al niet over mijn kuiten. Ik probeer hem nog wat verder op te trekken. Misschien gaat het beter als hij over dat punt heen is, maar het lukt niet. Ik krijg hem niet over mijn knieën.

'En?' vraagt Daphne ongeduldig.

'Precies wat ik al zei. Hij past niet.'

'Welke niet?'

'Die met die strakke pijpen.'

'Pas dan die andere. Die is wijder.'

'Ik zei toch dat het een stom idee was? Ik moet echt twintig kilo afvallen om hierin te kunnen. En misschien lukt het dan nog niet.'

Daphne steekt haar hoofd door het gordijn. 'Zo erg kan het niet zijn.'

Ik duw de broek in haar handen. 'Zo erg is het dus wel.' Ik pak de andere broek van het haakje en probeer er een been in te krijgen. Goed. Hij zit inderdaad iets beter bij mijn kuiten. Ik krijg hem zelfs al tot aan mijn knieën.

'Hoe zit de spijkerbroek?' hoor ik een meisje met Vlaams accent vragen aan de andere kant van het gordijn.

'Niet zo best!' roep ik.

'Deze kan al terug,' hoor ik Daphne zeggen in een poging het winkelmeisje weg te sturen.

Helaas laat ze zich niet zomaar afwimpelen. 'Wat is er mis?'

Ik kijk in de spiegel terwijl ik de broek over mijn dijen probeer te trekken. Wat is er mis? Mijn kont hangt er nog voor de helft overheen. Er zit een rare plooi op mijn bovenbeen. Volgens mij is het een vetrol. De knoop gaat niet dicht en de rits staat zeker tien centimeter open. Mijn blote buik puilt over de rand. Moet ik haar dat allemaal gaan vertellen? Waarom gaat ze niet iemand anders lastigvallen? 'Hij valt heel erg laag,' zeg ik. 'Geen gezicht.'

'Laat maar eens zien,' zegt ze en ze trekt met een ruk het gordijn open. Echt helemaal open en ik sta daar, in een volle winkel, in een broek geperst die zeker twee maten te klein is. Ik gil en probeer het gordijn weer dicht te doen, maar het wappert alle kanten op. De verkoopster kijkt me aan alsof ze me betrapt heeft op het losmaken van de beveiligingslabels en ze slaat geschokt haar hand voor haar mond. Alsof ik het monster van Frankenstein ben.

Daphne en Floor kijken me met grote ogen aan en Daphne is uiteindelijk degene die het gordijn met een ruk dichttrekt. Ik sleur de broek van mijn lijf en trek mijn eigen kleren weer aan.

Dit is het dieptepunt. Het absolute dieptepunt. Erger dan dit kan het nooit worden. Ik heb het toppunt van dikte bereikt en nu stopt het! Ik wil niet zo zijn!

Als ik het pashok uitkom, loopt het winkelmeisje naar me toe. ‘Hij zat ook een beetje krap...’ zeg ik terwijl ik haar de broek teruggeef.

‘Het spijt mij zeer,’ zegt ze. ‘Gaat het met u?’

Ik knik. ‘Ik ga de oorbellen afrekenen.’ Floor en Daphne lopen achter me aan en ik zie dat ze geschrokken zijn en tegelijk hun lachen proberen in te houden. ‘Trut,’ zeg ik tegen Daphne als we de winkel uitlopen. ‘Dit is jouw schuld.’

Ze begint te lachen en Floor schiet ook in de lach. ‘Hoe je dat zei: “Hij zat ook een beetje krap”!’

‘Dat meisje trok helemaal wit weg, zag je dat?’ giechelt Daphne.

Ik forceer een glimlach. ‘Vinden jullie het goed als ik het voor gezien houd vandaag?’

‘Sorry Ies,’ zegt Daphne. Floor slaat een arm om me heen en we lopen terug naar de auto.

‘Het was toch best gezellig?’ vraagt Daphne.

Ik knik. ‘Hartstikke gezellig.’ Alleen jammer dat ik nog steeds de nasmaak van die vette friet proef.

Als ik thuiskom, dump ik alle plastic tasjes in een hoek van de kamer. Ik trap mijn schoenen uit en gooi mijn jas over een stoel. Ik heb een missie en ik heb geen tijd om eerst alles op te ruimen. Ik zoek het inschrijfformulier van de sportschool. Waar heb ik dat toch gelaten? Ik ben natuurlijk helemaal nooit van plan geweest om me echt in te schrijven en daarom is het nu spoorloos. Ik ga met mijn handen door mijn haar en kijk de kamer rond. Ik moet het nu vinden, anders gaat het straks weer niet door. Ik weet zeker dat ik morgen weer half vergeten ben hoe ik me nu voel. Ik kan het me niet veroorloven dat ik mijn motivatie verlies. Ik moet nu doorzetten. Waar heb ik dat formulier gelegd? Denk na! Denk na! Denk na! Tamara heeft me dat formulier gegeven toen ik thuis heb gegeten. Wat had ik aan? Dat is niet moeilijk, mijn zwarte broek. Ik heb het in mijn broekzak gestopt en de broek heb ik meteen in de was gedaan. Ik kan mezelf wel wat aandoen!

Ik loop paniekerig naar de wasmachine en als ik me buk, zie ik op de grond een witte prop liggen. Ik hoop dat het voor het wassen uit mijn broek is gevallen, maar zoals het eruitziet, weet ik al bijna zeker dat het niet zo is. Ik raap het papier op en vouw het open. Alle inkt is uitgelopen. Waarom zit ook altijd alles tegen?

Ik loop naar de telefoon, draai Tamara's mobiele nummer en begin zodra ze opneemt tegen haar aan te praten over de rotdag die ik heb gehad. '... en nu heb ik ook nog mijn inschrijfformulier voor de sportschool verknoeid,' beëindig ik mijn verhaal vol zelfmedelijden.

Tamara zucht. 'Wat maakt dat nou weer uit? Je was toch niet van plan om te gaan!'

'Wel waar!' roep ik, alsof ik nog in de kleuterklas zit. 'Ik wilde het toevallig net gaan invullen. Maar nu *kan* ik niet eens gaan, want het formulier is totaal onbruikbaar.'

'Als je het echt zo graag wil, moet je morgenvroeg maar om acht uur klaarstaan. Dan kom ik je ophalen.'

'Wat? Dan al?' roep ik verschrikt. 'Maar ik heb het formulier nog niet eens ingevuld! Ik moet me toch zeker eerst aanmelden?'

'Dat hoeft helemaal niet. Je krijgt eerst een proefles en dan pas schrijf je je in. Dat kan daar ook.'

Oké, ik heb nu de motivatie, maar het komt opeens wel erg dichtbij. Ik heb meteen de neiging om terug te krabbelen.

'Isa?' vraagt Tamara. 'Ben je daar nog?'

'Ja!' zeg ik vlug. Ik moet niet zo zeuren. Dit is toch wat ik wil? Ik wil mooi zijn. Voor mezelf. En voor Ruben. 'Goed dan. Ik sta morgen om acht uur klaar.'

'Nou, tot morgen dan maar!'

'Tamara!' gil ik voor ze kan ophangen. 'Wat trek jij eigenlijk aan morgen?'

'Gewoon sportkleren!' Ik hoor aan haar stem dat ze met haar ogen rolt. 'Maak je niet zo druk, Ies. We gaan sporten, het is geen modeshow. Niemand zal op je letten.'

'Oké. Tot morgen!' Ik hang op. Zeker weten dat Tamara er zelfs tijdens het sporten mooi uitziet.

Niemand gelooft dat wij zussen zijn. Ik loop schuchter achter Tamara aan de sportschool binnen. Ik heb een flesje Spa blauw en een handdoek in mijn handen geklemd. Ik heb het nu al warm en ik heb nog niks gedaan. Ik ben ook veel te nerveus. En het helpt ook niet dat ik er naast Tamara nog lelijker en slonziger uitzie dan normaal. Ik had gelijk. Tamara ziet eruit als een modepop.

Zij heeft een strakke zwarte sportbroek aan die tot halverwege haar slanke kuiten komt. Ik draag een grote trainingsbroek die ook door mannen gedragen kan worden. Ze heeft een strak, mouwloos topje aan en daarover een knalroze vestje, ik een wijdvallend T-shirt waar geen enkele vorm in zit. Ze heeft sneakers met felle kleurtjes aan haar voeten terwijl ik mijn afgetrapte gympies uit de kast heb gevist. Haar glanzende haren worden naar achteren gehouden door een haarband. Ik heb het in een staart gefrut. Ik geloof niet dat ik dit leuk vind. Het lijkt wel alsof we van een andere planeet komen.

'Hé Bram!' roept Tamara terwijl ze naar de balie loopt. Een joekel van een vent komt op ons af.

'Mijn zus wil graag een proeflesje doen vandaag. Dat kan wel, toch?'

'Voor jou doen we alles, Tammie,' antwoordt Bram.

Tamara haalt haar pasje door en trekt mij met haar mee door het poortje. Ik krijg de kriebels van de lucht die hier hangt. Het doet me denken aan de gymzaal van vroeger. Mijn jeugdtrauma komt weer boven. Altijd als laatste gekozen worden tijdens gym gaat je niet in de koude kleren zitten. Het liefst wil ik me omdraaien en wegrennen. Maar het poortje is alweer dicht.

Ik kijk de zaal rond. Zo op het eerste gezicht zie ik geen touwen waar ik in moet klimmen of enge toestellen waar ik overheen moet. Ik zie ook niemand bezig met de handstand of de koprol. Ik haal opgelucht adem. Op een fiets zitten, kan zelfs ik nog wel volhouden.

Het lijkt of Bram mijn gedachten kan lezen. 'Zullen we beginnen met een kwartiertje fietsen?'

'Oké,' antwoord ik. Ik probeer een luchtige toon aan te slaan, maar volgens mij komt het er toch een beetje benauwd uit.

Bram loopt voor me uit. 'We zullen vandaag een standaardprogrammaatje doen. Dan heb je een beetje een idee van hoe zo'n training eruitziet en dan maken we de volgende keer een trainingsschema op maat.'

'Dat is genoeg voor de eerste keer,' zegt Tamara. 'Ik was helemaal kapot na mijn eerste training. Ik ga eerst even mijn spullen in een kluisje stoppen. Ik zie je zo.' Tamara rent een trap op.

Ik loop als een hondje achter Bram aan. Hij gaat naar een fiets en legt zijn handen op het stuur. 'Deze nemen we. Klim er maar op!'

Ik ga zitten en Bram komt naast me staan. 'We gaan de fiets eerst even instellen. Begin maar met trappen.' Hij drukt op 'invoeren' en allerlei enge termen komen op mijn beeldscherm voorbijgeflitst. 'We kiezen voor manueel.' Hij drukt op enter. 'Dan kunnen we dadelijk zelf het niveau instellen en je kunt dat tijdens het trainen met de pijltjestoetsen naar boven of beneden bijstellen. We doen vijftien minuutjes. Hoe oud ben je?'

'Zesentwintig.'

'En je gewicht?'

'Wat?' vraag ik verbaasd. Ondertussen komt Tamara op de fiets naast me zitten en ze begint driftig op de knopjes te drukken. Ze fietst al nog voordat ik ben bijgekomen van wat Bram me net vroeg. 'Moet ik dat nu hardop zeggen?' vraag ik beduusd. 'Tegen jou?' Dat had Tamara er niet bij verteld. Ik ga hem mijn gewicht niet vertellen. Ik vertel niemand mijn gewicht. Het is al erg genoeg dat ik het zelf weet.

Hij lacht. 'Ik ben wel wat gewend, hoor.'

'Nou, tja... Ik weet het niet precies, hoor.'

'Ongeveer,' zegt Bram.

'Ik denk ongeveer tachtig kilo. Of eenentachtig.' Ik praat nu heel zacht.

Hij toetst het in. Gelukkig gelooft hij het. 'Dan zetten we hem op niveau drie en dan mag je gaan trappen. Hou hem maar tussen de zeventig en tachtig.'

Ik knik.

'Succes,' zegt Bram terwijl hij wegloopt.

'Hoeveel weeg je echt?' sist Tamara.

Ik kijk verontwaardigd. 'Ik weet het echt niet precies.'

'Jij weet alles precies, Isa.'

'Dat is niet waar.'

Ze is even stil. 'Weet jij voor welk cijfer pi staat?'

'Ja. 3,14159265. Hoezo?'

'En een euro is toch twee gulden twintig?' vraagt ze nonchalant.

Ik knik. '2,20371.'

Tamara trekt haar wenkbrauwen op. 'Dat vind ik vrij precies. Weet je ook hoeveel seconden er in een dag zitten?'

'86.400. Maar dat soort dingen weet iedereen. Dat zijn gewoon feitjes.'

'Als je al die cijfertjes uit je hoofd weet, weet je ook heus wel hoeveel je weegt.'

'Misschien ben ik helemaal niet zo geobsedeerd met mijn gewicht bezig als jij denkt.'

'Isa, thuis stond jij ook elke dag op de weegschaal. Ik wed dat je dat nog steeds doet. Je bent een controlefreak.'

Tegenwoordig sta ik twee keer per dag op de weegschaal, maar dat ga ik niet tegen Tamara zeggen.

'Nou, hoeveel weeg je?' vraagt ze.

'Vijfentachtig,' fluister ik, 'komma zeven.'

'Ik wist wel dat je zat te liegen. Dat is trouwens wel veel, Ies. Bijna negentig kilo.'

'Waarom denk je dat ik hier zit?' antwoord ik snauwerig.

Tamara zet haar fiets een level hoger en trapt stevig door. 'Je moet wel doorfietsen, Isa. Je zit pas op de zestig.'

'Nog harder?' vraag ik terwijl ik wat beter mijn best doe. 'Het gaat best zwaar.'

'Het went vanzelf,' zegt ze. 'Ik vind het wel goed van je dat je meegekomen bent. Je mag best trots op jezelf zijn.'

Ik ben eigenlijk ook wel een beetje trots. Ik heb de eerste stap gezet. En het gaat best goed. Ik hoef nog maar zeven minuten. Ik fiets hard door en kijk nog eens rond. Tamara beschuldigt mij van liegen, maar zelf kan ze er ook wat van. 'Weet je zeker dat dit een sportschool is?'

'Wat is het anders?' vraagt ze. Ze heeft duidelijk mijn sarcastische ondertoon gemist.

'Nou, het lijkt toch meer op een catwalk. Ik wist niet dat zulke gespierde mannen en superslanke vrouwen ook in het echt bestonden.'

'Je hoeft je nergens voor te schamen, Ies. We zijn hier allemaal om aan onszelf te werken. Over een paar maanden zie jij er ook zo uit.'

Ik gebaar dat ze gek is. 'Ik zal er nooit zo uitzien. En op dit moment ben ik een attractie. Vroeger kon je op de kermis toch ook naar de dikste vrouw gaan kijken?'

'Er zijn er zoveel die dikker zijn dan jij. Dat zul je vanzelf zien als je vaker komt. Het is nu ook niet zo druk. Kijk over een uur nog maar eens goed rond.'

Mijn fiets begint te piepen. Ik kijk verschrikt naar het scherm.

'Je bent klaar,' zegt Tamara.

Ik stap af en dep mijn gezicht af met mijn handdoek. Ik ben nog niet echt uitgeput, maar ik zweet verschrikkelijk. Dat zal er ook niet bepaald aantrekkelijk uitzien. Gelukkig heb ik nog geen mannen gezien op wie ik indruk wil maken. Sinds ik Ruben ken, zijn andere mannen opeens minder leuk.

Ik neem een slokje water om bij te komen. Tamara ziet er nog fris en fruitig uit. Ze heeft zelfs haar vestje nog aan. Ik zou stikken. Bram komt naar me toe gelopen. 'Wat sta je nou te niksen, joh? Je moet wel in beweging blijven.'

'Maar ik weet niet wat ik nu moet doen.'

'Dan moet je me roepen. Dan leg ik het uit. Wat dacht je van een blokje beenoefeningen?'

Waarschijnlijk heeft hij ook door dat daar mijn grootste probleem ligt. 'Tot straks,' zeg ik tegen Tamara.

Bram leidt me langs allerlei ingewikkelde apparaten en legt uit welke houdingen ik moet aannemen en hoe vaak ik elke oefening moet doen. Als ik goed bezig ben, loopt hij even weg, maar hij komt steeds terug om me te controleren en me naar het volgende apparaat te begeleiden. Ik blijf maar zweten. Bah.

Terwijl ik in allerlei onwenselijke houdingen lig, bekijk ik Tamara, die ook klaar is met fietsen. Ze gaat naar een hoekje van de zaal waar wat jongens met halters aan het trainen zijn. Ze kletst wat met ze en gaat daarna verder met haar eigen oefeningen. Ze krijgt van alle kanten aandacht en hulp. Ze stellen de apparaten voor haar in, ze tillen de extra gewichten er voor haar af en ze hangen de hele tijd bij haar rond voor het geval ze nog iets anders nodig mocht hebben. Ik zie haar veranderen van een zelfredzame vrouw in een meisje dat overal de hulp van een man bij nodig heeft en ik moet even lachen.

Na mijn beenoefeningen word ik door Bram op een stepapparaat neergeplant. Dit moet ik achttien minuten volhouden. Dat vind ik best lang. Welk mens moet nou ooit achttien minuten lang trappenlopen? Dat houdt toch niemand vol en dit is dezelfde beweging. Na tien minuten komt Bram weer bij me kijken. 'Hoe gaat het hier?'

Ik voel dat mijn hoofd langzaam van rood naar paars is gekleurd. 'Dit is wel iets zwaarder dan het fietsen.'

Hij knikt. 'De meeste mensen vinden dit een zwaar apparaat. Maar hij wordt toch vaak gebruikt. Vooral door de vrouwen.

Hij is heel goed voor het heupgebied. En als je af wil vallen, moet je veel bewegen. Veel aan cardiotraining doen. Dus fietsen, lopen, steppen, roeien...'

Ik knik. Praten is nu een beetje te vermoeiend.

'Dus jij bent Tamara's zus?' vraagt hij.

Ik weet een hijgend 'ja' uit te brengen.

'Jullie lijken niet echt op elkaar.'

Ik vraag me af waarom iemand de behoefte heeft om duidelijk te maken dat zij mooi en slank is en ik lelijk en dik. Hij kijkt me aan en ik heb het idee dat hij me probeert voor te stellen zonder mijn overgewicht om te zien of ik dan wel op haar lijk.

'We gaan dadelijk nog een setje buikspieroefeningen doen en ik zal je een paar armoefeningen geven. Dan krijg je nog twaalf minuutjes cooling down en dan heb je een aardig idee van een volledige training.'

'Oké.'

'Hoe vaak zou je willen komen sporten?'

'Weet ik nog niet.'

'Als je één keer per week komt, krijg je een schema wat er ongeveer zo uitziet als dat van vandaag. Als je twee keer per week komt of vaker, dan kunnen we schemaatjes maken waarbij je de ene dag je armen traint in combinatie met cardio, en de andere dag je benen met cardio en je buik- en rugspieren met cardio.'

'Ik zal er even over denken. Ik zit ook met mijn werk. Ik heb soms onregelmatige diensten.'

'O. Wat doe je dan?'

'Ik ben dierenarts.'

'Zo! Dat is nogal wat.'

Ik knik. 'Inderdaad.'

'Dus jij houdt wel van dieren?'

'Ja,' antwoord ik. Dat lijkt me vrij logisch voor iemand die dag in dag uit dieren probeert te helpen. Maar dat zeg ik maar niet hardop.

'Leuk,' zegt Bram. 'Ik kom zo terug voor de oefeningen.'

'Ik vind het supergoed van je dat je meegegaan bent,' zegt Tamara als we eindelijk klaar zijn met onze work-out. We zitten aan de bar en Tamara heeft een geel vitaminedrankje voor me besteld dat maar heel weinig calorieën bevat en toch alle verloren vitaminen en mineralen weer aanvult. Ik moet toegeven dat ik ook blij ben dat ik het gedaan heb. Ik ben kapot nu, maar het voelt wel lekker om zo moe te zijn. Ik voel me nu al beter.

Ik heb net met Tamara afgesproken dat ik een onbeperkt abonnement ga nemen. Dan kan ik zo vaak gaan als ik wil. Volgens Tamara blijf ik dan langer gemotiveerd. Als ik nu een hele week niets meer doe, heb ik geen zin meer om te gaan, volgens haar. Maar als ik de vaart erin weet te houden, bijvoorbeeld door om de dag te sporten, dan gaat het automatisch. Straks kan ik niet eens meer zonder.

'Ga je morgenavond weer mee?' vraagt Tamara.

Ik kijk verbaasd. 'Morgen weer? Ga jij elke dag?'

Ze haalt haar schouders op. 'Niet elke dag. Maar als ik maandag oversla, komt het er meestal dinsdag ook niet van en dan sport ik pas woensdag weer.'

Ik drink mijn glas leeg. Je krijgt wel dorst van dat sporten. 'Ik wacht eerst maar even af of ik morgen nog kan lopen. Ik moet ook nog werken.'

'Nou en? Ik moet toch ook werken? Kom gewoon thuis eten en neem je sportkleren mee. Dan kunnen we direct na het eten gaan.'

'Met een volle maag?'

'Je hoeft je niet vol te proppen, Isa. Als je gewoon een bordje met aardappels, groente en een kipfiletje eet, kun je best sporten.'

'Maar misschien heb ik morgen wel heel erge spierpijn.'

'Maar misschien ook niet.'

Ik zucht. Dat is typisch Tamara. Ze weet niet van ophouden en nu gaat ze me dwingen om op elk vrij moment naar de sportschool te gaan. En als ik ergens geen zin in heb, is het om gedwongen te worden. Ik kan toch zeker zelf wel bepalen wanneer ik ga? Waarom draven sommige mensen altijd meteen zo door?

'En Isa, is het meegevallen?' Bram is met een brede grijns achter de bar verschenen en kijkt me vol verwachting aan.

'Ja hoor!' antwoord ik zo vrolijk mogelijk. 'Ik ga me inschrijven.'

'Wacht even. Ik zal meteen het formulier halen.' Bram duikt weg en komt terug met een A4'tje. 'Hier moet je even je gegevens invullen. Weet je al wat voor soort abonnement je wilt?'

'Onbeperkt,' zeg ik trots.

'Als je je meteen voor een jaar inschrijft, is het voordeliger,' zegt Bram.

'Oké, dan doen we dat,' antwoord ik.

Bram zet een kruisje en draait het blad om. 'Dit is het reglement. Als je het gelezen hebt, mag je hier even tekenen.' Hij geeft me zijn pen en ik lees alle regels waaraan ik me te houden heb. Geen buitenschoenen in de zaal gebruiken, een handdoek meebrengen, bla bla bla. Ik zet mijn handtekening en geef het blad terug aan Bram. Zo! Nu is het officieel. Ik kan niet meer terug.

'Dan doen we de volgende keer eerst een fittestje,' zegt Bram.

Dat vind ik dus alweer minder leuk. 'Moet dat? Ik weet zo ook wel dat ik geen beste conditie heb.'

'Natuurlijk moet dat, Isa!' roept Tamara.

'We moeten een persoonlijk programma voor je maken,' legt Bram uit. 'We moeten dus alles van je weten. We gaan je helemaal meten en wegen.'

Ik lach. Dat is vast een grap. Hij gaat me natuurlijk niet letterlijk meten en wegen...

'We kunnen met onze weegschaal precies je vetpercentage aflezen en dat is belangrijk, want dat moet omlaag,' zegt Bram.

Ik stop met lachen. Dit is niet grappig. Waar is mijn inschrijfformulier? Ik wil het verscheuren.

Bram grijnst. 'We gaan je eens goed onder handen nemen, Isa.'

Het is zondagmiddag halfeen. Ik heb gesport. Ik ben al gedoucht en aangekleed. Ik heb heel gezond geluncht. Drie bruine boterhammen met 20+ smeerkaas en een appel. Ik heb Stijn gebeld om te vragen of hij alles nog onder controle heeft, wat gelukkig het geval is. En nu bruis ik nog van de energie en ik weet even niet wat ik ermee moet doen.

Mijn huiskamer kan wel een schoonmaakbeurt gebruiken, maar ik heb geen zin daar mijn dag aan te verspillen. Ik ga maar alvast naar Floor.

Zodra de eerste film afgelopen is, staat Floor op om de bakken chips op tafel bij te vullen. De paprikachips zijn al op. De zak M&M's is ook al leeg en Floor heeft zojuist de laatste Mama Mia's op tafel gezet. Er is dus vanmiddag al voor een heel weeshuis aan snacks verslonden, maar het goede nieuws is dat ik niets op heb. Helemaal niets. Ik heb alleen cola light gedronken. Ik zou me nu heel sterk en standvastig moeten voelen, maar het tegendeel is waar. Ik sta op het punt een moord te begaan. Van het afgelopen anderhalf uur heb ik weinig anders meegekregen dan het graaien en snaaien van mijn vriendinnen. Ik weet amper waar de film over ging. Ik kon mijn aandacht er gewoon niet bijhouden. Het eetgedrag van Daph en Floor hield me te veel bezig.

Ongelooflijk hoe vaak Daphne gedachteloos een hand chips naar binnen propt. En dan Floor, zij legt rustig de zak M&M's op haar buik en eet die in haar eentje leeg. En ik? Ik mag helemaal niks. Ik ben gewoon woedend. Dat is toch niet eerlijk? Waarom mogen zij dat wel? Waarom kunnen zij zich liggend op hun rug volproppen met allerlei lekkers? Waarom blijven zij hartstikke dun? Al sinds de middelbare school zitten die twee op hetzelfde gewicht en mijn gewicht is na elk filmmiddagje weer wat hoger. Waarom moet ik per se naar die stomme sportschool? Waarom moet ik me laten meten door die stomme Bram? Waarom moet juist ik hier een hele middag op een houtje zitten bijten? Ik kan er niet tegen! Dit is gemeen en volkomen oneerlijk. Ik wil me zo graag te buiten gaan aan die chips op tafel, dat ik er bijna niet goed van word. Waarom doe ik dit mezelf eigenlijk aan? Als Ruben me zo niet leuk vindt, waarom zou ik dan iets met hem willen? Als hij niet verder kan kijken dan de buitenkant, is hij al deze moeite niet waard.

'Wil jij nog drinken, Ies?' vraagt Floor.

'Nee,' antwoord ik norser dan de bedoeling was. Ik wil mijn frustraties niet op mijn vriendinnen afreageren, maar ik vind het zo moeilijk. Ik haat het dat ik zo ben. Dat zij perfect zijn, terwijl ik...

Opeens springen de tranen in mijn ogen.

'Wat is er met jou aan de hand?' vraagt Daphne.

'Niks. Ik heb gewoon mijn dag niet. Zullen we de andere film opzetten?' Volgens mij hebben ze helemaal niet in de gaten dat ik nog niets gesnoept heb. Voor hen is het zo vanzelfsprekend om alles te kunnen eten dat ze helemaal niet stilstaan bij mijn probleem.

Daphne schuift zwijgend het andere dvd'tje in het apparaat terwijl Floor uit de keuken komt met een grote schaal popcorn.

'Kijk eens, Ies! Speciaal voor jou. Popcorn bevat helemaal niet zoveel calorieën.'

Ik kreun. 'Maar Floor, ik mag eigenlijk helemaal geen calorieën hebben!'

'Je mag heus wel wat. Ten eerste is het weekend, ten tweede kom je echt niet aan van popcorn en bovendien heb je vandaag gesport. Dan kun je je echt wel iets lekkers veroorloven.'

'Ja, het is zo ongezellig als je niets neemt,' zegt Daphne.

'Vertel mij wat,' mompel ik.

'Je hoeft je niet meteen alles te ontzeggen. Ik vind het goed van je, hoor. Dat je gaat sporten en op je eten wil letten en zo. Maar je moet niet overdrijven. Je bent niet zo dik dat je een spoedcursus afvallen moet volgen.'

'Ik ben behoorlijk dik geworden, jongens. Zien jullie dat nu echt niet?'

Floor schudt heftig haar hoofd.

'Je bent niet te dik,' zegt Daphne terwijl ze weer op de bank ploft.

'Wat betekent dat? Niet te dik? Ben ik dan precies dik genoeg of zo?' vraag ik.

Floor lacht. 'Ja! Je bent gewoon Isa. Je bent zoals je bent en ik snap niet dat je er zo mee zit. Je bent een leuke meid om te zien. Je bent mooi zoals je bent. Oké, je bent zwaarder dan wij, maar dat komt omdat jij zo leuk bent dat zelfs dat je niet lelijk maakt.'

'Precies!' zegt Daphne. 'Als je ook nog superslank zou zijn, zou je te knap zijn voor deze wereld.'

'Meiden, dat is de grootste onzin die ik ooit heb gehoord.'

'Het is de waarheid. Jij kunt het hebben, Isa. Ik vind dat je jezelf moet accepteren zoals je bent, in plaats van al die moeite te doen om af te vallen,' zegt Floor.

'Dat is makkelijk gezegd. Jij kunt alle kleren kopen die je wil hebben. Jij kunt een kort rokje aan, strakke spijkerbroeken, blote truitjes. Ik sta alleen maar voor gek in pashokjes.'

'Toch vind ik dat je er altijd leuk uitziet,' antwoordt Daphne.

'Ik heb altijd dezelfde zwarte broek aan! Je maakt mij niet wijs dat jullie dat niet zien.'

'Je hebt toch ook een spijkerbroek?' vraagt Daphne.

'Daar pas ik al twee maanden niet meer in.'

Floor haalt haar schouders op. 'Ik zie echt niet dat je aangekomen bent de afgelopen maanden, hoor.'

'Nou, ik zie het wel,' zeg ik. 'En ik geloof niet dat jullie het niet in de gaten hebben.'

Daphne kijkt verontwaardigd. 'We gaan heus niet tegen je liegen, Isa.'

'Misschien niet bewust...'

Floor zucht geïrriteerd. 'Dat jij een hekel aan jezelf hebt, betekent niet dat wij dat ook hebben. Wij houden tenminste van je zoals je bent! Misschien moet je daaraan werken in plaats van aan je figuur.'

Echt gezellig werd het niet meer die middag. Ik zit er nu, een halve week later, nog een beetje mee in mijn maag. Ik heb uiteindelijk toch een paar handjes popcorn genomen, maar ik kon er niet zo van genieten als gewoonlijk. Ik wil nu echt afvallen. Ik heb vaker lijnpogingen gedaan, maar toen was ik niet bereid om echt iets aan mezelf te veranderen. Nu ben ik dat wel van plan. Volgens mij is dat zelfs al gebeurd en ik denk dat mijn vriendinnen daarom zo fel reageren.

Ik ben deze week heel goed bezig geweest. Ik ben maandagavond toch met Tamara gaan sporten. Ik had wel een beetje spierpijn, maar het ging best goed.

Gelukkig had Bram een vrije dag, dus ik heb me nog niet hoeven wegen. Er liep een meisje rond dat me af en toe uitleg gaf als ik iets niet meer wist en zij repte met geen woord over fittesten en dergelijke. Volgens mij merkte ze niet eens dat ik nieuw was. Ik heb gewoon hetzelfde schema gevolgd als de eerste keer. Eigenlijk ging het nu al gemakkelijker dan toen.

Verder heb ik ook erg gezond gegeten de afgelopen dagen. Veel groenten en als tussendoortje crackers of fruit. Ik zit op de goede weg en ik heb mezelf voorgenomen dat vanaf nu mijn gewicht alleen nog lager wordt. Het geeft een geruststellend gevoel te weten dat ik nu op mijn topgewicht zit. Vanaf nu heb ik mezelf in de hand. Ik eet nu bewust.

Ik heb net geluncht in mijn kantoor. Sinds ik waldkornbrood in mijn lunchpakketje heb in plaats van witte puntjes, zit ik ook eerder vol, merk ik. En de hagelslag heb ik vervangen door rookvlees en 20+ kaas. Als ik zin heb in zoetigheid op mijn brood neem ik jam of appelstroop en ik merk dat ik me echt op mijn lunch verheug, nu ik niet meer snoep tussendoor.

'Isa...' zegt Vivian terwijl ze in de deuropening van mijn kantoor verschijnt. 'Mevrouw Van Geneugten zit al in de wachtkamer.'

Ik slik mijn laatste slokje melk door. Magere melk, natuurlijk. 'O ja. Ze zou langskomen met Streepje. Ze is wel vroeg, trouwens.'

'Ja, weet ik. Ik heb haar gezegd dat ze nog even moet wachten.'

'Nou, ik ben toch klaar met eten. Ik zal haar zo naar binnen roepen.'

'Echt? Je hebt nog bijna twintig minuten pauze, hoor.'

'Ja, maar we willen niet dat Streep dadelijk de wachtkamer afbreekt, toch?'

Vivian lacht. 'Anders doet mevrouw Van Geneugten het zelf wel.'

Dat mevrouw Van Geneugten inderdaad de gemakkelijkste niet is, merk ik weer zodra ze de spreekkamer in komt. 'Is dokter Van Lieshout er niet?' vraagt ze.

'Nee, ze is op vakantie,' antwoord ik.

Ze kijkt nogal zuur. 'Ik had eigenlijk verwacht dat ik dokter Van Lieshout zou treffen. Zij is precies op de hoogte van Streepjes voorgeschiedenis.'

'Ik kan u verzekeren dat uw kat bij mij ook in goede handen is, mevrouw. Ik heb me verdiept in het dossier en ik weet zeker dat ik goed op de hoogte ben.'

Ze zet de reismand van Streepje op de behandeltafel. 'Tja, als ze er niet is, dan zal het zo wel moeten. Maar ik begrijp niet dat ze zomaar weggaat. Ik bedoel het niet vervelend, hoor. Je bent vast goed in je werk, maar je bent nog zo jong. Hoe kan jij nu de kliniek in je eentje draaiende houden?'

'Nou, ik doe het niet alleen hoor, mevrouw,' zeg ik zo luchtig mogelijk. Dit soort gesprekken ergert me natuurlijk mateloos, maar dat mag ik niet laten merken. 'Natuurlijk is dokter Smulders hier nog een paar dagen in de week en we hebben goede assistentes. En ik ben inderdaad de jongste dierenarts in de praktijk, maar ik beloof u dat u er niets van zult merken. Zullen we eens naar Streepje kijken?'

Mevrouw Van Geneugten maakt aarzelend het deurtje open, alsof ze me een enorme gunst verleent. Streepje schuifelt, klaaglijk miauwend, steeds meer richting de achterwand van zijn kleine huisje.

'Meestal springen ze er meteen uit,' zeg ik tegen mevrouw Van Geneugten terwijl ik mijn hand voorzichtig naar binnen steek. 'Kom eens hier, Streepje. Laat me eens naar je kijken...' Ik laat de poes even aan mijn hand snuffelen.

'Ze is een beetje bang aangelegd. Ze komt nooit buiten, dus ze is wat onrustig in een vreemde omgeving.'

Ik kijk hoe haar reactie is als ik haar aanraak en besluit dat ik haar redelijk veilig kan pakken. Ik weet haar zonder dat ze naar me uithaalt uit het reismandje en op de behandeltafel te krijgen. Ik ben verbaasd te zien dat Streepje niet gestreept is, maar gevlekt. Mevrouw Van Geneugten heeft een apart gevoel voor humor.

'Ik heb een knobbeltje gevonden op haar borst,' zegt mevrouw Van Geneugten, terwijl ik onder de buik van de poes voel. 'Het zit aan de linkerkant. Ik hoop dat het niks is, misschien is het niet eens de moeite dat ik ermee langskom...'

'Jawel,' antwoord ik. 'Het is heel goed dat u langskomt. Ik voel het ook. Het voelt als een melkkliertumor...' Ik maak oogcontact met mevrouw Van Geneugten. Ze kijkt zorgelijk en haar mond is vertrokken tot een dunne streep. 'Dat komt nogal eens voor bij honden en katten.'

'Is dat ernstig?'

'Ze kunnen zowel goed- als kwaadaardig zijn. Dat is helaas aan de buitenkant niet te zien.' Ik aai Streepje, die volgens mij het liefst terug haar reismand in zou vluchten. 'De enige behandeling voor melkkliergezwellen is een operatie. We zullen de tumor met omringend weefsel weg moeten nemen.'

Mevrouw Van Geneugten slaat haar handen voor haar mond. 'Maar Streepje is al twaalf. Kan ze dat wel aan? Ik wil haar niet onnodig kwellen op haar oude dag.'

'We zullen een afweging moeten maken,' zeg ik. 'Ik denk dat een operatie zinvol kan zijn aangezien Streepje nog een aantal mooie jaren voor de boeg kan hebben. Twaalf is voor een kat niet zo erg oud. Een operatie is echter alleen zinvol als er nog geen uitzaaiingen zijn. Ik zou daarom willen voorstellen een weefselonderzoek te doen om een indruk te krijgen van het type tumor.'

Mevrouw Van Geneugten knikt.

Ik ga verder met mijn uitleg. 'Als het om een goedaardig gezwel gaat, zijn de vooruitzichten voor Streepje goed. Bij een kwaadaardige tumor ziet het er niet gunstig uit. Dan is er namelijk altijd kans op uitzaaiingen. Ik voel op dit moment maar één knobbel, maar of er uitzaaiingen zijn, kan ik zo niet zeggen. Als er sprake is van uitzaaiingen kunt u beslissen niet te opereren omdat in dat geval geen herstel te verwachten is. Dan zou u er Streepje geen plezier mee doen.'

'Ik vind het zo moeilijk,' antwoordt mevrouw Van Geneugten.

'Ik stel een naaldbiopt voor,' zeg ik. 'Dat kan ik namelijk nu meteen zonder verdoving doen. De uitslag is dan over een dag of twee bekend. Verder zou ik ook een röntgenfoto van de longen willen maken als controle op mogelijke uitzaaiingen. Aan de hand van dit onderzoek vooraf kunnen we dan rustig beslissen of een operatie zin heeft.' Ik kijk naar mevrouw Van Geneugten, die wit weggetrokken is. Haar onderlip trilt een beetje en het lijkt alsof ze meer rimpels heeft dan toen ze binnenkwam.

Als ik zie hoe aangeslagen ze reageert, vergeet ik op slag de irritatie die ze bij me opgewekt heeft. 'Ik weet dat het veel informatie ineens is,' zeg ik. 'Maar u kunt het nog rustig even laten bezinken.'

Ze knikt. 'Streepje is echt een kameraad voor me, ziet u. Ik ben niet meer getrouwd en mijn zoon woont met zijn vrouw aan de andere kant van het land. Ik heb best een leuk sociaal leven, maar zonder Streep zou het thuis erg stil zijn.'

Ik glimlach. 'We gaan er in ieder geval alles aan doen om haar te helpen.'

Mevrouw Van Geneugten herneemt zichzelf. 'Tja, nou laten we dan maar gauw dat naaldonderzoek doen.'

Als ik aan het eind van mijn dienst de deur van de kliniek achter me dichttrek, verheug ik me op een avondje lui op de bank. Mijn joggingbroek lonkt al naar me. Ik heb zin in een lekker warme douche, een pizza in de oven en een beetje zappen langs de televisiezenders.

Dan besef ik opeens dat het woensdagavond is en dat ik met Tamara heb afgesproken om te sporten. Na een drukke dag als vandaag is dat wel het laatste wat ik kan gebruiken. Hoe ga ik dat nu elke week volhouden? Ik ben zo moe...

Ik ben helemaal moedeloos als ik mijn straat in kom rijden en ik ben in mijn hoofd al bezig smoezen te bedenken. Tamara snapt het vast wel als ik een keer afzeg 's avonds. Ze weet hoe het is om een hele dag te werken en dan nog te moeten sporten. Misschien zijn drie avonden in de week gewoon wat veel. Ik moet toch ook een beetje rust hebben?

Ik parkeer mijn auto voor de deur en pak mijn tas van de achterbank. Ik wil er mijn huissleutels uithalen als ineens het portier aan mijn kant opengerukt wordt. Van schrik slaak ik een kreet.

'Niet zo slim om met open deuren te rijden, meisje,' zegt Tamara.

'Jeetje Tamaar! Ik schrik me rot,' antwoord ik. 'Wat doe jij nou hier?'

'We gaan toch sporten?' zegt ze vrolijk.

'Ja... weet ik.'

'Ik heb wat te eten voor je bij me.' Tamara drukt een tupperwarebakje in mijn handen. 'Het is spaghetti. Ik heb niet te veel voor je meegenomen, hoor. Maar dan heb je toch een lekker maaltje. Als je nu nog moet koken, wordt het wel erg laat.'

We lopen naar mijn voordeur. Koken? Alsof ik dat van plan was. Ik vind het al heel wat als ik af en toe een 'gezonde' magnetronmaaltijd naar binnen werk. Voor de vitaminen heb ik altijd mijn moeder nog.

Terwijl ik mijn jas ophang en mijn tas wegzet, ploft Tamara op de bank. Ze zet de tv aan en ik ga naar de keuken om mijn eten op te warmen. Ik neem me voor om langzaam te kauwen en echt te genieten van dit bordje spaghetti. Normaal gesproken schrok ik het eerste bord naar binnen. Pas als ik de tweede keer opschep, neem ik er de tijd voor. Maar dat is nu voorbij. Vanaf nu geniet ik van alles wat ik *wel* eet, in plaats van te denken aan wat ik *niet* mag. Tenminste... dat probeer ik, dus.

Ik eet voor de televisie met mijn bord op schoot en luister naar Tamara die commentaar geeft op alles wat ze ziet. Best gezellig zo. Als het aan mij ligt, blijven we gewoon de hele avond hier.

'Zeg, ga je je nog omkleden?' vraagt Tamara als ik een kwartier nadat ik mijn laatste hap heb doorgeslikt nog geen aanstalten maak om op te staan. Ik begrijp niet waar Tamara de motivatie vandaan haalt om zo vaak te sporten, terwijl ze het niet eens dringend nodig heeft.

'Ja, ik ga zo...'

'Hoe laat wil jij in 's hemelsnaam gaan? Als we nog lang wachten zijn we tot sluitingstijd bezig.'

'Maar ik ben zo moe...' kreun ik. 'Ik heb een lange dag gehad, hoor!'

'Wat denk je van mij? Ik heb je toch weleens verteld over Simone?'

'Die klant van je?' vraag ik.

Ze knikt. 'Daar ben ik vandaag zeker een uur mee bezig geweest. Ik haat het als mensen van veertig erbij willen lopen alsof ze twintig zijn. Zij is dus zo iemand. En ze denkt dat alles wat nu mode is haar ook staat. Verschrikkelijk. Ga je nu eens aankleden, joh.'

Ik sta op en strompel naar boven. 'Slavendrijver!' roep ik naar beneden.

Dit is niet normaal. Het is druk in de sportschool vanavond. Het lijkt wel alsof ik de ultieme uitgaansgelegenheid van de stad binnenkom. Het is er bomvol met jonge mensen. Ze lachen, praten, lijken alles te doen behalve sporten. Ik kijk verschrikt naar Tamara. 'Wat is hier aan de hand?'

Ze haalt haar schouders op. 'Niets. Het is wel vaker druk, hoor.'

Onderweg naar de kleedkamer werp ik een blik in de zaal. 'Volgens mij zijn er helemaal geen apparaten vrij...'

'Er is altijd wel iets vrij,' antwoordt Tamara.

'Afgelopen maandag was het niet zo druk.'

'Wen er maar alvast aan, Ies. 's Avonds is het meestal druk. Maar dat is juist gezellig! Ik zal je dadelijk voorstellen aan wat mensen. Als je een beetje kletst onder het trainen vliegt de tijd.'

Tamara opent de deur naar de kleedkamer en opnieuw schrik ik. Overal waar ik kijk staan naakte vrouwen. Ze schijnen volkomen op hun gemak te zijn in hun blootje. Ze lopen rustig naar de douches, kammen hun haren, zoeken hun ondergoed uit de tas. Ik kan me niet voorstellen dat ik ooit zo volkomen nonchalant poedelnaakt in een ruimte vol met andere vrouwen zou gaan staan. Ik moet er niet aan denken om hier in het openbaar te douchen, maar daar schijnen mijn collega-sporters geen probleem mee te hebben. En ze zijn echt niet allemaal perfect. Ik zie striae, cellulite, hangborsten, zadeltassen en blubberbuiken. Ik vind het best knap dat ze het durven, maar ik zie mezelf hier de komende maanden nog geen douche nemen.

'Hoe lang moet jij nog?' vraagt Tamara aan een jongen op een fiets zodra we terug in de zaal zijn. Ze is vooraan in de rij begonnen en gaat nu iedereen af met deze vraag in de hoop iemand te vinden die bijna klaar is. Ik schaam me een beetje. Dit zou ik nooit doen. Ik zou ergens aan de kant wachten tot er een plaatsje vrijkwam. Of misschien was ik in de deuropening al omgedraaid als ik alleen was geweest. Ik weet me niet echt een houding te geven in deze drukte.

'Tammie!' hoor ik iemand roepen. Het is een jongen op de crosstrainer en hij zwaait fanatiek naar mijn zus. 'Ik ben bijna klaar!'

Tamara sleurt me aan mijn arm mee naar de jongen. 'Hé, Joost. Ken je mijn zus Isa al?'

Hij schudt zijn hoofd. 'Hoi Isa.'

'Hoi,' mompel ik. Ik weet verder niets tegen hem te zeggen.

'Ben je hierna helemaal klaar of ga je nog verder?' vraagt Tamara.

'Ik pak nog even wat gewichten. Ik ben hier al een tijdje. Normaal ben jij toch ook vroeger?'

'Ja,' antwoordt Tamara. 'Maar Isa was nog niet klaar met werken. Ze is dierenarts.'

'Leuk,' zegt Joost.

Ik glimlach.

'En Joost studeert economie,' gaat Tamara verder.

'Goh...' antwoord ik, 'leuk.'

Joost stapt van zijn crosstrainer. 'Nou, misschien zie ik jullie straks aan de bar.'

'Oké,' zegt Tamara. Ze duwt mij naar het apparaat. 'Ga jij maar eerst.'

'Wil jij niet?'

'Ik moet nog vier minuten,' zegt het meisje dat de crosstrainer naast ons gebruikt.

'Mooi!' zegt Tamara. 'Dan kunnen we naast elkaar!'

'Eigenlijk weet ik nog steeds niet of dit nou wel iets voor mij is,' zeg ik tegen mijn zus als we een paar minuten bezig zijn. Ik snap nog steeds niet dat zij niet zweet. Ik ben na vijf minuten op dit apparaat al uitgeput en zij zou het best een uur uit kunnen houden. Ik wil er ook zo charmant uitzien tijdens het sporten.

'Je moet niet zo moeilijk doen, Isa. Jij bent altijd zo met jezelf bezig. Denk je nou echt dat iedereen hier op je let? Zo interessant ben je nou ook weer niet.'

'Ik bedoel de sfeer. Ik voel me niet op mijn gemak. Overdag is het heel anders.'

'Natuurlijk is dat anders. Maar daar gaat het niet om. Jij bent hier om aan jezelf te werken. De rest doet er niet toe. En als je hier later nog wat leuke sociale contacten aan overhoudt, is dat alleen maar mooi meegenomen.'

'Ja, jij hebt makkelijk praten. Jij past perfect in dit plaatje. Ik ben hier de freak.'

'Isa, jij bent *overal* de freak.'

'Dag dames, hoe gaat het hier?' Bram is tussen ons in komen staan. Ik heb hem niet aan zien komen en schrik van zijn stem. Als hij maar niet weer over dat wegen begint.

'Hé Bram!' roept Tamara. 'Heb je nog plaats voor de spinningles van vrijdagavond?'

'Ik denk het wel. Zal ik je noteren?'

'Ja, graag!'

'Jullie allebei?' vraagt hij met een blik op mij.

'Spinning? Dat denk ik niet.' Ik vind fietsen zo al zwaar genoeg. Ik ga echt niet met een verzwaard voorwiel en krankzinnige weerstand mijn eigen dood tegemoet rijden terwijl een klasje van twintig man naar mijn dikke kont zit te kijken.

'Het is heel leuk hoor,' zegt Bram. 'Als je eenmaal begint, ben je zo verslaafd.'

'Ik hou het toch voorlopig hierbij,' antwoord ik.

Bram kijkt me even aan. 'Hoe is je fittest eigenlijk gegaan?'

Shit! Waarom zit hij me zo op de huid? Ik vind dit echt helemaal niks. Ik wil een beetje met rust gelaten worden. Als ik iets nodig heb, vraag ik er wel om. Ik wil niet de hele tijd belaagd worden met testen en spinninglessen. Het lijkt wel alsof ik in militaire dienst ben gegaan.

'Heb je nog geen test gedaan?' vraagt hij verbaasd als ik geen antwoord geef.

'Nog niet,' zeg ik. Het klinkt eerder trots dan schuldbewust.

'Isa, Isa, Isa! Ik moet jou ook de hele tijd in de gaten houden, hè? We hadden toch afgesproken dat je bij me langs zou komen om een persoonlijk plan te maken?'

'Ja, maar je had het zo druk vandaag...'

'Dat valt wel mee, hoor. Maar nu is het te laat. Je moet het wel voor het sporten doen, anders is de meting onbetrouwbaar. Meld je de volgende keer nou even op tijd. Dan kun je veel effectiever trainen.'

'Ja. Dat is goed.'

'Echt doen, hoor! Een goed begin is het halve werk.'

'Jahaa...' antwoord ik snauwerig. 'Dat weet ik heus wel. Ik heb niet veel tijd vandaag...'

Bram glimlacht. 'Als je dan de volgende keer wat meer tijd hebt, moet je me maar even aan mijn mouw trekken.' Hij maakt aanstalten om weg te lopen. 'Maar misschien kan ik beter mijn oog op jou houden!'

Goed. Ik heb een plan. Voortaan glip ik dus de zaal in voordat Bram me heeft gezien. Zolang ik actief bezig ben voor hij me tegenkomt, kan me niets gebeuren. De pot op met die test!

4

Ik kom met tassen vol boodschappen thuis. Het is vrijdagavond, ik heb net een werkweek van twaalf dagen achter de rug en ik ben aan het eind van mijn Latijn. Ik ben wel gewend om een beetje vermoeid te zijn na een dienst, maar nu is het veel erger. Ik heb niet alleen gewerkt in de kliniek, maar ook aan mezelf.

Ik ben trouw naar de sportschool geweest en ik merk dat ik de weegschaal nu in bedwang heb. Mijn gewicht gaat onsje voor onsje naar beneden. Ik denk dat ik het nu eindelijk vol ga houden. Ik ben immers niet aan het lijnen, ik ben aan het veranderen.

Mijn boodschappenlijst is ook veranderd. Ik heb nu volkorenbrood en volkorenpasta, zilvervliesrijst in plaats van witte rijst, magere melkproducten, magere yoghurt in plaats van vla, zoetstof in plaats van suiker en zelfs verse groenten en fruit. Ik zie mezelf echt nog niet elke dag een gezonde maaltijd met groenten en aardappels op tafel toveren, maar een paar keer per week moet toch lukken.

Voor vandaag heb ik sperzieboontjes gekocht. Eigenlijk is

vrijdag mijn frietdag. Ik ben ook de hele dag van plan geweest om mezelf een frietje te gunnen, maar toen ik in de supermarkt stond, heb ik toch maar iets gezonds gekocht. Ik was vanochtend zo blij dat ik vier ons kwijt was. Als ik nu friet ga eten, verpest ik het vast weer.

Het is me ook goed gelukt om Bram op de sportschool te ontlopen. Ik glip tegenwoordig zo snel als ik kan langs het poortje. Vervolgens kom ik heel voorzichtig de kleedkamer uit. Als ik hem dan tegenkom, doe ik alsof ik iets vergeten ben en ren ik terug. Als hij ergens mee bezig is, vlucht ik langs hem heen en ga ik als een bezetene aan de gang. Tot nu toe is hij ook niet meer teruggekomen op die fittest. Misschien heeft hij het al opgegeven. Ik kan me ook niet voorstellen dat het echt zo belangrijk is. Ik kan thuis toch ook zien of ik afgevallen ben?

Eigenlijk moest ik vanavond ook sporten, maar omdat ik dit weekend vrij ben, heb ik besloten om morgenochtend te gaan. Ik voel me overdag toch net iets meer op mijn gemak.

Ik leg net mijn kipfiletje in de grillpan, als de telefoon gaat. 'Hé, met Daphne!' hoor ik als ik opneem. 'Heb je zin om even met mij en Floor naar het winkelcentrum te gaan? Floor moet haar schoenen wegbrengen voor een nieuwe hak en ik had toch zo'n mooie jas gezien? Dan eten we onderweg een frietje.'

'Ik ben al aan het koken,' antwoord ik.

'Koken?' vraagt Daph. 'Op vrijdag?'

'Ja, ik had een ingeving. Gaan jullie maar samen.'

'Ja, maar jij moet ook even naar die jas kijken. Laat dat eten anders staan, joh. Dat kun je morgen toch ook eten?'

'Nou, het is al bijna klaar. Komen jullie anders eerst hierlangs? Ik heb nog wel wat vlees in de vriezer en ik heb groente en aardappels genoeg.'

'Gatver! Dat is niet echt een feestmaal, Ies...'

'Nee, dat weet ik ook wel. Ik eet het ook niet voor mijn lol. Maar het is wel gezond en goed voor de lijn en dat is nu het belangrijkste voor mij.'

'We komen er nu in ieder geval aan. Eet jij jouw eten maar, dan nemen Floor en ik wel een frietje op het centrum.'

Ik ben even stil. Eigenlijk vind ik het helemaal niet zo leuk om in mijn eentje gezond te eten en dan toe te moeten kijken hoe mijn vriendinnen snacken. Daar werd ik de vorige keer ook chagrijnig van. 'Oké...' mompel ik. 'Leuk...'

'Tot zo!' roept Daph voor ze ophangt.

Een uurtje later zit ik naast mijn friet etende vriendinnen op een bankje in het winkelcentrum. Het is niet dat ik honger heb, want ik heb net goed gegeten, maar toch kan ik ze de friet wel uit hun handen rukken. Floor heeft een friet speciaal en Daphne een frietje satésaus. Kunnen ze er niet een beetje rekening mee houden dat dit moeilijk voor mij is?

'Ik had echt honger!' zegt Floor.

'Omdat we zo lang op Isa moesten wachten,' zegt Daphne lachend. 'Heb je nu geen spijt dat je geen frietje hebt genomen?'

'Ik denk dat ik spijt zou krijgen als ik het wel deed,' antwoord ik. 'Maar ik baal er wel van dat jullie alles kunnen eten en dat ik overal van aankom.'

Floor haalt haar schouders op. 'Jij kunt het ook wel een keertje eten, Isa. Je moet het niet te vaak doen, maar eens een keertje zondigen kan geen kwaad. Je bent al een paar weken bezig met lijnen, dus je verdient best een beloning.'

'Wil je een frietje meepikken?' vraagt Daphne terwijl ze haar bakje onder mijn neus houdt.

'Nee!' roep ik paniekerig. 'Ik neem echt niets. Ik ga even bij de boekwinkel kijken. Eten jullie maar rustig door.'

'We komen je wel halen als we klaar zijn,' zegt Floor. 'Anders zitten we hier over een uur nog.'

Ik heb binnen een paar minuten al een thriller uitgekozen van de tafel met nieuw verschenen boeken. Daarna loop ik langs de wanden van de winkel. Ik kijk nonchalant in de rekken, maar ik weet waar ik naar op zoek ben. Ik heb laatst in een tijdschrift een recensie gelezen van een zelfhulpboek over afvallen. Ik kan wel wat tips gebruiken.

Ik zie niet alleen het boek staan, maar een hele plank vol met boeken over lijnen. Er is blijkbaar een markt voor. Ik neem ze een voor een van de plank en bekijk ze vluchtig. Er zit best veel zinnigs bij, vind ik. Ik leg er een paar apart die ik misschien wil kopen. Als ik alles heb bekeken, neem ik de boeken die ik apart heb gehouden nog eens door. Ik lees de achterkanten en blader sommige boeken door. Ik ga er helemaal in op. Ik wist niet dat er zoveel verkrijgbaar was. Het South Beach Dieet, het wasborddieet, het Low Fat Low Carb dieet, Weight Watchers, Streep-je-Slank, Dr. Atkins... En het gaat veel verder dan afvallen alleen. Je hele zelfbewustzijn wordt aangepakt. *Bereik je ware gewicht in zes eenvoudige stappen... Zoek uit waar je werkelijk naar hongert als je voor de zoveelste keer met een volle maag de snoepkast induikt... Je bent wat je eet en je lichaam is een afspiegeling van je innerlijke gezondheid... Vind de balans...* Dit is echt interessant...

Ik besef dat ik al iets te lang bezig ben. Daphne en Floor worden nu vast ongeduldig, maar ik ben al bijna klaar. Ik moet alleen nog even...

'Hé Isa!' hoor ik opeens. Het is niet Floor of Daphne.

'Ruben,' zeg ik. Ik leg snel het exemplaar van *Uit de ban van eetbuien* neer. Waarom treft hij me nu weer met zo'n titel in mijn handen?

Ruben glimlacht. 'Ik liep net voorbij en ik zag je hier staan...'

Volgens mij kijkt hij naar het boek. Nu denkt hij natuurlijk dat ik me dagelijks volprop. Voor de koelkast. Met de deur nog open. 'Hoe is het? Alles goed met Bo?' vraag ik terwijl ik de thriller boven op de eetbuien leg.

'Ja, die is hartstikke vrolijk. Hij is weer helemaal de oude.'

'Gelukkig.' Ik kan niet fatsoenlijk praten. Ik wil hem uitleggen dat ik niet in de ban van eetbuien ben. Waarom doet hij nu net alsof hij het niet gezien heeft? Als hij nu iets zou zeggen, dan kon ik het uitleggen...

'Dat is een goed boek,' zegt hij.

Zie je wel dat hij het gezien heeft! O, hij wijst naar de thriller.

'Heb je het gelezen?' vraag ik onnozel.

'Ja. Het is heel erg spannend. Ik zal niks verraden, maar het is wel de moeite waard.'

'Ik wilde hem al kopen,' zeg ik.

Hij knikt. 'Ik ben trouwens nog steeds van plan om met Bo langs te komen, hoor. Ik heb het nu een beetje druk, maar ik ben het niet vergeten.'

'Ik had je inderdaad nog niet in de agenda zien staan. Maar het hoeft ook niet meteen. Laat Bo eerst maar even bijkomen.'

'Ja, ik denk dat hij niet echt zit te wachten op nog een bezoekje aan de kliniek.'

'Dat is wel een beetje raar,' antwoord ik. 'Ik doe zo mijn best om dieren te helpen, maar op de een of andere manier ben ik altijd hun minst favoriete persoon.'

'Dat is bij Bo niet het geval, hoor. Hij mag jou erg graag, alleen je enge spuitjes niet.'

'Tja, die horen er helaas ook bij. Maar ik ben wel blij dat hij niks tegen mij persoonlijk heeft.'

'Nee hoor, hij heeft het de hele tijd over je.'

Ik schiet weer eens voluit in de lach. Dat hoort er blijkbaar bij als ik met Ruben praat. 'Dan hoop ik hem snel weer te zien,' zeg ik.

'Ik zal hem proberen over te halen.'

Vanuit mijn ooghoek zie ik dat Daphne opstaat om haar frietbakje weg te gooien. 'Ik moet er weer vandoor. Mijn vriendinnen wachten buiten op me,' zeg ik terwijl ik naar de uitgang knik.

'Ik moet ook weer verder,' antwoordt hij. 'Ik ben op zoek naar de kunstboeken. Ik heb een klant die al zijn meubels in barokstijl wil. Ik moet mijn schoolkennis weer een beetje opfrissen en wat inspiratie opdoen.'

Ik loop naar de kassa om af te rekenen. Ik heb alleen de thriller meegenomen. Voor de andere boeken kom ik later wel terug. 'Barok... Volgens mij is dat iets met krullen,' zeg ik.

Hij lacht. 'Zoiets ja. Maar veel verder kwam ik ook niet meer.'

Ik krijg mijn boek terug in een plastic tasje. 'Nou, veel succes met de barok,' zeg ik.

'Bedankt. En ik zie je wel weer met Bo.'

'Oké. Tot snel dan.'

Ruben knipoogt naar me en loopt weg. Ik ga naar buiten, waar mijn vriendinnen net aanstalten maken om mij te komen halen.

'Wat loop jij nou stom te lachen?' vraagt Floor.

Volgens mijn vriendinnen moet ik wat meer werk van Ruben maken. Floor stelde voor om hem gewoon op te bellen voor een afspraak zonder smoesjes over zijn hond. Ik denk dat ze niet goed bij haar hoofd is. Ruben ziet me aankomen. Bo is eigenlijk het enige wat we gemeen hebben, dus ik heb hem nodig om met Ruben in contact te blijven. Het is dat Bo me de kans heeft gegeven om een aantal van mijn goede eigenschappen aan Ruben te laten zien. Ik weet zeker dat hij geen enkele interesse in me getoond zou hebben als ik hem zomaar tegengekomen was.

Ik denk dat ik het langzaam op moet bouwen. Ik ben niet het type waar hij op valt, dus ik moet hem beetje bij beetje laten zien hoe goed ik bij hem pas. Het enige probleem is dat ik geen enkele reden heb om te geloven dat dat ook echt zo is. Ik vind hem leuk, maar waarom? Hij is natuurlijk een lekker ding, maar het zou nogal oppervlakkig van me zijn om daar mijn hele verliefdheid op te baseren. Ik denk dat ik inmiddels wel van verliefdheid kan spreken, aangezien ik gisterenavond de hele tijd met die 'stomme glimlach' heb rondgelopen.

Nee, het is meer dan zijn uiterlijk. Het is zijn hele verschijning. Zoals hij kijkt, praat, lacht, hoe aardig en lief hij is. Als ik hem zie, dan wil ik bij hem horen. En ik wil dat hij bij mij hoort. Dus moet ik ervoor zorgen dat hij dat ook wil.

En daarom ga ik toch maar weer naar de sportschool. Ook al is het zaterdagochtend, ook al heeft mijn zus gisterenavond laat afgebeld en wil ik niets liever dan in mijn bed blijven liggen tot laat in de ochtend.

Ik trek mijn pantoffels aan en slof naar beneden. In de keuken zet ik de waterkoker aan en wacht ik tot mijn theewater klaar is. Ik kijk door het keukenraam naar buiten. Het is druilerig. Het regent zachtjes en de lucht is grijs. Het is nu zo verleidelijk om croissantjes in de oven te stoppen en rustig met de krant erbij te ontbijten.

In plaats daarvan doe ik wat cornflakes in een schaaltje en loop ik met mijn kom dampende thee – zonder suiker – naar de eettafel. Dit zijn de momenten waarop ik het het moeilijkst heb met mijn nieuwe manier van leven. Ik doe niets liever dan een regenachtige dag als deze doorbrengen op de bank, in mijn pyjama, met wat te lezen en iets lekkers binnen handbereik.

Ik weet zeker dat Tamara nu nog op bed ligt. Ze belde gisteren vanuit het café om te vertellen dat het iets te gezellig aan het worden was om morgenvroeg klaar te staan om te sporten. Eerst was ik van plan om dan ook maar niet te gaan, maar nu denk ik: waarom niet? Misschien kan ik best eens proberen om in mijn eentje te gaan sporten. Ik ben al een beetje gewend en zo moeilijk is het eigenlijk niet. Ik kan niet voor eeuwig aan het handje van Tamara daarheen gaan.

Ik ruim de ontbijtspullen op en ben tevreden over mijn besluit om alleen te gaan. Als ik een glimp van mezelf opvang in de spiegel van de hal, loop ik toch maar even terug om wat mascara op te doen. Waterproof, anders zit het straks op mijn wangen.

Het eerste wat ik doe zodra ik de sportschool binnenkom, is de ruimte afspeuren naar mijn grote vriend. Ik zie Bram aan de receptie staan en besluit eerst heel geïnteresseerd te zijn in het foldermateriaal dat op het prikbord in de hal hangt. Ik lees uitvoerig wat er hangt en kijk steeds stiekem of hij er nog staat. Iemand zoekt modellen om acrylnagels bij te zetten, zie ik. Leuk. Maar niets voor mij. Ik lak mijn nagels zelf wel. Een meisje van eenentwintig zoekt een vriendin om mee te gaan sporten en samen heen en terug te fietsen. Ook niets voor mij. Ik heb Tamara. Jeetje, wat duurt het eigenlijk lang. Heeft hij niets te doen of zo? Ab Roller Plus te koop voor vijfentwintig euro. Waarom zou je dat in een sportschool ophangen? Iedereen traint hier toch al? Zouden er echt mensen zijn die daar thuis mee verder willen gaan? Zou Bram me door hebben, trouwens? Hij blijft wel erg lang op dezelfde plek staan. Normaal is hij veel actiever. Ik denk dat hij expres op me staat te wachten, maar hij heeft het toch mis als hij denkt dat ik me door hem laat vangen. Ik lees nu de folders van de sportschool zelf. Binnenkort starten ze met een aantal vernieuwde groepslessen. Geschikt voor zowel beginners als gevorderden... Binnen een uur een complete training... gezellig en effectief... Ha! De telefoon gaat en Bram loopt erheen om op te nemen. Ik wacht tot hij de hoorn in zijn hand heeft, trek een sprintje naar de balie, haal mijn pas door en ren door het poortje naar de kleedkamer. Ik kan een triomfantelijke grijns niet onderdrukken. Ik ben hem lekker weer te vlug af geweest!

Ik stop mijn tas in een kluisje en doe voor de spiegel mijn haar nog even in een staart. Ik zie er nog een beetje slaperig uit, maar ik denk niet dat iemand er op zal letten. Het publiek is 's ochtends toch heel anders. Ik heb zelfs al een meisje gezien dat dikker is dan ik. Ze is er ook bijna altijd op zaterdagochtend. Ik neem me voor om naast haar te gaan sporten als ze er nu ook is.

'Zo Isa, vandaag is het zover, hoor!' roept Bram zodra ik de deur van de kleedkamer opendoe. Ik schrik me rot. Sinds wanneer wacht hij mensen op voor de deur? Heb ik dan helemaal geen privacy meer?

'Ja, ik ga weer flink mijn best doen!' roep ik opgewekt en ik zet er flink de pas in richting de zaal.

'Eventjes wachten, juffie!' Bram haalt me in en verspert me de weg. Nee! Dit wil ik niet. Hij heeft me! Ik kan niet meer vluchten. Hij gaat me dwingen tot een fittest. Dat kan hij toch niet doen? Ik heb toch het recht te weigeren? Ik wil Tamara.

'Wij gaan eerst eventjes wegen en meten,' zegt Bram alsof dat het leukste is wat je kunt doen op een zaterdagochtend.

'Maar...'

'Niks maar, Isa.'

'Maar...'

'Nee, geen maar.'

'Ja, maar eigenlijk wilde ik binnenkort samen met mijn zus een fittest komen doen. Volgende week al. Maandag. Echt waar. We zouden maandag samen komen en dan zou zij ook een test doen.' Ik wil dit niet alleen doen. Ik heb Tamara hierbij nodig. Zij moet erbij zijn. Ik wil niet.

'Lieve Isa, ik vind het totaal onverantwoord om jou zomaar je gang te laten gaan. Ik wil nu een test gaan doen. Kom op, je voelt er niks van.'

'Maar...'

'Isa!' Hij lacht erbij, maar zijn stem duldt geen tegenspraak. 'We gaan nu naar de weegschaal.'

Hij loopt voor me uit en ik volg hem als een mak lammetje. Nu moet ik er dus aan geloven. Ik heb het lang uit kunnen stellen, maar nu ben ik de pineut.

'Denk je dat het sporten al een beetje resultaat heeft?' vraagt Bram.

Ik haal mijn schouders op. 'Weet ik niet.' Ik ben echt boos op hem. Hij dwingt me gewoon en ik kan het niet uitstaan dat ik niet trots kan vertellen dat ik al twee kilo kwijt ben. Hij denkt immers dat ik maar tachtig kilo weeg. Hij gaat dadelijk zeggen dat ik aangekomen ben terwijl ik zo mijn best heb gedaan.

'Daarom zei ik ook dat je je meteen moest laten wegen. Nu weet je niet welke resultaten je geboekt hebt.'

Ik knik begrijpend. Ondertussen hoop ik maar dat de vijf kilo die ik de vorige keer verduisterd heb op miraculeuze wijze echt verdwenen zijn. Bram staat stil en ik zie de gevreesde weegschaal al. Hij gaat achter een computer zitten. 'Je moet niet schrikken als deze meting afwijkt van wat je weegschaal thuis zegt. Dit is een heel nauwkeurig apparaat dat ook precies het percentage aan vet en vocht in je lichaam kan vaststellen. Het kan best een paar kilo schelen met thuis.'

'Lichter?' vraag ik.

'Meestal niet.' Hij gebaart dat ik mee moet kijken. Ik ga naast hem zitten.

'Je naam: Isa Verstraten? Goed geschreven zo?'

'Ja.'

'Leeftijd?'

'Zesentwintig.'

'Lengte?'

'1,72 meter.'

Hij kijkt me aan. 'Ja, zoiets zal het wel zijn.'

Waarom kan hij dat nou ook niet zo met mijn gewicht doen? Ik ben tevreden met een ruwe schatting.

'Ga trouwens toch maar even langs de meetlat staan. Dan weten we zeker dat de percentages kloppen.'

Echt waar, die man is een controlefreak! Hij zet me tegen de muur en meet af op 1,70 meter. Shit! Kleiner en dikker! Het zit me ook nooit eens mee.

Bram voert het getal in en scrollt langs het scherm. 'Ik heb nu genoeg gegevens. Trek je schoenen en sokken maar even uit. Je moet met blote voeten op de weegschaal.'

Ik doe wat hij zegt en houd mijn adem in terwijl ik de cijfertjes in het venster zie oplopen. Dan bedenk ik me opeens dat volle longen waarschijnlijk zwaarder wegen dan lege en adem ik weer uit. Ondertussen staat het definitieve getal op het scherm.

'Je bent klaar,' zegt Bram. 'Kom er maar af.'

Ik kijk nog steeds naar het getal dat nu verdwijnt. 'Maar ik heb mijn kleren aan,' zeg ik. 'Dan ben ik toch zwaarder?'

'Daar heb ik al rekening mee gehouden. We trekken er standaard een halve kilo vanaf,' antwoordt hij.

Shit! Ik hoopte dat ik er nog wat vanaf kon krijgen. 'Dit is een zware broek, hoor...' probeer ik.

Bram knikt.

'En ik heb vanochtend veel water gedronken.'

Hij antwoordt niet en ik trek driftig mijn schoenen weer aan. Wat krijg ik weer een medeleven. Hij is gewoon de reden dat zoveel dikke mensen niet naar een sportschool durven.

Ik ga weer naast hem zitten en kijk naar de grafiek die hij zo serieus zit te bestuderen.

'Kijk, hier staat je gewicht. 84,9 kilo.'

Ik kijk hem kwaad aan. 'Kun je het nog harder roepen?'

'Met een vetpercentage van 37,2.' Bram kijkt me aan. 'Wij gaan ervoor zorgen dat allebei die getallen omlaag gaan.'

'Daar zijn we al mee bezig,' zeg ik dapper. Ondertussen baal ik wel. Ik weeg thuis inderdaad anderhalve kilo minder. Dat betekent dat ik nog zwaarder was dan ik al dacht. Ben ik twee kilo afgevallen en weeg ik nog precies hetzelfde als op mijn zwaarst. Ik woog dus eigenlijk zevenentachtig. Jeetje.

'Goed zo, Isa! Zo wil ik het horen,' antwoordt Bram. 'Je hebt een goede instelling.'

Ik ben verbaasd. Dat is de eerste keer dat ik Bram iets aardigs hoor zeggen. 'Kun je dat grafiekje van het scherm halen?' vraag ik. 'Dit is top secret!'

Bram lacht en klikt mijn geheim weg. Nu we het ergste gehad hebben, ga ik die Bram misschien nog wel eens aardig vinden...

'En dan nu weer aan de slag!' roept hij. 'Op naar de conditietest!'

Of misschien ook niet, denk ik.

Echt, ik weet niet waar ik me nu de hele tijd zo druk om heb gemaakt. De fittest viel eigenlijk hartstikke mee. Ik heb geen heel goed resultaat, maar ook niet zo slecht als ik dacht. En Bram zei dat het heel normaal was. En over het wegen ben ik nu ook opgelucht. Ik ben blij dat alles nu bekend is. Ik heb geen geheimen meer. Bram kan me niets meer verwijten. Ik heb alles nu volgens het boekje gedaan. Ik mag trots zijn op mezelf. Ja, echt.

Ik voel me een heel ander mens nu. En het gaat vandaag ook heel lekker met mijn sportschema. Bram maakt nu een nieuwe voor me, dus dit is de laatste keer dat ik dit schema gebruik. Het schiet lekker op. Ik kan overal op zonder wachten. Het is ook niet zo druk, waardoor ik me goed op mijn gemak voel. De enige opgedirkte trienen staan in de hoek van de zaal. Daar kom ik niet, dus heb ik geen last van ze. Die meiden hangen er waarschijnlijk ook alleen maar rond omdat daar het mannendomein is.

Ik zie dat de buikspierapparaten vrij zijn en loop naar de eerste in de rij. Ik heb deze oefening nog niet zo vaak gedaan, maar Bram heeft me de vorige keer goed uitgelegd hoe ik het apparaat moet gebruiken. Het moet eerst helemaal ingesteld worden op mijn eigen lengte. Ik ga zitten en zie dat er nogal wat bijgesteld moet worden. De kussens waar mijn schouders tegenaan moeten, zitten bijna op ooghoogte. Hoe werkte het ook al weer? Het was iets met een schroef... Ik kijk om me heen, maar nu loopt er natuurlijk net geen instructeur in de buurt. Bram zit achter de receptie en is druk bezig met niks doen. Ik zal hem moeten gaan halen, denk ik, want de verstelknop zit muurvast. Ik krijg er geen beweging in en mijn knokkels worden wit van de kracht die ik zet. Ik probeer het nog een keer tot mijn handpalm helemaal rood is. Het doet echt pijn.

'Zal ik je even helpen?' vraagt een mannenstem achter me.

'Ja, graag!' antwoord ik opgelucht. Tenminste iemand die ziet dat ik hulp nodig heb. Ik draai me om en bots tegen een gespierde bovenarm. 'Dan kan ik ook eens iets voor jou doen...' zegt hij.

Ik kijk op en ik weet niet hoe dit mogelijk is. Dat ik hem van alle plekken hier tegen moet komen, nu ik er absoluut op mijn slechtst uitzie. Dit hoort een veilige plek te zijn waar ik zonder schaamte aan mezelf kan werken, maar dat kan niet meer, want hij is er. Ruben.

'Hoi,' stamel ik. Ik was al rood van de inspanning, maar nu word ik paars. 'Ik, eh... Ik heb je hier nog nooit gezien.'

'Ik jou ook niet,' lacht hij terwijl hij de knop in een vloeiende beweging losdraait.

'Je komt als geroepen.' Ik knik naar Bram. 'Hij komt alleen als het hem uitkomt, geloof ik. Als ik hem echt nodig heb, doet hij alsof hij niets in de gaten heeft.'

'O, hij! Dat is een beetje een eikel. Je moet het gewoon aan een leuke man uit de zaal vragen.' Hij laat de stang tot op de juiste hoogte zakken en draait de knop weer vast. 'Kom je hier al lang?'

Ik zie vanuit mijn ooghoek het groepje meiden naar ons kijken. Ik begrijp opeens dat ze vanwege hem bij de halters stonden te 'trainen'. Nu vragen ze zich natuurlijk af wat hij bij een dik meisje te zoeken heeft. Ik voel me meteen geïntimideerd.

'Sinds een paar weken,' antwoord ik. 'Ik ben pas begonnen, dus ik ben nog erg fanatiek.'

Ruben knikt. 'Ja, dat gaat er nog wel af. Ik ben al een tijdje niet geweest. Je weet wel, druk met werk en zo.'

'Ik dacht ook altijd dat het mij niet zou lukken met mijn onregelmatige werktijden. Maar als ik een beetje plan, lukt het wel. Wat doe jij eigenlijk precies? Iets met meubels, zei je gisteren?' Ik ben vastbesloten om hem wat langer aan de praat te houden. Ik zal die meiden eens laten zien dat ze niet beter zijn dan ik. Ruben is van mij. Ik heb zijn hond gered.

'Ja. Ik heb een eigen bedrijfje met mijn broer. Het is eigenlijk van mijn vader, maar sinds dit jaar run ik het met mijn broertje.' Hij leunt ontspannen tegen het apparaat naast me. Alsof hij helemaal geen haast heeft. Alsof hij het leuk vindt om met mij te praten. 'Ik heb het nu gelukkig redelijk druk.'

'Niet altijd?'

'Hoeveel van jouw meubels komen van een zelfstandig meubelmaker?'

Ik aarzel even. 'Niet zoveel moet ik bekennen. Ik heb nogal wat van IKEA, ben ik bang.'

Hij lacht. 'Je bent niet de enige.'

'Ik heb er eigenlijk nooit bij stilgestaan dat je meubels speciaal bij een meubelmaker kan kopen. Jullie maken zeker allemaal originele ontwerpen?'

'Zoveel mogelijk. Wij zullen niet tien dezelfde kasten produceren. Nou ja, wel op bestelling natuurlijk.'

'Dus als je iets bij jou koopt, is het behoorlijk uniek.'

'In ieder geval geen massaproductie. We maken zoveel mogelijk verschillende dingen. We werken niet snel vooruit. Als een klant iets wil hebben, maken we het op maat. Alles kan specifiek bepaald worden. Het materiaal, de techniek, de stijl.'

'Jeetje, dat ik daar nooit aan gedacht heb. Dat is eigenlijk veel leuker. Hebben jullie hier een werkplaats?'

Hij knikt. 'Zuidhof en Zonen. Showroom en werkplaats.' Hij klinkt heel trots.

Ik word er helemaal enthousiast van. 'Dus als ik iets wil hebben, bijvoorbeeld een boekenkast, dan maak jij hem precies zoals ik hem in gedachten heb?'

'Ja.'
'Kan je echt alles maken?'
'Wat jij maar wil.'
Ik ben echt diep onder de indruk. Ik wil opeens geen stomme dertien in een dozijn meubels meer. Ik wil handgemaakte meubelstukken. Ik wil echt vakmanschap. Van Zuidhof en Zonen. Van Ruben. 'Dat is echt... interessant.'
Hij lacht. 'Meestal zijn mensen niet zo onder de indruk als ik ze vertel wat ik doe.'
'Meen je dat nou?'
Hij knikt.
'Dat snap ik niet.'
'Nou, uiteindelijk is het maar gewoon handenarbeid. Schuren, timmeren, zagen, hard werken, vies worden... Ik red er geen levens mee, zoals jij.'
'Ik doe ook allerlei vieze testjes met poep en plas. Ik red niet elke dag een leven.'
'Soms wel.'
'Ja, soms wel. Maar toch...'
'Wat?'
'Eigenlijk ben je toch een soort kunstenaar...'

'Heb je dat echt gezegd?' vraagt Daphne terwijl ze naast me op de bank ploft en een pak roomboterkrakelingen opentrekt.
Ik knik. 'Ja.'
Ze steekt een koekje in haar mond en geeft mij het pak. Ik geef het meteen aan Floor door.
'O ja. Ik vergeet steeds dat jij niet meer eet,' zegt Daphne.
'Ik eet wel,' antwoord ik. 'Maar geen koekjes.'
'Je weet niet wat je mist,' zegt Floor met volle mond. 'Volgens mij heb je het nu al helemaal gemaakt bij die Ruben. Dik of dun, wat maakt het nog uit? Je hebt hem een kunstenaar genoemd. Ik wed dat hij zo met je wil trouwen.'
'Stel je voor!' roept Daphne. 'Dan ben je Rubens vrouw! Snap je hem?'
Ik lach. 'Rubens vrouw... Dat heb ik weer! Ik ben waar-

schijnlijk de enige vrouw ter wereld die moet afvallen om Rubensvrouw te worden.'

Floor neemt nog een koekje uit het pak. 'Die woordspeling zul je vaker moeten aanhoren als jullie echt een koppeltje zijn.'

'Denken jullie dat het echt kan? Hij en ik? Jullie moeten eerlijk zijn. Je hoeft me niet te sparen. Kan Ruben verliefd op mij worden?'

Daphne denkt na. 'Als hij echt zo leuk is, dan weet ik bijna zeker dat hij op je kan vallen. Jullie hebben volgens mij al iets.'

'Nee!' antwoord ik. 'Dat gaat allemaal van mij uit, hoor. Hij doet gewoon aardig. Ik ben steeds helemaal van de kaart als ik hem gezien heb, maar hij blijft er heel rustig onder.'

'Maar je komt hem wel op de raarste momenten tegen,' zegt Floor. 'Dat moet iets te betekenen hebben.'

Daphne knikt heftig. 'Ja! Hij is zo verliefd op je dat hij je stalkt...'

'Doe normaal!' roep ik midden in haar zin. Bijna kom ik overeind om een koekje te pakken, maar ik realiseer me net op tijd dat ik niet hoef.

'Laat me nou uitpraten,' giechelt Daphne. 'Als hij geen stalker is, wil het zeggen dat jullie allebei dezelfde interesses hebben waardoor je steeds dezelfde dingen doet. Dat is nog veel beter. Volgens mij hebben jullie hartstikke veel gemeen.'

'Zo had ik het nog niet bekeken,' beken ik.

'Ga maar na,' zegt Daphne. 'Jij bent dierenarts, hij is dol op zijn hond. Jij koopt een boek dat hij ook gelezen heeft. Jullie sporten allebei bij dezelfde sportschool. Jullie kijken tegen elkaar op...'

'Waarom zou Ruben tegen mij opkijken?'

'Hallo! Je hebt Bo gered, weet je nog?' vraagt Floor.

'Hij kijkt wel een beetje tegen mijn werk op, ja.'

'En jij vindt zijn baan geweldig. Ik neem tenminste aan dat je hem niet voor niets een kunstenaar noemt.'

'Maar dat is hij toch ook? Hij maakt meubels met zijn eigen handen. Ik vind dat iedereen naar een meubelmaker zou moeten gaan. Ik ga binnenkort bij zijn bedrijfje langs om iets uit te zoeken. Ik wil ook iets bijzonders in mijn huis.'

Floor lacht spottend. 'Dat is gewoon een smoes om naar hem toe te gaan. Jouw meubels zijn gloednieuw!'

'Er is niets mis met mijn meubels, maar ze zijn niet echt speciaal. Ze zijn niet met liefde gemaakt. Ze hebben geen ziel.'

'Hebben Rubens meubels een ziel?' vraagt Floor lachend.

'Ja!' zeg ik. 'Dat hebben ze zeker. Als ik straks een van zijn ontwerpen in huis heb, willen jullie ze ook. Let maar op!'

Ik leun weer voorover naar het pak koekjes. Waarom doe ik dat steeds automatisch? Ik voel de ogen van Floor en Daphne in mijn rug branden. Dit soort acties is wel een beetje lullig. Hoe ga ik me hieruit redden? Ik pak de dvd die ook op tafel ligt. 'Eens kijken wat voor film je gehuurd hebt.'

5

Ik heb een drukke ochtend achter de rug. Petra van Lieshout is vandaag teruggekomen van vakantie, dus we hadden heel wat te bespreken tijdens het maandagochtendoverleg. Ik heb haar het geval van Streepje voorgelegd.

Uit de uitslag van de naaldbiopt is gebleken dat het om een kwaadaardige tumor gaat. Gelukkig is op de longfoto niets te zien van uitzaaiingen. Het is dus van groot belang dat we gaan opereren. Als we er op tijd bij zijn en de tumor in zijn geheel verwijderd wordt, is de kans groot dat Streepje beter wordt. Het is altijd een risico als het om kwaadaardige gezwellen gaat, maar ik hoop dat ik mevrouw Van Geneugten toch kan overtuigen van het nut van deze operatie. Als we niets doen, is Streepje namelijk ten dode opgeschreven.

Petra vond ook dat in dit geval een operatie zinvol was. Ik heb zelfs een compliment van haar gekregen vanwege mijn vooronderzoek. Ik mag Streepje zelf blijven behandelen. Als mevrouw Van Geneugten niet weer in opstand komt, tenminste. Ik ga me niet opdringen als zij per se door Petra geholpen wil worden. Vanmiddag heb ik een afspraak met haar, dus dan zullen we het weten. Ik denk dat ik haar wel kan overtuigen van het belang om Streepje te opereren.

Tijdens de lunchpauze weersta ik de appelflappen die Petra bij de warme bakker op de hoek gehaald heeft. Dat was ik eigenlijk een beetje vergeten terwijl ze op vakantie was. Petra houdt nogal van lekkere dingetjes van de bakker. Soms staat ze zomaar op om gebakjes te halen.

Zelfs in periodes dat ik niet bezig ben met mijn lijn (ze komen niet vaak voor, maar ik woog niet voor niets 85 kilo) weiger ik gebakjes op verjaardagen. Petra eet gewoon rustig een tompouce bij de koffie. Of een puddingbroodje om vier uur. Of een paar worstenbroodjes bij de lunch. Ik zal er dus weer aan moeten wennen dat er verleidelijke dingen in het keukentje liggen als ik met mijn volkorenboterhammen aan tafel ga.

Soms kan ik niet geloven dat ik mijn nieuwe eetpatroon al een paar weken volhoud. Ik heb me zo vaak voorgenomen om 'morgen' te beginnen, maar die morgen werd nooit vandaag. Nu is het vandaag en ik voel me beter dan ooit. Ik ben veel sterker dan ik dacht en ik ga nu echt doorzetten. Als ik vijf kilo kwijt ben, kan ik vast weer nieuwe kleren kopen.

Als ik gegeten heb, maak ik alvast een boodschappenlijstje voor de hele week. Ik stippel precies uit wat ik ga eten en zorg voor voldoende fruit en volkorencrackers voor als ik 's avonds nog trek krijg. Als ik weet waar ik aan toe ben, kom ik niet snel in de verleiding om langs de snackbar te gaan, of een pizza te bestellen. Ik begin al aardig door te krijgen hoe ik in elkaar zit.

Na de pauze bekijk ik mijn agenda om in te plannen wanneer ik deze week naar de sportschool kan. Dan zie ik het staan. Op donderdagmiddag om halfvier heeft meneer Zuidhof een afspraak voor gewichtscontrole voor Bo gemaakt.

'Wat gezellig dat je vanavond thuis eet, liefje,' zegt mijn moeder als ik die avond bij haar aan tafel schuif. Ik ga dadelijk met Tamara sporten, dus bespaart het tijd als ik hier eet en me omkleed.

'Je hebt toch wel gezond gekookt, hè?' vraag ik.

'Natuurlijk. Ik heb groenten, aardappels en vlees. Precies wat je wilde. Roep jij je zus even?'

'Tamara!' roep ik naar boven. 'Het eten is klaar!'

Ondertussen sjokt mijn vader de keuken uit met een pan. Ik schrik. Mijn vader in de keuken betekent niet veel goeds. Hij maakt maar een paar dingen klaar. Pannenkoeken, friet...

Mijn moeder volgt hem met de grootste pan die ze in huis heeft. Dat ziet eruit als stamppot en dat brengt me bij het derde gerecht dat papa klaarmaakt. Speklappen. Dat kan toch niet waar zijn?

'Dit menen jullie niet!' roept Tamara, die opeens naast me staat. 'Zuurkool en speklappen? Dat is het vetste van het vetste!'

Mijn moeder ziet er oprecht verbaasd uit. 'Hoezo? Dit is gewone gezonde Hollandse kost. Niets mis mee. Aan tafel allemaal.'

Ik ga braaf zitten, maar Tamara laat zich de mond niet snoeren. 'Gezonde kost voor havenwerkers en plattelandsarbeiders misschien. Je gelooft toch niet echt dat je Isa helpt, of wel?'

Mijn moeder schept voor me op. 'Ik geloof niet dat hier iets mis mee is. Je wordt heus niet dik van een bordje stamppot. En ik hoor haar niet klagen.'

'Nee, inderdaad. Zeg er zelf eens iets van,' zegt Tamara.

Het lijkt wel of je beleefder wordt als je het huis uitgaat. Vroeger zou ik hier inderdaad heel boos om zijn geworden. Nu vind ik het sneu voor mijn moeder om haar af te snauwen terwijl ze haar best heeft gedaan om lekker te koken. Ze bedoelt het niet verkeerd, ze ziet eten gewoon niet als de vijand. Dat is alles.

'Laat maar, Tamaar,' zeg ik. 'Ik eet alleen een beetje zuurkool en ik laat de speklappen aan jullie over.'

'Waar maken jullie je toch allemaal zo druk om?' O jee. Nu gaat pap zich ermee bemoeien. 'Al dat gezeur over vet en dik. Vroeger at iedereen gewoon wat de pot schafte en niemand had het over de lijn. Al dat gedoe. Jullie zien er allebei prima uit.'

Mama heeft ondertussen voor iedereen opgeschept en begint

aan haar eigen bord. 'Als je een hele dag hard werkt, mag je heus wel goed eten 's avonds. Anders ga je dadelijk tegen de vlakte.'

'Ik snap niet waar dat afvallen voor nodig is,' gaat mijn vader verder.

'Ik zou me er beter bij voelen,' zeg ik. 'Dat is alles. Maar laten we erover ophouden.' Ik zal zo langzamerhand moeten accepteren dat Tamara de enige is die echt begrijpt waarom ik dit doe. Ik weet dat er belangrijker dingen in de wereld zijn dan mijn gewicht. Daarom snap ik ook niet dat iedereen er zo'n punt van maakt dat ik wil afvallen.

Als ik later op de avond gedoucht en wel met mijn nieuwe boek op de bank neerplof, merk ik dat ik in de problemen ga komen. Ik heb me heel erg ingehouden met het avondeten en nu heb ik honger. Ik heb zin in iets lekkers. Doordat ik zo'n lange dag gemaakt heb en doordat ik toch ben gaan sporten. Mijn nieuwe schema is nog wat zwaarder dan het eerste, dus ik heb genoeg calorieën verbruikt vandaag. Ik denk niet dat het zwaarwegende (ik moet zelf lachen als dat woord in me opkomt) gevolgen voor mijn gewicht zou hebben als ik iets lekkers neem. Niet meteen een zak chips, maar iets kleins. Een kleine beloning voor mijn goede gedrag moet kunnen. Zeker omdat ik bijna niets gegeten heb vanavond. Als ik de rijst en roerbakgroenten had klaargemaakt die ik eigenlijk voor vandaag gekocht had, zou ik veel meer calorieën binnen hebben gekregen. Dat heb ik pas nog gelezen. Ik heb toch die zelfhulpboeken gekocht en daarin staat dat je jezelf best iets mag toestaan. Juist als je het lang vol wilt houden, moet je jezelf af en toe iets gunnen.

Maar eigenlijk wil ik niet zondigen. Waarom kan ik niet gewoon genieten van een uurtje relaxed op de bank met mijn boek? Waarom moet daar weer eten bij? Voel ik me nu echt zoveel beter als ik hier in een zak chips zou liggen graaien?

Waarschijnlijk wel en dat vind ik nog het ergste. Voor mij is het pas gezellig als ik me vol kan proppen. Ik haat het dat het zo ingewikkeld is. Ik kan het eten niet weerstaan, maar ik kan er ook niet meer aan toegeven zonder me nog ellendiger te voelen.

Ik gooi mijn boek op tafel en loop stampvoetend de trap op. Misschien droom ik vannacht wel van een lekkere eetbui!

De rest van de week zit opeens alles tegen. De meeste mensen die in de kliniek komen, hebben hun hart op de juiste plaats zitten. Maar ik heb net het spreekuur afgerond met als laatste klant een ontzettende hufter. Ik begrijp niet waarom je met je huisdier naar een dierenkliniek komt als je niet bereid bent om ook maar een cent aan de genezing uit te geven. Ik kan daar absoluut niet tegen. Het ziet ernaar uit dat ik straks een hond in de bloei van zijn leven moet laten inslapen omdat meneer niet bereid is een medicijnkuur te betalen.

Ik ben heel erg kwaad geworden en heb hem uitgelegd dat zijn hond nog jaren mee kan als hij even investeert in wat antibiotica. Het beest heeft een behoorlijke infectie overgehouden aan een beet van een andere hond. Hij ziet er op het moment inderdaad niet erg goed uit, maar ik weet zeker dat het dier er bovenop te krijgen is. Ik heb hem stiekem toch twee spuiten gegeven. Ik zet het gewoon op de rekening. Misschien heeft meneer Hufter het niet eens door. Hij ziet er niet bepaald behoeftig uit met zijn leren jack en zijn cabrio, waarin hij op dit moment wegscheurt.

Ik loop naar mijn kantoor om mijn jas te halen. Vanmiddag zie ik Ruben voor de gewichtscontrole van Bo. Hopelijk heb ik dan een beter humeur, maar eerst heb ik nog een afspraak buiten de deur. Boomer is een van mijn eerste patiëntjes en ik ga hem vandaag thuis bezoeken. Het is een heel lief, oud hondje dat de laatste tijd extreem nerveus reageert in de kliniek. Ik heb hem een paar keer voor vervelende behandelingen moeten opnemen en sindsdien zet hij geen stap meer in de kliniek. Hij moet echt naar binnen gedragen worden en vervolgens is hij zo bang dat ik hem niet eens normaal kan onderzoeken. Daarom heb ik met de familie afgesproken dat ik Boomer voor gewone controles voortaan thuis bezoek. Het is een heel leuk gezin met drie kinderen en ik vind het altijd mooi om te zien hoe betrokken ze allemaal zijn bij hun huisdier.

De laatste tijd is Boomer zichtbaar ouder geworden. Hij begint steeds meer te sukkelen, maar tot nu toe neemt de familie al zijn kwaaltjes op de koop toe. Ik weet dat ik hem vroeg of laat zal moeten laten inslapen. Daar zie ik nu al tegen op. Ik hoop maar dat ik hem dadelijk vrolijk en gezond aantref.

'Het lijkt wel alsof hij weet dat u langskomt,' zegt mevrouw De Vries, terwijl ik plaatsneem op de bank. 'Hij heeft al de hele dag geen rust. Hij drentelt maar op en neer. Ik ben al tien keer met hem naar het hondenveldje gelopen en zodra we terugkomen, gaat hij weer bij de voordeur staan.'

'Dieren voelen dat soort dingen soms aan,' antwoord ik. 'Hoe gaat het de laatste tijd?'

'Tja,' begint ze terwijl ze een kopje thee bij me neerzet. 'Hij heeft zijn goede en slechte dagen. Hij slaapt niet meer zo goed 's nachts. Dan hoor ik hem de hele tijd de trap op en af stommelen. Dat gaat nogal moeizaam. Soms maakt hij me heel vroeg in de ochtend wakker omdat hij naar buiten moet. Vanochtend was het kwart over vier toen hij begon. Dat is heel vermoeiend, maar ach, ik heb het voor hem over. Hij doet het niet expres.'

Ik knik. 'Inderdaad. Het is een vorm van dementie. Zijn dag- en nachtritme kan verstoord raken, het kan zijn dat hij niet meer zo goed luistert omdat hij bepaalde bevelen niet meer kan volgen. Ook bij honden komt de ouderdom met gebreken.'

Boomer staat ondertussen onrustig te blaffen bij de achterdeur. Mevrouw De Vries staat op om hem naar buiten te laten. 'Dit gaat soms de hele dag zo door. Ik durf hem niet te negeren, want hij heeft de laatste tijd weleens een ongelukje.'

'Ook dat zal vaker gebeuren naarmate hij ouder wordt,' antwoord ik. 'Het is een moeilijke kwestie omdat er eigenlijk niets is wat we kunnen doen om deze ongemakken te verhelpen. Het is een afweging die u als gezin moet maken. Overheersen de goede dagen of de slechte?'

'Hij is nog zo opgewekt,' zegt ze meteen. 'Ik weet dat we in zijn belang moeten handelen. Maar hij springt nog rond als ik thuiskom van mijn werk en hij speelt nog met de kinderen alsof hij een pup is. We kunnen hem nog helemaal niet missen.'

'Soms kan het in het belang van het dier zijn om hem in te laten slapen,' zeg ik. 'Maar ik zie hier een heel goed verzorgd hondje dat alle aandacht en liefde krijgt van het hele gezin. Ik zal hem dadelijk even onderzoeken en dan hoop ik hem de volgende keer weer zo vrolijk te zien. Hij is nu natuurlijk nerveus omdat ik er ben, maar ik kan zien dat hij best nog zin in het leven heeft. Daar gaat het om.'

Mevrouw De Vries knikt opgelucht. Op de achtergrond zie ik een lange tiener die thuiskomt, zijn fiets tegen de schutting zet en onmiddellijk besprongen wordt door zijn hond. Ik glimlach en neem een slokje thee. Voorlopig worden hier nog geen spuitjes gegeven.

Als ik even later in mijn auto stap, voel ik me al wat beter. Ik heb nog even pauze voor ik weer aan het werk moet en ik besluit nog even langs het winkelcentrum te rijden voor ik terug naar de kliniek ga.

Ik koop snel een nieuwe lippenstift – een rode met een glossy effect – die heel goed bij mijn vuurrode nagellak uit Antwerpen past. Ik draag ook mijn nieuwe armband en oorbellen. Zo wordt mijn saaie kleding toch een beetje gecompenseerd. Ik hoop niet dat Ruben doorheeft dat ik steeds dezelfde broek aanheb. Gelukkig heb ik een doktersjas om mijn gebrek aan kleren te verdoezelen.

Ik koop op de terugweg naar de auto nog een paar tijdschriften en besluit op het laatste moment nog even de supermarkt in te lopen. Ik heb geen groene thee meer en de melk is ook bijna op. Als ik langs de schappen loop, besluit ik dat ik één ding uit mag zoeken om mezelf dit weekend te trakteren. Ik heb wel iets lekkers verdiend. In een rechte lijn loop ik door naar de afdeling chocolade.

Het is precies halfvier als mijn telefoon gaat. Het is Vivian op de interne lijn om me te vertellen dat Ruben er is. Ik doe nog een beetje lippenstift op en loop dan naar de spreekkamer, waar Ruben en Bo al op me staan te wachten.

Bo heeft het niet zo op deze kamer, merk ik. Hij drentelt onrustig om Ruben heen en neigt steeds naar de deur. Ik begrijp hem wel. Zo voelde ik me ook toen ik gewogen moest worden. Ik ben Bo's Bram, besef ik. Ergens vind ik dat geen fijne gedachte. Het hele idee dat ik een gewichtscontrole ga doen, is belachelijk. Het komt eigenlijk een beetje te dichtbij. En waarom zou Ruben advies van mij aannemen? Ik ben zelf ook te zwaar! Ik wil helemaal niet de nadruk leggen op het onderwerp 'overgewicht' – zeker niet ten overstaan van de leukste man ter wereld – maar ik zal wel moeten. Bo is verder kerngezond en ik zal toch iets moeten verzinnen om Ruben met regelmaat te blijven zien. Ik haal even diep adem en stap dan de spreekkamer in.

'Nou, hij ziet er in ieder geval een stuk beter uit dan de laatste keer dat hij hier binnenkwam,' open ik het gesprek.

'Ja,' antwoordt Ruben. 'Zijn hart klopt, hij ademt zelfstandig...'

Ik moet lachen, maar voel me meteen schuldig als ik naar Bo kijk. Het is natuurlijk helemaal niet grappig dat hij er zo ernstig aan toe was. 'O, die arme Bo,' zeg ik. Hij reageert meteen op zijn naam en komt kwispelend naar me toe. Hij vindt me aardig. Gelukkig. Misschien doet hij dan een goed woordje voor me bij zijn baasje.

'En? Heb je hem al een beetje op dieet gezet?' vraag ik.

Ruben knikt. 'Ik heb mijn best gedaan. Hij blijft alleen zeuren,' zegt hij terwijl hij een beschuldigende blik op Bo werpt.

Ik glimlach. 'Het is inderdaad voor jou een grotere klus dan voor Bo zelf. Jij moet hem het gedrag afleren dat je hem zelf hebt aangeleerd. Als jij je aan het dieet houdt, zal Bo het ook wel moeten.'

'Maar ik vind het zo zielig.'

'Het is niet zielig. Het is zieliger als hij straks niet meer goed kan bewegen.' Ik haat het als ik zo belerend moet doen, terwijl ik zelf ook het liefst met lekkere hapjes op de bank hang. 'Ik kan je wel wat tips geven om het jullie makkelijker te maken.'

Bo wordt al wat rustiger en loopt tussen mijn benen door heen en weer.

‘Als je hem ineens minder te eten geeft, gaat hij waarschijnlijk jammeren. Dat kun je hem niet kwalijk nemen; hij heeft honger.’

‘En dan geef ik hem dus eten. Ik kan er niet tegen als hij zielig doet.’

‘Je kunt eens proberen om zijn eten aan te vullen met sperziebonen. Dat heeft een lage energiewaarde, maar het vult wel goed.’

Ruben knikt. ‘Maar hij is ook gewend om van mij mee te eten. Als ik naar de keuken loop, staat hij al achter me.’

‘Dat zul je echt moeten minderen. Kijk, ik snap best dat je hem af en toe verwent. Dat kan ook helemaal geen kwaad. Maar je doet hem er geen plezier mee om hem telkens te belonen met eten.’

‘Nee...’

‘Misschien kun je hem even in de achtertuin laten spelen als je zelf gaat eten?’

‘Dat gaat hij niet leuk vinden...’

‘Ik beloof je dat het tussen ons blijft. Bo hoeft er niets van te weten.’

Ruben glimlacht.

‘En hij moet bewegen. Hoe is het daarmee gesteld?’

‘Nou, als ik hem uitlaat, laat ik hem wel even rennen en springen. En ik neem hem vaak mee naar mijn werk, dus hij ligt niet de hele dag in zijn mand.’

‘Dat is op zich goed. Je zou misschien wel kunnen proberen om hem langdurige lichaamsbeweging te geven in plaats van korte, heftige spelletjes met hem te doen. Een flinke wandeling doet hem meer goed dan een beetje apporteren.’ Ik moet mijn toon echt iets luchtiger maken. Straks gaat Ruben nog ‘ja, juf’ zeggen. ‘Zullen we je eens gaan wegen?’ zeg ik tegen Bo.

‘En? Is er nog iets spannends gebeurd?’ vraagt Stijn terwijl hij zijn hoofd om de hoek van mijn deur steekt.

Ik kijk op van mijn computer. ‘Een moeizame kattenbevalling en een hufter die geen medicijnen voor zijn hond wil betalen.’

'Ik bedoel tussen jou en die leuke gifmenger.'

Ik doe alsof ik hem niet begrijp en kijk weer naar mijn scherm. Ik ben niet echt blij met hoe de gewichtscontrole verlopen is. En dat heeft geen medische redenen. Niet dat Bo niet te zwaar is, want hij mag best een paar kilo kwijtraken. Maar daarover maak ik me niet zo ongerust. Wat me dwarszit is het feit dat ik alleen zakelijk met Ruben heb gecommuniceerd. Ik kon werkelijk niets leuks of grappigs bedenken om tegen hem te zeggen. Op deze manier heb ik er natuurlijk niets aan om hem steeds terug te laten komen.

Stijn ruikt bloed en komt mijn kantoortje ingelopen. 'Hij had toch een afspraak gemaakt? Om die hond te laten wegen?'

'Ja, dat klopt. Bo is inderdaad iets te zwaar. Details kun je in het systeem vinden.'

'Niet de details die ik zoek...'

'Ik weet niet wat je precies horen wilt, maar er is niets aan de hand tussen meneer Zuidhof en mij.' En als ik zo doorga, zal er waarschijnlijk nooit iets gebeuren. Ik heb mijn tijd vanmiddag niet goed benut. Ik was alleen nog dierenarts. Ik heb hem behandeld alsof hij gewoon een klant is als alle anderen. Alsof ik niet wanhopig wil dat hij door mijn doktersjas heen mijn ware ik ziet. Alsof ik niet alleen maar wil dat hij mij leuk vindt.

'Kom op, Isa, zonder mij zou je hem nooit hebben ontmoet. Je bent me iets verschuldigd. Als Petra of Smulders dienst had gehad, dan hadden zij het afgehandeld en dan had je nooit geweten dat hij bestond.'

'Ik gun je best een leuke roddel, Stijn. Maar er is niets te vertellen. Echt niet. Ik heb net zijn hond gewogen en hem advies gegeven over voeding en beweging.'

'Dan snap ik niet waarom hij zo dromerig glimlachend naar buiten liep...'

Ik kijk abrupt naar Stijn op. 'Wat?'

'Ha! Betrapt! U bent meer dan beroepsmatig geïnteresseerd in deze cliënt, dokter Verstraten.'

Ik glimlach, maar niet van harte. 'Goed. Hij is wel leuk. En heel aardig... Maar je vergist je als je denkt dat er hier iets spannends gebeurt. Ik heb het alleen maar over afvallen gehad.' En dat is wel het laatste waar ik het met Ruben over wil hebben. Misschien moet ik die gewichtscontroles maar door een ander laten doen.

'Dus binnen deze muren geen romantische toestanden?'

Ik schud mijn hoofd en besluit dan om Stijn toch een lolletje te gunnen. 'Maar daarbuiten is de jacht natuurlijk geopend.'

Van buiten ziet het er niet bepaald opvallend uit. Een klein bordje met 'Zuidhof en Zonen – showroom & werkplaats' wijst erop dat hier een bedrijfje zit. Ik ben er met de auto twee keer voorbijgereden zonder het te zien. Ze zouden een etalageraam moeten plaatsen zodat je kunt zien dat hier echt vakmanschap geleverd wordt. In plaats daarvan zijn er twee grote deuren, zoals van een boerenschuur, die ik aarzelend openduw. Misschien mag je helemaal niet zomaar binnenkomen. Ik bedoel, het is geen gewone winkel, toch? Misschien moet je je eerst ergens melden of zo. Of zou het op afspraak werken? Ze moeten het in ieder geval niet hebben van toevallige voorbijgangers die eens spontaan een kijkje komen nemen.

Als ik binnenkom, komt de geur van hout me tegemoet. Het ziet er ruimer uit dan je buiten zou verwachten. Op de achtergrond klinkt het lawaai van machines. Ik kijk rond en zie verschillende meubelstukken. Sommige helemaal af, met kleedjes erover en prullaria erop om het aan te kleden. Andere zijn nog in de maak. Nog niet geverfd, gelakt of geschuurd. Ik laat mijn hand voorzichtig langs een dressoir glijden dat met opsmuk en al bij de ingang staan. Mijn hakken tikken op de kale vloer als ik erlangs loop. Het galmt door het vertrek en veroorzaakt een luid geblaf in de andere ruimte. Ik schrik ervan en als ik omkijk, zie ik een enorme bruine labrador op me afstormen. Ik hoef niet bang te zijn, want het is Bo. Bo kent mij... Maar waarom mindert hij geen vaart? 'Bo!' roep ik enthousiast en op mijn allervriendelijkst. Gewoon voor de zekerheid. Zodat hij zeker weet dat ik een bekende ben. Het heeft weinig effect. Ik word bijna omvergeworpen als hij tegen me opspringt. Hij blaft en kwispelt en als ik neerkniel om hem aan te halen, likt hij me uitbundig in mijn gezicht. 'Hé, doe eens rustig, joh...' zeg ik lachend. 'We kennen elkaar toch?' Maar hij is blijkbaar erg blij dat ik hem nu eens op zijn terrein bezoek. Hij kan niet ophouden met springen.

Het lawaai in de andere ruimte vermindert. 'Bo, wat doe je nou allemaal, jongen?' schreeuwt Ruben. Ik herken zijn stem duidelijk. Bo reageert er helemaal niet op en hij loopt nu rondjes om me heen. Nog steeds blaffend. Ik denk dat hij Ruben voor me roept, want die verschijnt op dat moment in de deuropening.

Hij ziet er waanzinnig goed uit. Zijn haar zit een beetje slordig en hij draagt een vies T-shirt en een vale spijkerbroek, maar mijn hemel, wat is hij leuk zo.

'Isa!' Hij klinkt verrast en loopt naar me toe. 'Bo! Kom hier!'

'Ik wilde eens zien waar je werkt.'

'Het is een beetje een troep... Bo, hou nou eens op!' Hij trekt hem bij me vandaan. 'Sorry hoor, ik heb te weinig aandacht aan hem besteed vandaag. Hij is dolblij dat hij een ander slachtoffer heeft. Normaal zou ik hem nu een kluif geven om hem rustig te houden.' Ruben pakt een touwachtig speeltje van de grond en gooit het met een rotgang naar de andere kant van de ruimte. Bo duikt er meteen achteraan. 'Zo! Die is weg... Leuk dat je er bent.'

Ik lach. Ik weet even niets anders te doen dan lachen, want ik ben totaal van de kaart van zijn verschijning. Hij is nog knapper dan anders.

'Als ik had geweten dat je langskwam, had ik wel een beetje opgeruimd.'

'Nee, het is prima zo! Ik was net een beetje rond aan het kijken, mag dat wel?'

'Ja, natuurlijk.'

'Ik wil je niet ophouden, of zo.'

'Nou, ik was eigenlijk wel aan een pauze toe. Wil je iets drinken? Ik heb niet veel keus. Koffie en thee en waarschijnlijk iets van cola.'

'Kan gewoon water ook?'

'Alleen water? Ik heb ook suiker en melk, hoor. Voor de koffie...'

Hij heeft het onthouden! Dat bedoel ik nou met aardig. Hij is echt aardig. 'Water is goed,' antwoord ik.

Ruben knikt en loopt terug naar de andere ruimte. Ik moet een manier verzinnen om die man te krijgen, bedenk ik als ik me omdraai en de andere meubels bekijk. Als hij het niet voor mij is, zou ik niet weten wie dan wel. Ik heb dit nog nooit voor iemand gevoeld. Er zijn heus wel mannen geweest, maar niemand zoals Ruben. Niemand die ik zo graag wilde. Niemand die de moeite nam om te onthouden hoe ik mijn koffie drink...

Ik loop langs een grote boekenkast en een eettafel met zware stoelen. Ik laat mijn hand over het tafelblad glijden. Alles is zo mooi. Ik zou het allemaal wel in huis willen hebben.

Opeens wordt mijn blik naar de hoek getrokken. Bij het raam staat een prachtige schommelstoel. Ik kan het niet laten en ga zitten. Terwijl ik zachtjes heen en weer beweeg, komt Ruben terug met mijn glas water en een cola voor zichzelf. Dat glas staat gelijk aan twaalf suikerklontjes, maar ik zal er niets van zeggen. Hij kan het hebben.

'Dat is mijn pronkstuk,' zegt hij terwijl hij mij het glas aangeeft en tegen het raamkozijn leunt.

Ruben zit helemaal onder het stof, zie ik. Ik heb sterk de neiging om met mijn vingers door zijn haar te gaan.

Ik neem een slokje. 'Hij is schitterend. Ik zou hem meteen kopen als...'

'Als wat?'

'Als ik er de ruimte voor had,' zeg ik. Ik wilde iets anders zeggen, maar dat durf ik niet. Hij kijkt naar me alsof hij het weet. 'Ik bedoel, zo'n stoel koop je niet zomaar voor in de huiskamer. Hier wieg je je kindjes in slaap...' Zo, nou heb ik het toch gezegd. Nu maar hopen dat hij het niet hopeloos zoetsappig vindt om baby's in slaap te wiegen.

'Daar is hij ook voor bedoeld,' antwoordt hij. 'Als je met je elleboog op de armlegger rust, zit je precies goed. Probeer maar.'

Ik leg mijn arm neer op de leuning. Er zit een kussentje op de plek waar mijn arm rust. Het enige wat mist is een baby. 'Wat goed,' zeg ik. 'Zo kun je het uren volhouden.'

'Dat hoop ik. Hij is nog nooit getest, maar dat is wel het idee.'

Ik wil zijn baby. Ik wil nu met hem trouwen en kinderen krijgen. Opeens lijkt het niet zo'n raar idee. Als ik met hem praat, heb ik soms het idee dat we helemaal niet zo anders zijn. Soms vergeet ik bijna dat ik niet mooi genoeg voor hem ben. Zoals nu. Nu zijn blik naar mijn borsten glijdt. Ik heb dit bloesje expres aangetrokken zodat ik de bovenste knoopjes open kon laten. Ik voel me vandaag sowieso iets zekerder omdat ik achter in mijn kast een broek heb gevonden die ik aan kan. Ik heb hem eens voor kerst gekocht. Het is nogal een nette broek. Een zwarte met een uitwaaierende pijp. De stof is heel dun en hij heeft een rijgkoord in de band. Als ik sta doet het wonderen voor mijn silhouet. Door de wijde pijpen lijkt het dan een beetje op een lange rok.

Ruben drinkt zijn glas leeg. 'Wil je de werkplaats zien?'

Ik knik.

'Het is wel lawaaierig,' zegt Ruben voor hij de deur opendoet.

Als we binnenkomen, zie ik een jongen die een schuurmachine bedient. Hij heeft een tuinbroek aan en niets daaronder, voor zover ik kan zien.

'Dat is Robin, mijn broertje.'

Het broertje is ook wel de moeite waard, vind ik. Hij is iets slungeliger, zijn haar is gemillimeterd en ik heb een beetje mijn bedenkingen over die tuinbroek, maar hij lijkt genoeg op Ruben om leuk te zijn.

'We hebben het best druk op het moment,' legt Ruben uit.

'Met die barok opdracht?'

'Ja, onder andere. Een vriend van mij opent binnenkort zijn eigen club. Wij zijn bezig met het interieur. Robin is nu tafelbladen aan het schuren.' Hij wijst achter in de werkplaats. 'En dat is mijn vader. Hij zou het rustiger aan gaan doen, maar met die grote opdrachten draait hij toch weer volop mee.'

Op dat moment klinkt er een oorverdovende herrie. 'Sodeju!' roept Rubens vader. 'Da's nou al de tweede keer!'

'Maar het gaat niet altijd goed sinds hij er wat langer uit is...' fluistert Ruben. Hij is zo dichtbij dat ik zijn houtachtige geur ruik. Zeer opwindend.

Rubens vader gooit zijn stofbril neer en komt deze kant opgelopen. Hij is een grote man met dezelfde bouw als Ruben. 'Dat apparaat deugt niet meer, Ruben! Die zaag is zo bot, daar kun je mee op je blote kont naar Keulen rijden!' Dan pas ziet hij mij en ik sta op het punt in lachen uit te barsten. Wat zei hij nou?

'O! Ik had niet gezien dat je bezoek had, Ruben. Dan had ik wat meer op mijn woorden gelet.'

'Ja, bedankt, pa,' antwoordt Ruben. 'Dit is Isa.'

Zijn vader geeft me een stevige hand. 'Sorry voor mijn taalgebruik, meisje. Ik was een beetje van mijn à propos omdat ik al twee perfecte tafelbladen naar de goden heb geholpen.'

'Jij? Ik dacht dat het aan de machine lag, pa...'

'Ja. Dat is natuurlijk ook zo. En je moet die hond van je eens uit gaan laten, want die loopt ook al de hele tijd in de weg. Ik kan zo niet werken, jongen.'

'Zeg, ben ik hier nog de enige die iets doet?' vraagt Robin boven het geweld van de schuurmachine uit.

'Ik moet met Bo naar buiten!' roept Ruben terug. 'Ga je even mee?' vraagt hij mij.

Even later loop ik met Ruben over een verlaten bospaadje. Bo rent ver voor ons uit om takken te zoeken die Ruben dan weer weg moet gooien zodat hij er achteraan kan. Ik kan bijna niet geloven dat dit zo gemakkelijk gaat. We lopen hier samen door het bos, alsof we elkaar al jaren kennen. We lachen en kletsen en het voelt totaal niet ongemakkelijk.

Ik weet niet of hij mij even leuk vindt als ik hem – dat kan ook bijna niet – maar er is zeker een klik tussen ons. Anders had hij me niet gevraagd met hem mee te lopen.

'Ik moet zeggen dat je erg toegewijd bent als dierenarts,' zegt Ruben. 'Ik ken er niet veel die extra beweging voorschrijven en dan zelf mee gaan wandelen.'

'Ik wil gewoon zeker weten dat je naar me luistert,' antwoord ik. 'Daarom ben ik eigenlijk langsgekomen. Het is meer een soort inspectie.'

'En ik maar denken dat je mijn meubels zo mooi vindt. Je bent gewoon undercover.'

'Jazeker. Waar gewone dierenartsen stoppen, ga ik verder.' Ik lach. 'Maar je meubels vind ik toevallig echt mooi. Je hebt ook plezier in je werk, denk ik.'

Ruben knikt. 'Ja. Meestal wel. Ik heb voor het vak gekozen zodat ik mijn vader op kon volgen, maar ik ben er ondertussen wel van gaan houden. Het is nu ook echt mijn bedrijf.'

'Het lijkt me wel gezellig zo. Mannen onder elkaar...'

'Nou, ik denk niet dat je dat zou zeggen als je er een hele dag bij zou zijn. De meeste vrouwen die ik ken houden het volgens mij niet langer dan een halfuur uit in de werkplaats. Zeker niet als er iets misgaat bij mijn vader. Hij hield zich nu in, maar...'

'Normaal is het erger?'

'Veel erger!'

'Ik vond het wel grappig. Vooral die uitspraak over die zaag.' Ik moet weer lachen als ik eraan denk.

'Ja, mijn vader heeft zo zijn spreekwoorden. Niet iedereen kan dat waarderen.'

Ik haal mijn schouders op. 'Hij is zeker wel trots op jullie nu jullie het bedrijf hebben overgenomen?'

'Mijn vader zegt die dingen niet met zoveel woorden, maar ik denk het wel.' Ruben schopt een steentje weg. 'Heb jij eigenlijk broers of zussen?'

'Een zus. Misschien ken je haar wel. Ze zit ook op de sportschool. Door haar ben ik ook begonnen.'

'Dan zal ik haar wel eens gezien hebben. Is ze ouder of jonger?'

'Vijf jaar jonger. Ze lijkt helemaal niet op mij, hoor.'

'Ik heb ook nog een oudere broer. Niels.'

'Zit die ook in het bedrijf?'

'Nee!' antwoordt Ruben alsof dat een heel gek idee is. 'Niels is een reclamejongen. Hij heeft volgens mij nog nooit een splinter in zijn hand gehad. Hij heeft zich nooit voor de zaak geïnteresseerd.'

'Jammer,' antwoord ik. 'Maar ik vind het best knap wat jullie doen. Ik ben dol op Tamara, maar ik weet niet of ik met haar zou kunnen werken. We zijn wel erg verschillend.'

'Ik zou ook niet met Niels kunnen samenwerken. Het is niet dat we elkaar niet mogen, maar als we te lang op elkaars lip zitten, komt er ruzie van. Dat is altijd zo geweest. Met Robin gaat dat wel goed. Als ons iets dwarszit, schelden we elkaar even de huid vol en dan is het weer over.'

'Een beetje ruzie hoort erbij tussen broers en zussen.'

'Ach, ik ben ouder en sterker, dus Robin moet gewoon naar mij luisteren.'

Ondertussen komt Zuidhof en Zonen weer in zicht. Ik zie mijn auto al staan. Er gaat een golf van teleurstelling door me heen als ik merk dat aan ons gesprek een einde gaat komen. Maar ja, Ruben zal weer aan het werk moeten.

'Ga je vanavond nog sporten?' vraagt hij als we op het grindpad voor de showroom staan.

'Weet ik niet zeker,' zeg ik. Het hangt ervan af of hij gaat. 'Jij?'

'Denk het niet. Het zal wel laat worden vanavond.'

Ik haal mijn sleutels uit mijn jaszak. 'Ik zie je vast wel weer.' Oei, dat klinkt veel te afstandelijk. Ik bedoelde eigenlijk: zien we elkaar alsjeblieft weer?

Ruben glimlacht. Ik aai Bo over zijn kop. 'Tot gauw, Bo.' Hij rent de bosjes in. Ik kijk Ruben aan. Zijn slordige haar waait een beetje op in de wind. Hij ziet er echt uit om te zoenen. Shit! Nu kijk ik naar zijn mond. Niet aan zoenen denken! 'Ik vond het erg leuk om hier eens rond te kijken.'

'Ik vond het ook leuk dat je er was.'

Ik bloos. Stom eigenlijk, wat moet hij anders zeggen? Ik vond het tijdverspilling om met jou rond te hangen? Ik wil instappen, maar dan komt Bo aangerend met een grote, dikke tak. Hij duwt hem bijna in mijn handen.

Ruben lacht. 'Volgens mij mag je niet meer weg van hem.'

Ik pak de tak aan. Bo kijkt me kwispelend aan. Ik gooi het ding door de lucht en hij sprint er direct achteraan. De tak komt alleen niet zo ver als hij geschat had, waardoor hij de tak inhaalt en terug moet lopen om hem te pakken. Hij is er een beetje verbaasd over, maar brengt hem wel meteen naar me terug. Zijn ogen vragen: nog een keer! Nog een keer!

'Dat is nou typisch Bo. Hij weet echt van geen ophouden,' zegt Ruben, terwijl hij de tak uit de bek van Bo wil pakken. Hij laat niet los en er ontstaat een trekspelletje. 'Kom op, Bo,' zegt Ruben. 'Isa kan niet de hele dag met je blijven spelen.'

Eigenlijk kan ik dat wel. En ik zou het doen ook, als ik dan de hele dag bij Ruben in de buurt was. Maar dat zou wel erg puberaal zijn.

Ik open mijn portier. 'Nou, tot ziens dan maar!'

'Ja, dan kom ik weer naar jouw werk kijken,' zegt Ruben met een knipoog.

Ik wil niet weg! Ik wil bij Ruben blijven. Toch stap ik in de auto. Als ik wegrijd, zie ik in mijn achteruitkijkspiegel hoe Ruben de tak weer van Bo afpakt.

6

‘Goed nieuws, Isa! Je bent weer afgevallen en je vetpercentage is met anderhalve procent gezakt.’

Opgelucht kom ik van de weegschaal, waarmee ik inmiddels een haat-liefdeverhouding heb. Bram maakt een uitdraai van mijn grafiekje.

Tamara kijkt met hem mee en klapt verrukt in haar handen. ‘Je bent onder de tachtig, Ies!’ zegt ze opgewonden.

Ik heb al zo lang geprobeerd om onder de magische grens van tachtig kilo te komen, dat ik bijna niet kan geloven dat het me nu gelukt is.

‘Je weegt nu 79,8 kilo. Dat betekent dat je in totaal vijf kilo bent afgevallen!’ zegt Bram.

‘En één ons…’ voeg ik eraan toe.

Bram lacht. ‘Inderdaad. Laten we die vooral niet vergeten. Vijf kilo en één ons, Isa. Dat is een goede prestatie.’

‘En het is nog wel avond, dus morgenochtend ben ik nog lichter.’ Ik trek mijn schoenen weer aan. ‘Maar ik ben er nog lang niet.’

Bram staat op. ‘Je hebt nog wat voor de boeg, maar vergeet

niet dat je al een goede start gemaakt hebt.' Hij loopt een stukje met ons mee terug naar de sportzaal. 'Ik ben nu al benieuwd naar de volgende weging. Als je zo doorgaat zijn de resultaten vast weer goed.'

'Ik zal mijn best doen,' antwoord ik terwijl ik me op een van de crosstrainers installeer. Tamara pakt het apparaat naast me.

'Het gaat je zeker lukken, Isa!' zegt Bram voordat hij op zoek gaat naar zijn volgende slachtoffer.

'Straks word je nog zijn lievelingetje,' fluistert Tamara. 'Volgens mij kan hij dat streberige van jou wel waarderen.'

'Denk je?'

'Ja. Hij neemt jou heel serieus. Volgens mij ben je een projectje van hem.'

Ik haal mijn schouders op. 'Misschien.'

'Hij is erg betrokken bij jouw vorderingen, toch? Hij houdt je echt in de gaten.'

'Ja, dat wel.'

'Dat doet hij niet bij iedereen. Hij verspilt geen tijd aan mensen die niet gemotiveerd zijn.'

'Nee.'

'Toen je begon, durfde ik niet te hopen dat je zo zou doorzetten.'

'Ik ook niet.'

'Wat is er met je?' vraagt Tamara opeens geïrriteerd.

Ik kijk verbaasd op. 'Hoezo?'

'Je zegt alleen ja, nee en amen...'

'Ik geef toch antwoord?'

'En je kijkt de hele tijd naar de deur. Ik sta hier, hoor! Ik praat al een kwartier tegen je achterhoofd.'

Pas dan besef ik dat ik sinds ik binnengekomen ben onafgebroken naar de ingang heb gestaard.

'Verwacht je soms iemand?' vraagt Tamara lachend.

Ik voel dat ik bloos. Gelukkig ben ik altijd rood als ik op de crosstrainer bezig ben.

'Je verwacht echt iemand!' roept Tamara. 'Wat is er aan de hand, Isa? Vertel op!'

'Er is niets... Niet echt. Er is niet echt iets.'

'Er is wel iets, want normaal doe je nooit zo raar. De laatste keer dat je zo ontwijkend deed, had je iets met die overbuurjongen van je... O god! Het gaat om een man! Wie is het, Isa? Wie is het?'

'Doe rustig, straks val je nog.'

'Is het weer die overbuurman? Nee toch? Daar moet je echt mee ophouden, Ies.'

'Ik heb niks meer met de overbuurman, oké?' antwoord ik. 'Jeetje Tamara. Ik keek alleen even of er een bekende binnenkwam.'

'Wie ken je dan die hier sport? Ik ken hier de mensen, niet jij.'

'Ik ken ook iemand. Ik heb je toch verteld van die hond met chocoladevergiftiging?'

'Ja, maar hier komen geen honden, hoor.'

'Nee,' antwoord ik. 'Maar wel baasjes.'

'Sport hij hier? Die jongen die de hele nacht met je was opgebleven? Die leuke?'

Opeens glimlach ik van oor tot oor. 'Ja. "Die leuke" sport hier. Ik ben hem tegengekomen toen jij afgebeld had. Eigenlijk kom ik hem de laatste tijd overal tegen...'

'Waarom heb je me daar niets van gezegd?'

'Weet ik veel. Omdat er niets te zeggen valt en ik sta al zo onder druk bij Floor en Daph. En Stijn begint me nu ook al lastig te vallen.'

'Wat? Zelfs Stijn weet alle gore details? Ik ben je zus, Isa! Ik hoor de eerste te zijn die dit soort dingen te horen krijgt. Het is verdorie maanden geleden dat er een man in je leven was en nu ben ik de laatste die het weet?'

'Maar er is nog helemaal niets. Als er iets gebeurt, vertel ik het meteen, maar tot nu toe is het allemaal heel onschuldig. Als je hem ziet, begrijp je het wel. Ik ben niet van zijn klasse.'

'Wat? Vindt hij dat?' gilt Tamara verbolgen uit.

'Nee! Of misschien ook wel, maar dat heeft hij niet gezegd. Ik zeg het. Hij is helemaal perfect en ik ben... dit.'

‘Nou, toevallig is “dit” ook behoorlijk de moeite waard, Isa.’

‘Dat is juist het gekke. Dat gevoel geeft hij me namelijk wel. Laatst was ik bij hem…’

‘Kijk, dat bedoel ik nou! Ik weet niet eens dat er iemand is die je leuk vindt en nu ben je al bij hem geweest?’

‘Op zijn werk. Hij heeft een meubelmakerij. Ik heb een rondleiding gehad en we zijn met Bo gaan wandelen. Dat is de hond.’

‘Ga verder!’

‘Nou, verder is er dus niets. We hebben gepraat, wat op zich heel goed ging. We hebben best veel gespreksstof. Het was heel gezellig.’

‘Heb je hem gezoend?’

‘Nee! Nee, natuurlijk niet!’

‘Waarom niet? Je vindt hem toch leuk?’

‘Soms voel ik me net een buitenaards wezen. Is het nu echt zo dat elke vrouw zomaar elke leuke vent durft te pakken? Ik ben daar te verlegen voor. Ik ga hem niet zomaar zoenen.’

‘Je moet af en toe gewoon even lef hebben. Dat kan goed uitpakken, hoor.’

‘Hoe vaak heb jij dat nu werkelijk gedaan? Hoe vaak heb jij zomaar iemand gezoend zonder enig signaal dat hij dat wilde?’

‘Er zijn altijd signalen, Ies. Jij mist ze gewoon, dat is jouw probleem. Ik denk niet dat een vent zoveel tijd met je doorbrengt als hij niets van je wil weten.’

‘Misschien wil hij gewoon vrienden zijn?’

Tamara laat een minachtend lachje horen. ‘Dat zou dan de eerste zijn die ik tegenkom.’

Ik zucht. ‘Nou ik ben er in ieder geval niet zeker van en ik heb geen zin om voor schut te staan. Waar is de tijd gebleven dat versieren een mannending was?’

‘Ongelooflijk! Vrouwen hebben generaties lang gevochten om te komen waar wij nu zijn! Wij willen toch gelijkwaardig zijn? We willen ook carrière maken en we willen dat hij de zorg voor de kinderen deelt. De tijd dat hij je over zijn schouder gooide en naar zijn grot droeg, is voorbij, Isa.’

Tamara's apparaat begint te piepen. Dat is het voordeel van kletsen onder het sporten. De tijd vliegt voorbij.

'Klaar voor de buikspieroefeningen?' vraagt Tamara.

Ik ben net met de eerste oefening begonnen als ik hem zie binnenkomen. Ik zit helemaal achter in de zaal en hij ziet me niet. Hij loopt naar de kleedkamers en ik vraag me af of ik Tamara zal vertellen dat hij er is.

Ze ligt naast me haar schuine buikspieren te trainen. Ik kan het niet zachtjes fluisteren op deze afstand en eigenlijk weet ik niet of ik wel wil dat ze weet wie Ruben is. Misschien gaat ze heel opvallend doen, of misschien vindt hij haar leuker als ik ze aan elkaar voorstel.

Een paar minuten later loopt Ruben naar de fietsen. Ik wacht tot hij zit, met zijn rug naar ons toe, en kom dan pas overeind.

'Tamara?' sis ik.

Ze hoort me niet.

'Tamaar...'

Ze kijkt op. 'Zei je wat?'

'Hij is er,' fluister ik.

'Wat zeg je?'

Ik rol met mijn ogen. Subtiliteit is niet aan mijn zus besteed. 'Hij is er...'

'Ik versta er niets van, Ies!' Geïrriteerd komt ze omhoog.

Ik buig me iets voorover. 'Ruben is hier. Op de derde fiets.'

'Die met dat grijze sweatshirt? Wauw, Ies, die ziet er goed uit!'

Ik knik. 'En dat is alleen zijn achterkant nog maar.'

'Ga je naar hem toe?'

'Straks. Eigenlijk wil ik hem hier niet tegenkomen. Ik zie er niet uit. Is mijn mascara uitgelopen?'

'Je ziet er prima uit.'

'Dit hoort een plek te zijn waar ik zonder zorgen aan mezelf kan werken. Hoe kan ik nu sporten als ik ook nog de hele tijd aantrekkelijk moet zijn?'

'Iedereen loopt hier in zijn sportkloffie. Iedereen zweet, iedereen wordt rood.'

'Nietes! Jij niet. En Ruben ook niet.' Ze zouden het ideale stel zijn samen, bedenk ik opeens. Twee perfecte mensen. Ik zie hun trouwfoto al voor me. Ze zullen prachtige kindjes krijgen die mij 'Tante Isa' noemen en bij me komen logeren in de weekenden. Ruben mag Tamara niet zien. Ik moet ze bij elkaar uit de buurt houden.

Ik maak mijn oefeningen in een abnormaal traag tempo af. Een meisje is al vier keer voorbijgelopen in de hoop dat ze mijn toestel kan overnemen, maar ik heb geen haast. Ik doe alles zo langzaam als ik kan en neem me vervolgens voor om Ruben pas aan te spreken als ik helemaal klaar ben met sporten.

Maar als ik opsta, zie ik dat er geen cardioapparatuur meer vrij is. Ik loop weifelend wat verder de zaal in. Ik sta een beetje te bedenken wat mijn plan van aanpak wordt als Bram opeens achter me verschijnt. 'Wat gaan we nu doen, Isa?' roept hij op zijn eeuwig 'motiverende' toontje. Mijn naam galmt door de zaal en Ruben kijkt om. 'Hé Isa!'

Ik doe alsof ik verrast ben en loop naar hem toe. 'Ik had je niet gezien.'

'Ik jou ook niet. Ben je al lang bezig?'

'Nee, niet echt. Ik moet nu achttien minuten steppen, maar die zijn voorlopig niet vrij.'

'Je mag mijn fiets als je wilt. Ik hoef nog maar drie minuten.'

'O, dankjewel,' zeg ik. Ik wil het gesprek gaande houden, maar weet even niets te zeggen. Het ene moment is het tussen ons alsof we elkaar al jaren kennen, het andere moment klap ik finaal dicht. Vooral als ik me voorneem om leuk en gevat te zijn, komt er niets uit. Zo gaan die drie minuten heel lang duren. Misschien verveel ik hem wel dood. Ik glimlach geforceerd. 'Is het nog steeds zo druk op je werk?'

Hij fluit tussen zijn tanden, wat ik grappig vind. 'Ja, de opening van de nachtclub komt steeds dichterbij. We zijn nu met de finishing touch bezig.'

'Wel knap van je dat je na zo'n lange dag nog komt sporten.'

'Nou ja, ik had er niet veel zin in, maar uiteindelijk voel ik me beter als ik wel gegaan ben.'

'Dat heb ik ook. Van tevoren wil ik nooit, maar als je er eenmaal bent, gaat het wel.'

'Het kan soms best gezellig zijn. Als er bekenden zijn...'

'Daar moet ik nog een beetje aan werken, geloof ik. Ik ken nog niet zoveel mensen.'

'Dat komt vanzelf. Je kent mij al!'

'Dat is waar. En dat is al heel wat, want dankzij jou kan ik dadelijk fietsen.'

Ruben stapt van zijn fiets. 'Precies. Hij is helemaal van jou!'

Ik deins een beetje achteruit zodat Ruben tussen de fietsen door kan lopen. Dan voel ik een hand op mijn schouder. Het is Bram. Ik zie dat hij zijn andere hand bij Ruben op zijn schouder heeft liggen. Zijn houding suggereert dat we bij elkaar horen. Was het maar zo.

'Zo, heeft hij je fiets lekker warm gehouden?' vraagt Bram. Hij is echt koning van de nietszeggende opmerkingen.

'Hij heeft hem even voor me bezet gehouden,' antwoord ik even nietszeggend.

'Ja, zo is deze jongen. Altijd even vriendelijk voor de dames. Jij weet wel hoe je ze tevreden moet houden, hè?' zegt Bram op een mannen-onder-elkaar toon. Zijn opmerkingen zijn nu niet alleen nietszeggend, maar ook bloedirritant. Ik voel me er onnozel en goedkoop door. Alsof ik me makkelijk in laat pakken. Valt het dan zo op dat ik gek op Ruben ben?

Ik loop om de fiets heen en probeer het zadel, dat nog steeds op Rubens lengte staat ingesteld, naar beneden te krijgen. Van de zenuwen krijg ik de verstelknop niet los en sta ik onhandig aan de fiets te sleuren. Dat is al de tweede keer dat het me niet lukt waar Ruben bij is. Straks denkt hij dat ik een kluns ben. Of nog erger: dat ik het expres doe om aandacht te krijgen. Ik werp een onhandige blik op Bram. Ziet hij dan niet dat ik zijn hulp nodig heb?

'Zal ik je even helpen?' Ruben staat al naast me.

Ik laat de knop los. 'Je hebt hem een beetje te vast aangedraaid.'

Bram bemoeit zich er weer mee. 'Je kent je eigen krachten niet, Ruben. Denk je ook een beetje aan de dames?'

Ik zucht. 'Hoor jij dit normaal niet te doen?'

'Ik wil je best helpen, maar Ruben is daar gewoon veel beter in,' antwoordt hij terwijl hij wegloopt.

'Nou, dan zou ik maar stoppen met dit werk,' bijt ik hem toe, maar hij hoort het al niet meer.

'Je vindt hem niet echt aardig, geloof ik,' zegt Ruben.

'Is dat zo duidelijk?'

'Nou, eigenlijk wel. Ik weet niet of het tot hem doordringt...'

'Ach, hij is niet het type waar ik mee op kan schieten. Hij doet zo...' Ik bedenk wat me nu eigenlijk zo aan Bram stoort. '... macho,' zeg ik uiteindelijk alsof het een vies woord is. 'En hij denkt dat hij beter is dan iedereen.'

Ruben lacht. 'Daar hebben mannen wel vaker last van. Als je in de buurt van leuke vrouwen werkt, word je vanzelf een beetje macho, denk ik.'

'Nou ja, hij zal zich hier wel moeten laten gelden met al die mooie meiden in hotpants.'

'Misschien ga je hem nog wel waarderen.'

'Dat kan. Maar ik betwijfel het.'

'Gaat u die fiets nog gebruiken, mevrouw?' Het type huisvrouw staat voor me, klaar om mijn fiets in te pikken.

'Ja!' zeg ik vlug. 'Ik was hem nog aan het instellen.'

Ruben buigt zich naar me toe. 'Ik ga maar verder, voor er problemen van komen.' Hij lacht. 'Misschien zie ik je straks nog wel.'

Ik lach terug. De huisvrouw kijkt me boos aan. 'Er zijn ook andere mensen die willen sporten, hoor!'

De tijd gaat best snel vanavond. Mijn training zit er alweer bijna op. Tamara en ik zijn bezig met de cooling down. Het werkt wel om Ruben in mijn buurt te hebben tijdens het sporten. Zo word ik telkens herinnerd aan waar ik dit allemaal voor doe. Ik hoop niet dat hij zich beloerd voelt, want ik houd hem echt de hele tijd in de gaten. Ik zie bijvoorbeeld dat hij nu mijn kant op komt.

'Hoe ver ben je?' vraagt Ruben.

'Bijna klaar,' zeg ik. 'Jij ook?'

'Ik ben eigenlijk al een tijdje klaar. Ik loop zomaar wat rond te lummelen.'

'Wil je niet naar huis?'

'Nou, ik dacht dat het wel gezellig zou zijn om samen nog wat te drinken aan de bar. Als je tijd hebt natuurlijk.'

'Ja!' antwoord ik een beetje te enthousiast. 'Ja, dat lijkt me wel leuk.' Maar op dat moment realiseer ik me dat ik met Tamara ben gekomen. Ik kijk naar haar. 'Maar ik weet niet of...'

'Ga alvast maar, hoor!' zegt Tamara. 'Ik ben nog lang niet klaar, hier. Ik red me wel.'

Soms is het wel fijn dat Tamara zo'n mannenverslindster is. Ze weet precies wanneer ze te veel is.

Ik glimlach naar Ruben. 'Het lijkt me heel leuk.'

'Oké, ben je al klaar, dan?' vraagt hij.

'Ik ga even mijn vestje halen en dan kom ik eraan.'

'Dan zie ik je zo. Ik zit alvast aan de bar.' Ruben loopt weg en ik stap van mijn apparaat af. Ik voel een kleine paniekaanval opkomen. Ik ga zo iets met Ruben drinken!

'Nou, Isa, dit is je kans,' zegt Tamara. 'Ga naar de bar en grijp hem!'

Ik knik en ren naar de kleedkamer. Ik neem mijn tas uit mijn kluisje en haal mijn deodorant tevoorschijn. Ik trek mijn shirt uit, plens wat koud water over mijn gezicht tegen de rode kleur en spray mezelf helemaal onder de deodorant. Ruben mag absoluut geen zweet ruiken. Eigenlijk zou ik even moeten douchen, maar ik kan hem niet zo lang laten wachten. Bovendien zou ik dan mijn vieze kleren weer aan moeten trekken. Gelukkig heb ik wel een extra T-shirt bij me. Ik trek mijn vestje erover aan en maak opnieuw een staart van mijn haren. Dan ren ik weer naar beneden.

Als ik langs de sportzaal kom, steekt Tamara haar duim naar me op. Zij zou hier veel beter in zijn dan ik. Ik haal diep adem, volgens mij was ik dat tijdens het verkleden vergeten, en loop naar de bar.

'Ik heb alvast besteld,' zegt Ruben als ik naast hem sta. 'Volgens Bram drink je dit altijd.' Hij geeft me het gele vitaminedrankje dat Tamara me aangeraden had.

'Klopt. Dankjewel,' zeg ik terwijl ik een slokje neem. Ik zet mijn tas op de grond en ga op de kruk naast hem zitten. 'Wat drink jij?'

Hij laat me een sportdrankje in een flesje zien. 'Is goed voor de spieropbouw, maar ik zit toch liever met een biertje aan de bar.'

'Dat begrijp ik. Maar hier val je nogal uit de toon met een glas bier, hoor.'

Hij knikt. 'Dat is waar. Was dat je zus trouwens, daarnet?'

'Ja, dat is Tamara. Misschien ken je haar wel. Ze sport hier al eeuwen.'

'Ik heb haar weleens gezien, ja. Volgens mij kent ze mijn ex.'

Ik verslik me bijna. 'Je ex?'

'Ja, ik sportte hier altijd met mijn vriendin. Het is nu een maand of drie uit en sindsdien komt ze hier niet meer. Maar ze kletste altijd met je zus.'

'Hoe heet ze?' vraag ik. Misschien kan ik Tamara straks uithoren.

'Marleen. Ze lijkt wel een beetje op je zus.'

'O ja?' Hmm, ik kan hier toch maar beter mee uitkijken. Straks vraagt hij of ik iets kan regelen.

'Nou ja, qua type... Ze is heel erg mooi.'

Ik zet mijn glas neer. Dit gaat niet echt goed. Ik moet het gesprek een veilige richting opsturen.

'Ze is zo iemand waar altijd iets mee te beleven valt,' gaat hij verder. 'Ik kon echt de grootste lol met haar hebben. Ze had van die spontane invallen. Ze kon zomaar een weekendje weg boeken, bijvoorbeeld. En ik werd een keer op zaterdagochtend uit mijn bed gebeld voor een verrassing. Toen had ze een bungeejump geregeld. Dat soort dingen deed ze gewoon.'

Ik zit hem stomverbaasd aan te staren. Ik zie ze gewoon al helemaal voor me. Zij met haar glanzende, wapperende haren en haar ranke figuurtje, bungelend aan een touw. En Ruben in adoratie afwachtend tot hij ook kan springen. Waarom zit hij hier eigenlijk met mij? Wat heb ik hem nou te bieden als hij die Marleen gewend is?

'Waarom is het eigenlijk uitgegaan?' vraag ik. Ruben kijkt nogal moeilijk en ik krijg bijna spijt dat ik die vraag gesteld heb. Maar hij is zelf over haar begonnen. En volgens mij is hij nog steeds verliefd op haar. Waarom zit hij haar anders zo op te hemelen?

'Heb je het er liever niet over?' vraag ik.

'Nou, het ligt nogal ingewikkeld...' antwoordt hij. 'Of eigenlijk ook weer niet. In het kort?'

Ik knik.

'Ik ben een hele tijd met Marleen samen geweest. Ik had een zwak voor haar en daar maakte zij gebruik van. Ze had nogal eens de neiging om stomme dingen te doen...' Hij drinkt zijn flesje in één teug leeg en zet het op de bar. 'Zoals naar bed gaan met een ander.'

Ik kijk hem met grote ogen aan. 'Ze wordt door jou op handen gedragen en ze gaat vreemd?'

Hij haalt zijn schouders op. 'Zo is Marleen. Ze heeft van die buien. Ze kan voor je door het vuur gaan. Ze kan de gekste dingen bedenken om je een plezier te doen. Ze kan dolgelukkig zijn. Maar soms slaat het ineens om. Dan is ze ontevreden en kan ik niet tot haar doordringen. Ze zoekt altijd naar die grens...'

'Lijkt me vermoeiend,' antwoord ik. 'Ik zou er niet tegen kunnen.'

'Nee?'

Ik schud resoluut mijn hoofd.

'Ik uiteindelijk ook niet. Ik heb het echt geprobeerd, maar het ging gewoon niet meer. Ze kon ook zo oppervlakkig zijn, weet je. Als ze iets niet leuk meer vindt, dan hoeft het niet meer. Zo gaat het met haar kapsel, haar kleding en ook met mij.'

'Mis je haar?' vraag ik. Ik vind hem opeens zo zielig zoals hij daar zit. Het is eigenlijk wel heel eerlijk van hem om dit allemaal te vertellen en hij ziet er zo oprecht uit.

Hij is even stil. 'Soms wel.'

Ik slik. Dit is niet precies wat ik wilde horen, maar ik vroeg er zelf om. 'Ik denk dat je beter af bent zonder haar.' Hij kijkt me aan. Misschien zit hij helemaal niet op mijn mening te wachten. 'Ik ken haar natuurlijk niet zoals jij, maar iemand die even snel op haar vriendje uitgekeken raakt als op haar haarkleur, lijkt me niet geschikt om een relatie mee te hebben. Volgens mij ben jij daar redelijk serieus in... Of vergis ik me?'

'Nee, dat klopt wel zo'n beetje. Kai, dat is mijn beste vriend, zegt ook altijd dat ik te goed voor haar ben. Hij mag haar helemaal niet.'

'Als hij je beste vriend is, weet hij natuurlijk wel hoe je in elkaar zit. Als buitenstaander heeft hij misschien een beter beeld van je ex dan jij zelf hebt. Mijn vriendinnen zien ook vaak veel eerder of een man bij mij past dan ikzelf. Niet dat ik naar ze luister...'

'Nee, dat ken ik. Misschien zouden we dat eens vaker moeten doen.'

'Alvast een goed voornemen voor volgend jaar? Beter naar onze vrienden luisteren...'

Hij knikt. 'Goed idee. Eigenlijk is er nog een reden waarom het tussen mij en Marleen niets kon worden.'

'Wat dan?'

'Ze houdt niet echt van honden. Ze deed wel aardig tegen Bo, maar alleen om mij een plezier te doen. Bo kon niet echt met haar opschieten.'

Ik lach. 'Nou, dan lijkt het me duidelijk.'

Hij knikt. 'Exit Marleen! Wil je nog zo'n drankje?'

Uiteindelijk wordt het nog een heel gezellig gesprek. Op Marleen komen we niet meer terug. Hij vertelt me over de vorderingen van Kai's nachtclub en ik vertel hem dat ik heel graag een meubelstuk van hem wil kopen. Niet nu meteen, natuurlijk. Hij heeft het al zo druk, maar als hij straks wat meer tijd heeft, kom ik langs om wat uit te zoeken. Hij vraagt me meteen van alles over mijn smaak en de stijl in mijn huis. We hebben het ook over het boek dat hij me aangeraden heeft. Ik heb het bijna uit en bespreek met hem mijn theorie over de ontknoping. Aan zijn reactie te zien, zit ik dicht bij de waarheid. Ik krijg zin om verder te lezen. Maar niet nu. Nu wil ik met Ruben blijven kletsen. Ik had niet gedacht dat het mogelijk was, maar ik ga hem steeds leuker vinden. Ik heb met hem steeds het gevoel dat we op dezelfde golflengte zitten en dat heb ik eerlijk gezegd nog nooit eerder bij een man gehad.

'Jongens, kunnen jullie deze avond misschien ergens anders voortzetten?' vraagt Bram terwijl hij tussen ons in komt staan. 'We zijn namelijk al een halfuur gesloten. Iedereen is al weg.'

Ik schrik en kijk op mijn horloge. 'Het is al halfelf!'

'Zo laat?' vraagt Ruben. 'Jullie sluiten toch om tien uur?'

Bram knikt. 'Jullie gaan zo in elkaar op dat je niet eens gemerkt hebt dat we zijn gaan sluiten. Jullie hebben zelfs niet gemerkt dat de zaal schoongemaakt is en dat al het personeel weg is. En eigenlijk wil ik ook wel graag naar huis, dus als jullie ergens anders verder willen kletsen...'

Ik laat me met een rood hoofd van mijn kruk zakken en pak mijn sporttas op. 'Sorry, Bram, we gaan al.'

Ruben staat ook op en legt zijn hand op mijn onderrug als teken dat ik voor mag gaan. Er gaat een warme tinteling door me heen.

'Fijne avond verder!' roept Bram ons na.

We zwaaien en lopen naar de uitgang. Buiten trek ik mijn vestje verder dicht. 'Het is koud,' mompel ik.

Ruben knikt en begint te lachen. 'Lullig dat we de tijd zo vergeten zijn...'

'Ik had echt niet in de gaten dat het al zo laat was,' antwoord ik. 'Ik vond het heel erg leuk om met je te praten.'

'Ik ook,' zegt hij. 'Maar we hebben het altijd gezellig, toch?'

Ik glimlach. Zou dit voor hem ook zo speciaal zijn? Ik hoop het zo. Ik wil zo graag dat hij dit ook voelt. Hij moet toch ook weten dat dit anders is? Dat het meer is dan gewoon gezellig? We hebben een klik. Ik voel het en ik wil dat hij het ook voelt.

'We moeten dit vaker doen,' zegt hij. 'Maar dan ergens waar we niet zomaar buiten geschopt kunnen worden.'

Het lijkt een beetje alsof hij me mee uit vraagt, maar ik weet het niet helemaal zeker. 'Ergens waar ze ook alcohol schenken,' antwoord ik. 'Die vitaminedrankjes gaan ook vervelen.'

'Ik zal het je laten weten als Kai zijn nachtclub opent. Ik zou het leuk vinden als je ook komt.'

'Echt waar?' vraag ik verbaasd, wat ik onmiddellijk stom vind van mezelf.

'Ja, dan zie je meteen waar ik zo hard aan gewerkt heb. Als je wilt, natuurlijk.'

'Ja! Dat wil ik wel. Ik ben erg benieuwd.'

'Oké...' Hij aarzelt even en staart naar zijn schoenen. 'Dan zie ik je hier wel weer.'

Ik knik. 'Ja. Ik ben hier trouw drie keer per week, dus...'

'Tot ziens dan maar...'

'Ja, tot ziens.'

Ik heb Tamara meteen opgebeld en haar bestookt met vragen over Marleen. Het blijkt dat ze elkaar alleen van het sporten kennen. Het klikte niet echt. Tamara – die zelf al niet erg bescheiden is – vindt Marleen arrogant. Maar ja, wat wil je als Ruben je vriendje is? Dat geeft toch wel enige reden tot arrogantie.

Uiteindelijk ben ik niet veel wijzer geworden, maar we hebben Marleen wel lekker afgekraakt. Tamara vindt ook dat ik veel beter bij Ruben pas, dus kan ik nu weer verder gaan met zwijmelen en daar heb ik natuurlijk mijn vriendinnen voor.

'Ik weet niet of hij me wilde zoenen,' zeg ik tegen Floor. Ze is me tijdens mijn lunchpauze komen opzoeken en we zitten in het parkje achter de kliniek. Er schijnt een flauw najaarszonnetje. Ik heb mijn volkorenboterhammen met rookvlees en 20+ smeerkaas bij me en Floor eet een donut met roze glazuur. 'Maar hij treuzelde opeens zo en even dacht ik dat het ging gebeuren.'

'Maar dat was niet zo?' vraagt ze nieuwsgierig.

'Nee. Helaas niet.'

'Waarom deed jij het dan niet gewoon? Je had hem toch wel

een kus kunnen geven? Jullie hebben nu al best veel tijd samen doorgebracht.'

'Ja, dat weet ik,' zeg ik terwijl ik mijn boterhammenzakje openmaak. 'Als het een echt afspraakje was geweest, had ik het misschien gedurfd, maar dit was zo anders. Ik weet niet wat het is tussen ons.'

'Wat het ook is, ik zou er werk van maken. Jullie draaien zo om elkaar heen. Dat is toch niet voor niets? Hij heeft duidelijk interesse in je.'

'Hij vindt me vast wel aardig, maar hij heeft niet laten merken dat er meer is.'

'Hoezo niet? Hij zoekt je de hele tijd op en jij hem. En als jullie elkaar toevallig tegenkomen, wat nogal eens gebeurt, dan rekken jullie allebei de ontmoeting zo lang mogelijk.'

Ik neem een hap brood. 'Ja, het is nogal vreemd allemaal.'

'Waarom vraag je hem niet gewoon wat hij van je vindt?'

'Is dat niet een beetje stom?' vraag ik met volle mond. 'Ruben, vind jij mij leuk? Ik jou wel!'

'Nou, ik weet niet. Als ik jou was, zou ik willen weten of er meer in zit. Daar kun je maar op één manier achterkomen.'

'Hoe dan?'

'Door het te vragen. Of je moet zelf het initiatief nemen en hem zoenen als het moment daar is.'

'Ik weet niet, hoor.'

'Ik heb Mas al na een halfuur gezoend.'

'Dat was anders. Dat was tijdens het uitgaan. Jullie waren overduidelijk allebei ergens op uit. Ik weet niet eens of Ruben wel verliefd wil worden. Laat staan dat hij het kan worden op mij.'

'Ik wist toch ook niet of Mas mij wilde? Ik heb het gewoon geprobeerd en hij bleek mij ook leuk te vinden. Je moet er gewoon voor gaan. Als het wederzijds is, kan de pret beginnen. Zo niet, dan weet je het tenminste. Dan hoef je er in ieder geval niet meer over te piekeren. Dan kun je verder.'

Ik drink uit mijn flesje Spa blauw. 'Ik weet het niet. Misschien wil ik het ook niet weten. Misschien blijf ik liever een beetje dromen.'

'Dromen kunnen uitkomen, weet je.'

'Over jouw dromen gesproken. Wanneer gaan wij die Mas van jou eens ontmoeten?'

Floor grijnst van oor tot oor. 'Snel. Dat beloof ik.'

'Volgens mij wil je hem helemaal voor jezelf houden. Ik ben hartstikke benieuwd naar hem.'

'Ik moest toch eerst weten of het serieus werd? Ik heb ook nog geen Ruben gezien.'

'Ik ben met Ruben nog lang niet zo ver als jij met Mas.'

'Nou, ik zal Mas gauw aan jullie voorstellen, als jij belooft werk van Ruben te maken.'

Ik haal mijn schouders op. 'We zullen zien.'

De rest van de week ga ik trouw iedere avond naar de sportschool. Als ik echt wil dat het iets wordt tussen Ruben en mij zal ik hem vaker moeten zien. Ik hoop de hele tijd dat ik hem tijdens het sporten zie, maar tot nu toe ben ik hem niet tegengekomen. En dat terwijl hij toch beloofd had dat we nog eens zouden afspreken. Ik kijk er heel erg naar uit om nog eens zo gezellig met hem te kletsen.

Het lijkt wel een beetje op mijn eetverslaving. Hoe vaker ik hem zie, hoe meer tijd ik met hem wil doorbrengen. Ik wil meer van hem. Steeds meer. Op dit moment mis ik hem erger dan de chocoladereep die nog steeds voor noodgevallen bij me in de kast ligt. Ik mis hem erger dan een hele doos bonbons. Zelfs erger dan alle chips, snoep en koekjes op de hele wereld. Ik moet hem weer zien voor ik afkickverschijnselen krijg.

Gelukkig is dit een gezonde verslaving. Ik sport nu zo vaak dat zelfs Tamara het te veel van het goede vindt. Ze had vanochtend ook al geen zin om mee te gaan sporten. Nu is zaterdagochtend voor mij ook niet het ideale moment. Zeker niet na een lange werkweek. Maar omdat Ruben de hele week al niet op de sportschool geweest is, dacht ik dat hij misschien nu zou komen. Maar ik moet het doen met het gezelschap van Bram.

'Hoe gaat het, Isa?' vraagt hij.

'Goed!' antwoord ik.

'Ik zag op je schema dat je weer flink afgevallen bent.'

Ik knik enthousiast. Ik weeg nu 78,1 kilo. De laatste keer was Bram er niet om me te wegen, dus heeft een van de meisjes het gedaan. Toch wel aardig van hem dat hij op de hoogte is.

'Dat mocht ook wel. Je bent elke dag geweest,' zegt hij.

'Ik ben supergemotiveerd!' En dat is natuurlijk niet gelogen. Ik heb spierpijn in mijn armen en benen. De trap aflopen doet nog meer pijn dan de trap oplopen. Ik kan mijn armen niet meer voorbij ellebooghoogte optillen, maar dat heb ik allemaal over voor de mogelijkheid om Ruben te zien.

'Als je zo door blijft gaan, zullen we volgende week weer goede resultaten hebben,' antwoordt Bram.

Ik knik, maar eigenlijk weet ik wel zeker dat ik nooit meer zo vaak ga sporten als deze week.

Even voor sluitingstijd glip ik de supermarkt binnen. Het is een beetje stom aangezien ik de hele dag de tijd heb gehad. Na het sporten ben ik bij mijn ouders langsgegaan en daar ben ik gebleven tot na het eten. Op de terugweg naar huis bedacht ik opeens dat ik morgenmiddag het filmmiddagje organiseer. En ik heb helemaal niets lekkers voor de meiden in huis. Alleen de noodreep, maar daarmee kan ik ze nooit de hele middag zoet houden.

Ik gooi mijn boodschappenmandje vol. Ik neem de tijd om lekkere dingen uit te zoeken. Na al die tijd waardeer ik dit opeens ook veel meer. Het is lang geleden dat ik zo ongezond gewinkeld heb. Ik neem hete chilichips en de gewone favorieten: paprika en bolognese. Ik neem ook een pakje BonBonBloc. Het is gelukkig niet meer zo druk, dus ik kan snel mijn boodschappen pakken.

Onderweg naar de kassa neem ik ook nog twee flessen zoete witte wijn mee. Jammer dat er in wijn zoveel calorieën zitten. Juist de wijn die ik lekker vind, is weer 'verboden'. Voor mezelf neem ik dus maar een fles cola light en een zakje Japanse zoutjes. Kan ik toch een beetje meedoen, zonder meteen alles erbij te eten wat ik deze week ben afgevallen.

Ik struin het pad nog af op zoek naar iets lekkers, maar sta dan abrupt stil. Aan het eind van het pad staat iemand bij de groente- en fruitafdeling. Ik zie hem alleen van de achterkant, maar ik weet zeker dat het Ruben is. Ik voel het. Mijn hart begint harder te kloppen en ik krijg het helemaal warm. Dit is toch niet te geloven? De hele week hoop ik dat ik hem zie. Ik heb zo mijn best gedaan om hem tegen te komen en nu, op het moment dat ik een mandje vol dikmakers in mijn handen heb, is hij hier.

Ik moet hier weg voor hij me ziet. Ik glip gewoon dit pad in. Hij staat toch met zijn rug naar me toe. Maar op het moment dat ik me om wil draaien, doet hij dat ook. En hij ziet me meteen.

'Hé Isa!' roept hij terwijl hij naar me zwaait.

Ik kan geen kant meer op. Ik sta in mijn eentje in het midden van het looppad naar hem te staren. Volgens mij is het overduidelijk dat ik hier al uren sta te bedenken hoe ik hem kan ontlopen. Ik sta weer eens compleet voor schut. Na wat een eeuwigheid lijkt, kom ik in beweging.

Ik steek mijn hand op. 'Hoi Ruben!' Ik loop niet naar hem toe. Vanaf deze afstand kan hij vast niet zien wat er in mijn mandje ligt. 'Ik heb een beetje haast. Mijn vriendinnen komen straks langs,' zeg ik terwijl ik langzaam naar achteren loop. Alsof hij me onder schot houdt. Het staat misschien stom, maar ik moet hier weg voor hij ook deze kant op komt.

'O, oké...' antwoordt hij terwijl hij zijn zakje tomaten dichtknoopt. Hij klinkt een beetje teleurgesteld.

'Nou, dan zie ik je nog wel, hè?' roep ik een beetje te enthousiast en ik trek zo ongeveer een sprint naar de kassa. Er staan gelukkig geen rijen, dus ik ren naar de dichtstbijzijnde band en kiep mijn mandje leeg. Het meisje achter de kassa reageert niet. Ze blijft praten met de andere caissières alsof ik er niet ben. Ik ga voor haar staan en glimlach om vervolgens naar mijn boodschappen te knikken.

'... dus dan weet jij het ook: ik ben weer vrijgezel,' zegt ze tegen het meisje aan de andere kassa.

'Hoe kan dat nou?' vraagt haar collega in opperste verbazing. 'Wat is er gebeurd dan?'

'Nou, dat geloof je nooit. Hij blijkt mijn vriendin leuker te vinden!'

'Wat een schoft! En die vriendin gaat daar op in? Dat zou van mij geen vriendin meer zijn!'

'Nee, zo is ze niet. Zij doet er niks mee, vriendschap is voor haar het belangrijkste.'

Ik vind dit niet normaal meer. Ze gaat maar door. Wat heb ik hiermee te maken? Ze moet gewoon haar werk doen. Ik kijk geïrriteerd van haar naar de andere caissière en probeer ze met mijn blik te dwingen haast te maken. Eindelijk begint ze mijn boodschappen te scannen, maar nu is het al te laat. Ruben komt achter me staan en legt zijn spulletjes achter de mijne op de lopende band. Waarom doet hij dat nou? Die andere kassa is ook vrij.

Als hij alles heeft uitgeladen, kijkt hij me recht aan en lacht. Zonder iets te zeggen. Ik zeg ook niets. Ik schaam me te erg voor mijn aankopen.

'Heb je een feestje?' vraagt het meisje achter de kassa volkomen onschuldig kijkend. Dankjewel, trut. Vestig de aandacht nog maar eens extra op de berg rotzooi die ik koop. Hij denkt vast dat ik dit vanavond allemaal in mijn eentje naar binnen ga werken. Hij ziet vast al helemaal voor zich hoe ik volgepropt op de bank hang met mijn boek over eetbuien bij de hand. Dus daarom is ze zo dik, denkt hij nu. Ik zie het in zijn ogen.

Ik prop met woedende bewegingen mijn spullen in een plastic tasje. 'Ja!' zeg ik. 'Ik heb inderdaad een feestje, ja.' Shit! Door mijn paniekreactie heb ik nu de zakken chips onder in mijn tas zitten met de flessen wijn erbovenop.

'Echt waar?' vraagt Ruben. 'Ben je jarig?'

Een verjaardag met drie zakken chips en een zak Japanse zoutjes? Hij is overduidelijk nog nooit bij onze familie op een feestje geweest. Dit stoppen wij in een holle kies. 'Nou ja, niet echt een feestje,' mompel ik. Nu heeft hij toch alles al gezien. Ik hoef me niet meer te haasten. Ik probeer mijn tas wat beter in te ruimen. 'Mijn vriendinnen komen morgen film kijken. Dat doen we elke zondagmiddag.' Ik werp een boze blik op de caissière terwijl ik het geld in haar handen duw. Dankzij haar sta ik me nu te verdedigen tegenover Ruben. Ik haat haar. En ze heeft het niet eens door. Ze gaat rustig verder met Rubens boodschappen.

'Dat klinkt best leuk,' zegt hij.

'Ja, dat is het ook. We kijken twee of drie films, hangen op de bank en halen lekker eten en drinken in huis... We hebben het altijd erg gezellig.'

'En mannen zijn zeker niet toegestaan?'

Ik ben van mijn stuk gebracht door die vraag. Hoezo niet toegestaan? Wil hij komen, of zo? 'Eh... Nou, jawel hoor. Ze zijn wel toegestaan, maar ze komen meestal niet. Ik denk dat ze onze films niet leuk vinden. En ik denk dat ze niet graag een hele middag tussen de vrouwen willen zitten.'

'Leuk juist!'

Ik kijk hem stomverbaasd aan. Ik moet toegeven dat ik best een beetje naïef ben op het gebied van mannen. Maar wat bedoelt hij nu eigenlijk? Nodigt hij zichzelf nu uit? Of deelt hij gewoon mee dat hij van films en meiden houdt? En betekent dat dat hij ook op meiden valt of is hij eigenlijk een homo die van meidenfilms houdt? Ik snap het niet meer. Maar het is nu wel mijn beurt om iets te zeggen. 'De meeste mannen kijken toch liever voetbal met hun maten?' Verdomme! Hoe krijg ik het weer voor elkaar? Ik heb de kans om hem uit te nodigen voorbij laten gaan.

Ruben rekent zijn boodschappen af. 'We kijken niet alleen maar voetbal. Vrouwen doen toch ook meer dan alleen winkelen? Ik vind een heleboel dingen leuk. Ook film kijken.'

Mijn kans! Hij is terug! 'Als je zin hebt, mag je ook wel komen!' Zo! Dat kan ik niet meer verpesten.

Ruben lacht. 'Jeetje, ik dacht dat je het nooit zou vragen!'

Ik word rood. Niet gewoon rood, maar echt knal- en knalrood. Ruben pakt mijn boodschappentas van me over en loopt voor me uit naar de uitgang. Ik sukkel dommig achter hem aan.

'Ik heb de vorige keer zoveel over mezelf verteld,' zegt hij, 'dan kan ik nu eens wat over jou te weten komen.'

'Nou, als je mijn vriendinnen eenmaal hebt ontmoet, weet je meer dan je wil weten.'

'Ik ben benieuwd.' Ruben stopt als we bij mijn auto staan. 'Deze is van jou, toch?'

Ik knik. Hij onthoudt wel veel dingen. Hoe ik mijn koffie drink, welke auto van mij is... Ik maak de kofferbak open en hij zet mijn tas erin.

'Dankjewel,' zeg ik.

Hij haalt zijn schouders op. 'Ik train niet voor niets.'

Ik glimlach. 'O! Mijn adres! Ik zal even opschrijven waar ik woon.' Ik zoek in mijn tas naar een pen en papier, maar kan alleen het eerste vinden. Ik kijk in mijn boodschappentas. 'Zit hier niet ergens een bonnetje?' Moet ik dat chips- en chocoladebonnetje nog aan hem geven ook. Kan hij precies nakijken wat voor zondigs ik allemaal heb gekocht.

'Hier!' zegt hij. 'Schrijf hier maar op.' Ik kijk op en zie dat hij de binnenkant van zijn hand naar me heeft uitgestoken. Er gaat een huivering door me heen. Het voelt alsof hij me een heel sensueel, oneerbaar voorstel doet. Ik zou niet erger blozen als hij hier nu poedelnaakt voor me zou staan.

Ik kijk hem even aan en sluit mijn hand om zijn duim om zijn hand stabiel te houden. Hij heeft echte mannenhanden. Groot en mooi. Je kunt zien dat er mee gewerkt wordt. Ik zou heel erg dol op deze handen kunnen worden...

Als ik het opgeschreven heb, kijk ik hem weer aan. Hij staat opeens wel erg dicht bij me. Ik heb het er warm van!

'Ik ben benieuwd welke meidenfilms ik morgen te zien krijg,' zegt hij.

Ik stop mijn pen terug in mijn tas. 'Ik zal een beetje rekening met je houden. We kunnen er wel iets met veel bloed en achtervolgingen bij doen.'

Hij lacht weer. Ik zak er bijna van door mijn knieën. 'Dat is lief van je... Tot morgen dan maar.' Hij loopt naar zijn eigen auto. 'O! Hoe laat begint de film?'

'Rond een uur of twee? Als dat jou uitkomt, tenminste.'

'Prima.' Hij zwaait nog een keer voor hij weggaat. Ik stap in en blijf nog even achter het stuur zitten zonder de motor te starten. Ik heb een afspraak met Ruben... Hij komt naar mijn huis...

7

Ik ben zo zenuwachtig. Echt niet normaal meer. Dit is gewoonlijk de meest ontspannen middag van mijn week, maar nu draai ik helemaal door. Ik heb het tapijt voor mijn bank al drie keer gestofzuigd. Nooit geweten dat het zoveel vuil aantrekt. Ik heb de kussens op de bank ook opgeschud, zodat het er zo comfortabel mogelijk uitziet, maar het moet ook nonchalant lijken. Ik heb alvast iets lekkers op tafel gezet, maar niet in de schalen die ik normaal gebruik, waar meteen de hele zak in past. Het moet er allemaal gezellig uitzien, maar niet te gemaakt.

Ik heb Floor gevraagd om Mas mee te nemen, zodat Ruben niet de enige man is. Daphne komt expres alleen zodat Ruben niet het gevoel krijgt dat we allemaal stelletjes zijn. Ik heb haar ook opgedragen geen make-up op te doen en geen leuke kleren aan te trekken. Uiteindelijk mocht ze toch een beetje mascara op, omdat ze zonder make-up niet over straat wilde. Maar geen oogpotlood! Straks valt hij nog op haar.

Ik ruim de stofzuiger op en kijk in de spiegel. Mijn haar zit redelijk goed, mijn make-up ook, mijn kleding kan beter. Ik heb de broek aan die ik ook die keer in zijn werkplaats droeg. Ik moet oppassen dat ik hem niet te vaak aantrek, want dat gaat opvallen. Maar twee keer kan wel. Ik heb ook mijn mooie laarzen aan. Ik hoef toch niet veel te lopen vandaag. Zoals Daphne zegt: ik ben vandaag de beste Isa die ik kan zijn.

Ik doe nog een klein beetje extra lipgloss op en plof op de bank. Volgens mij ben ik er klaar voor. Hij kan komen. Toch schrik ik als de bel gaat. Ik spring op en loop naar de voordeur. Aan de schaduw zie ik dat het Ruben niet is. Opgelucht doe ik de deur open. Floor en Daphne staan met een brede glimlach voor de deur.

'Gelukkig, jullie zijn het maar,' zucht ik.

'En bedankt!' zegt Daphne terwijl ze naar binnen loopt. 'We zijn wel je beste vriendinnen, hoor.'

'Ik ben juist blij dat jullie het zijn in plaats van Ruben.'

'Nou, dat is ook niet helemaal gezond,' zegt Floor. 'Vind je hem eigenlijk wel leuk, dan?'

'Ja! Natuurlijk wel. Ik ben gewoon blij dat jullie er zijn om me te steunen. Laat ook maar.' Ik sta nog steeds bij de voordeur terwijl Daphne en Floor al op de bank zitten. 'Waar blijft Mas? Hij kan de auto toch gewoon hier voor de deur parkeren?'

'Hij kon niet komen,' antwoordt Floor. 'Hij had een soort zakenafspraak.'

'Op zondag?' vraag ik, lichtelijk in paniek.

'Ja, weet ik veel. Hij moest met een klant naar een voetbalwedstrijd. Hij is gewoon ambitieus...' Ze leunt naar voren om een koekje van de schaal te pakken.

'Maar Mas moet meekomen!' roep ik uit terwijl ik de voordeur dichtgooi. 'Nu is Ruben de enige man!'

'Rustig maar, het komt heus wel goed,' zegt Daphne.

'Niet waar! Het was een stom idee!'

'Misschien vindt hij het helemaal niet erg dat alleen wij er zijn,' zegt Floor. 'Hij weet toch dat het een meidenmiddag is?'

'Maar waar moeten we het nu de hele tijd over hebben? Ik had het helemaal uitgestippeld. Ruben zou met Mas over mannendingen kunnen praten terwijl wij de vrouwenfilm kijken en... Kruimel niet zo, Floor! Ik heb net gestofzuigd!'

'Jeetje, Isa, kalmeer een beetje!' zegt Daphne terwijl Floor me met grote ogen aankijkt en als bevroren met het koekje halverwege haar mond blijft zitten.

Ik haal diep adem. 'Nu kan ik er toch niets meer aan doen.'

'Maak je toch niet zo druk. Wij regelen het wel,' zegt Floor voorzichtig, maar ik zie het knipoogje dat ze Daph geeft.

'Daar ben ik juist zo bang voor,' zeg ik. 'Ik had alles uitgedacht en nu gaat het mis. Ik moet hem afbellen. Ik moet naar de kliniek om zijn telefoonnummer te halen en dan bel ik hem af. Ja, dat doe ik. Hij moet komen als Mas er ook is.'

Daphne en Floor kijken elkaar aan alsof ik zojuist gek ben geworden en eerlijk gezegd voel ik me ook zo. Hoe kunnen ze nu denken dat dit niets uitmaakt? Dit wordt helemaal niet ontspannen. Dit wordt geforceerd en... Ik zie zijn auto. Hij is er. Hij parkeert nu voor de deur. Op de plek waar Mas moest staan. 'O nee,' kreun ik.

'Is dat hem?' vraagt Floor terwijl Ruben uitstapt. Zij en Daphne springen allebei op en rennen naar het raam. 'Jeetje, Ies, wat een lekker ding!' Ze juichen en springen alsof hij Sinterklaas is met een grote zak cadeautjes.

'Waar ben ik aan begonnen?' mompel ik als ik naar de deur loop. Ik doe open voor hij aan kan bellen en voel me opeens opmerkelijk kalm. 'Hoi! Heb je het makkelijk kunnen vinden?' Ik klink goed. Rustig en zelfverzekerd. Ik weet niet hoe ik het doe, maar als ik dit volhoud...

'Ja, hoor, het ging prima,' zegt hij. 'Wat zie je er leuk uit.'

Oké, nu word ik dus verlegen. 'Dank je. Jij ook.' Hij heeft een goedzittende spijkerbroek aan met daarop een simpele trui. Heel eenvoudig, maar ook helemaal goed.

Hij geeft me een grote bos bloemen. 'Alsjeblieft. Ik weet niet of het stom is, maar ik wist niet wat ik anders mee kon brengen.'

'Ik vind het prachtig!'

Hij glimlacht opgelucht. 'Ik vergeet altijd hoe moeilijk het is om een goede bos bloemen voor een vrouw te kopen. Kunnen anjers nu juist wel of niet? Zijn rozen niet te standaard? Echt waar, Isa, het lijkt zo gemakkelijk, maar...'

Ik moet lachen. 'Je hebt het heel goed gedaan. Zullen we maar naar binnen gaan?' Ik wijs hem de weg naar de huiskamer. 'Dit zijn mijn vriendinnen, Floor en Daphne. En dit is dus Ruben.'

Ze zitten als twee brave schoolmeisjes naast elkaar op de bank, maar zodra ik Ruben aan hen voorstel, bestoken ze hem met vragen. Ik sluip weg om de bloemen in het water te zetten en drankjes te halen. Vanuit de keuken luister ik ondertussen naar het vragenvuur. Hoe oud ben je? Wat voor werk doe je? Waar woon je? Heb je broers? Hoe oud zijn ze? Waar wonen ze? Hoe gaat het met je hond? Hoe ging dat nu precies met die vergiftiging? Vind jij Isa nou ook geen held?

Op dat moment vind ik het wel genoeg geweest. Ik zet de drankjes op tafel. 'Zullen we maar een filmpje opzetten?' vraag ik. 'Of willen jullie nog meer vragen aan Ruben stellen?'

'Eigenlijk vond ik het wel gezellig,' zegt Daphne. 'Die film kan toch wel even wachten?'

'Nou, het is niet voor niets een filmmiddag,' stamel ik.

'Normaal kletsen we ook eerst een uur,' zegt Floor. 'Sorry hoor, Ruben, maar we hebben ook zoveel over je gehoord. We waren echt benieuwd naar je.' Ik kijk haar boos aan, maar ze trekt zich er niets van aan. 'Weet je dat jij de eerste man bent die bij ons filmmiddagje aanwezig is?'

'Ik voel me vereerd,' antwoordt hij.

'Welke film zullen we opzetten?' vraag ik terwijl ik de verschillende dvd's laat zien.

'Ja, het is echt nooit eerder gebeurd,' zegt Floor. 'En we doen dit al sinds de middelbare school. Zelfs Isa's ex-vriend mocht hier nooit bij zijn.'

Daphne knikt. 'En ze zijn toch een hele tijd samen geweest.'

'Zeker zo'n type dat alleen van voetbal kijken met zijn maten houdt?' vraagt Ruben met een blik op mij.

'Precies!' antwoordt Daphne.

Floor neemt een slokje van haar wijn. 'Eigenlijk verbaasde het me dat Isa jou uitnodigde, want ze had het nog zo vaak over haar ex.'

Daphne pakt ook haar glas van tafel. 'Ja, maar Ruben en Ies zijn gewoon vrienden, toch?'

Ruben knikt. 'Ja.'

'Dat weet ik wel,' zegt Floor. 'Maar dat kan hij vanaf hier niet zien, toch?' Ze kijkt naar Ruben. 'Hij woont hier aan de overkant. Hij is eigenlijk nog wel gek op Isa, maar het werkte niet meer zo goed.'

'Goed, dan kies ik wel een film!' Ik pak een willekeurig doosje van de stapel en loop naar de dvd-speler. Ik heb werkelijk geen idee wat hier de bedoeling van is. Ik wil dat ze ophouden met die onzin over mijn ex en film gaan kijken.

'Heb jij eigenlijk een vriendin?' vraagt Floor.

Ik zie vanuit mijn ooghoek hoe Ruben zijn mouwen opstroopt. Hij krijgt het er warm van. Ik moet hem echt redden.

'Nou, nee, niet echt...' antwoordt hij.

'Wat bedoel je met "niet echt"?' vraagt Daphne op de man af.

Dat wil ik ook wel eens weten. De laatste keer dat ik hem sprak was hij nog vrij. Ik stop met het instellen van de dvd-speler en kijk hem aan.

'Het is nog niet zo lang uit met mijn vriendin,' legt hij uit. 'Ex-vriendin, bedoel ik.' Hij neemt een slok uit zijn flesje bier. 'Het was allemaal nogal ingewikkeld, maar het is nu over. Dus ik heb geen vriendin. En jullie? Hebben jullie een relatie?'

'Ja!' roept Daphne zonder blikken of blozen. 'Wij wel, Isa niet.'

Ik ga weer op mijn stoel zitten en kijk Daphne aan. Ze liegt gewoon. Ze heeft niemand. Het moet maar eens afgelopen zijn. Ik voel me ongemakkelijk en Ruben ook, lijkt me.

'Willen jullie nog wat drinken voor de film begint?' vraag ik.

'Nee, maar wel wat te eten,' zegt Floor.

'Ik help je wel even,' zegt Daphne terwijl ze me mee naar de keuken trekt. 'Hij is erg leuk,' vervolgt ze als we de keukendeur achter ons dicht hebben gedaan, 'dus verpest het nou niet en laat Floor en mij ons werk doen.'

'Stil nou!' sis ik. 'Dadelijk kan hij ons horen.'

'We weten wat we doen, Isa. Werk ons nou niet zo tegen.'

'Wat heeft al dat geklets over mijn ex te betekenen?'

'Zo lijk je interessanter.'

'Zo lijk ik bezet.'

'Hij moet denken dat er kapers op de kust zijn, dat houdt hem alert.'

Ik doe de deur van de keuken een beetje open en roep: 'Wil jij nog een biertje, Ruben?'

'Ja, graag,' hoor ik hem antwoorden.

Ik sluit de deur weer. 'Luister, ik hoef geen hulp,' zeg ik tegen Daphne. 'Je maakt het alleen maar erger. Ik vind het gênant. Hou ermee op.'

Daphne schudt een zak popcorn leeg in de grote schaal die ik niet op tafel wilde. 'Luister, hij kan hooguit vinden dat je bemoeizieke vriendinnen hebt. Het gaat erom wat hij van jou vindt. Geloof me, we doen wonderen voor jouw imago.'

Ik vul nog wat kleinere schaaltjes met chips en zoutjes. 'Stop ermee, Daph. Ik meen het. Het lijkt wel een kruisverhoor. Straks slaat hij op de vlucht.'

'Gadverdamme, zoute popcorn! Sinds wanneer neem je die nou weer?' schreeuwt Daphne.

'Daar zitten veel minder calorieën in en die zijn ook hartstikke lekker,' verdedig ik me. 'Kom, we gaan terug voor de film begint. En stop met liegen! Je hebt helemaal geen vriend.'

'O! Ik mag geen make-up op, maar ik mag wel zeggen dat ik single ben?'

Als ik weer de kamer inloop, zie ik dat Floor de film heeft afgezet. 'Floor!' roep ik zeurderig. 'Ruben komt om films te kijken, niet om continu naar jouw geklets te luisteren.'

'Ach, ik vind het wel leuk om wat meer over jou te horen,' zegt Ruben.

'Zie je? Hij vindt het leuk,' zegt Floor triomfantelijk. 'Naar wat voor vrouw ben jij eigenlijk op zoek, Ruben?'

Ik doe of ik geboeid naar de trailers op de televisie zit te kijken. Het wordt steeds erger.

'Ik ben niet echt op zoek.'

'Oké,' antwoordt ze met een flirterig toontje in haar stem. 'Wat voor vrouw zou je dan per ongeluk tegen willen komen?' Soms kan ze echt meesterlijk formuleren.

Ondertussen zit Daphne helemaal voorovergebogen met haar ellebogen op haar knieën. Ze kruipt bijna in Ruben. Ik meng me niet in het gesprek. Misschien begrijpt hij dan dat dit niet mijn idee van een leuke middag is.

Hij neemt een slok. 'Dat vind ik moeilijk te zeggen. Gewoon een leuke vrouw met een leuke persoonlijkheid.'

'Dat is wel een erg vaag en politiek correct antwoord,' zegt Daphne.

Ruben besluit de bal terug te kaatsen. 'Wat zoeken jullie in een man?'

'Ik heb mijn ideale man al gevonden,' zegt Floor. 'Hij is daadkrachtig, stoer, ambitieus, lief en knap.'

Ruben kijkt naar Daphne in afwachting op haar antwoord. Ze lijkt zich niet te realiseren dat ze ook een vriend heeft. 'Nou, Daph?' vraag ik. 'Hoe zou jij jouw grote liefde omschrijven?'

'Zoals Floor!' zegt ze. 'Ook knap en lief...'

'Ik vind dat jij wel een geschikte partner voor Isa zou zijn,' zegt Floor volkomen uit het niets.

Ik verslik me in het slokje water dat ik net genomen heb en proest het uit.

'Hé, mijn mobieltje trilt!' gaat ze heel onschuldig verder terwijl ze in haar tas graait.

Ik ben nog steeds aan het bijkomen van mijn verslikking en ik zie dat Ruben nu ook een beetje van zijn stuk gebracht is.

'Wat is er?' vraagt Daphne. Ze voeren een toneelstukje op. Ik heb het onmiddellijk door. Ze zijn daar namelijk helemaal niet goed in.

'Ik moet Mas ophalen. Hij heeft autopech,' legt Floor uit.

'Is hij niet daadkrachtig genoeg om dat zelf te repareren?' vraag ik.

'Hè, wat jammer!' roept Daphne.

'Ook voor jou,' gaat Floor verder. 'Je bent met mij gekomen, weet je nog? Je moet nu mee, anders heb je geen vervoer terug.'

Daphne staat op. ‘Waarom moet dit net nu gebeuren? Sorry, Ies, we moeten gaan.’

Ik zit geamuseerd toe te kijken. Ik laat me niet zomaar verslaan. ‘Je kunt wel blijven slapen, Daph.’

Daphne lijkt een beetje onrustig te worden. ‘Dat kan niet, lieverd. Mijn vriend komt vanavond naar me toe. Ik moet echt thuis zijn.’ Haar ogen fonkelen van plezier dat ze deze smoes verzonnen heeft.

Ik moet waarschijnlijk maar accepteren dat ze me alleen met Ruben gaan laten. Maar ik kan ze wel eerst een beetje pesten. ‘O, natuurlijk. Dinges komt langs, hoe heet hij ook alweer?’

Floor kijkt naar Daphne. Dit hebben ze niet afgesproken en toevallig weet ik dat Daph verschrikkelijk slecht is in het verzinnen van namen. Haar lievelingspop heette Loezemaanland. Ik heb haar te pakken.

‘Hoe hij heet?’ vraagt ze om tijd te rekken. ‘Weet je niet eens meer hoe hij heet?’

Ik schud mijn hoofd. ‘Vergeten. Sorry.’

‘Nou. Dat weet je best. Hij heet Ah... Archibald.’

Ik doe mijn best om mijn lachen in te houden. ‘O ja! Dat was het! Archibald nog wat...’

Ruben zit me een beetje verbaasd aan te kijken. Wie vergeet nu zomaar de naam van het vriendje van haar beste vriendin? Maar ach, dat kan ik altijd later nog wel uitleggen. Nu vind ik het leuk om Daphne eens flink te laten kronkelen. ‘Wat is zijn achternaam ook alweer?’

Daphnes ogen fonkelen nu van woede. ‘Bertrand!’ flapt ze eruit. ‘Archibald Bertrand!’ Ze kijkt naar Ruben. ‘Maar wij mogen hem Archi noemen. Kom we gaan, Floor. Leuk om je eens gezien te hebben, Ruben!’

Hij knikt. ‘Ja, vond ik ook.’

Ik sta op. ‘Nou meiden, ga maar gauw. Mas en Archibald staan op jullie te wachten.’ Ik loop met ze mee naar de hal en trek de tussendeur achter me dicht. ‘Dit doen jullie me nooit meer aan...’ snauw ik dreigend.

'Als wij erbij blijven, gebeurt er nooit iets,' zegt Floor verontschuldigend. 'Nu kun je hem binnenhalen.'

'Jullie hebben alles verpest met die stomme vragen! En nu knijpen jullie er op het meest gênante moment tussenuit. Hoe kunnen jullie me nu alleen laten?'

Daphne zucht. 'Niet zo zeuren, Isa. We kunnen niet alles voor je doen. Nu is het aan jou.'

Floor trekt de deur open. 'Hij heeft nu echt wel door dat je hem ziet zitten. Succes!'

'Doe de groetjes aan Archibald Bertrand!' roep ik voordat ik de deur achter mijn vriendinnen dichtsmijt.

'Heet die gast echt zo?' vraagt Ruben als ik weer de kamer binnenkom. Ik voel me een beetje ongemakkelijk. Straks denkt hij nog dat ik dit verzonnen heb om alleen met hem te kunnen zijn.

'Wij mogen Archi zeggen,' breng ik hem in herinnering. 'Dat staat wat losser.'

'Archi en Mas,' herhaalt hij ongelovig. 'Zijn dat broers of zo? Of trekken jouw vriendinnen toevallig allebei types met rare namen aan?'

'Mas is gewoon het omgekeerde van Sam. Heel simpel, eigenlijk. Het is een grapje van zijn vrienden.' Ik sta besluiteloos in het midden van de kamer. Ik wil eigenlijk veilig terug in de stoel gaan zitten waar ik net zat. Maar hij zit op de bank en naast hem is ruimte genoeg. Ik weet niet of ik het een hele film naast hem uithoud zonder het te besterven, maar als ik dichterbij wil komen, moet ik het nu doen. Ik weet zeker dat ik spijt heb als ik weer in de stoel ga zitten. En als ik dat eenmaal gedaan heb, kan ik niet halverwege de film opstaan en van plaats wisselen. Waarom kan ik mezelf er dan niet toe zetten om naar de bank te lopen?

'En hoe zit het nu precies met die ex van jou? Die woont hier tegenover?' vraagt hij als ik na een minuut nog steeds bij de tussendeur sta.

'Ja. Maar daar valt weinig over te vertellen, hoor.' Ik zie het niet echt zitten om het met Ruben over mijn ex te hebben. Ik begrijp ook niet waarom Floor hem ter sprake bracht. We hebben best lang een soort van relatie gehad, maar de enige plek waar het echt klikte, was in bed. Niet dat hij een adonis is om te zien. Helemaal niet zelfs. Vergeleken met Ruben is hij zelfs een beetje lelijk. Maar hij was aardig voor me en ik voelde me bij hem op mijn gemak. Hij intimideerde me niet, dus schaamde ik me ook niet voor mijn lichaam. Zelfs toen ik allang niet meer verliefd op hem was, ben ik nog een tijdje bij hem gebleven puur om de seks. Maar dat kan ik Ruben toch niet allemaal gaan vertellen?

'Kom op,' zegt Ruben. 'Ik heb jou ook over Marleen verteld.'

'Het is al zo lang uit. Ik heb bijna twee jaar iets met hem gehad, maar het is nooit echt serieus geworden. Het was meer voor het gemak, zeg maar.' Ik loop naar de stoel, maar besluit in een moedige opwelling toch naast hem op de bank te gaan zitten. Wel ieder aan een andere kant, maar toch. Ik vind het erg voortvarend van mezelf.

Ruben trekt een wenkbrauw op. 'Klinkt spannend.'

'Niet dus,' lach ik. 'Dat was het beslist niet. Eerlijk gezegd pasten we totaal niet bij elkaar. Hij kon er bijvoorbeeld niet aan wennen dat ik wel eens 's avonds laat of in het weekend naar de kliniek moest.'

'Als iemand jou wil hebben, krijgt hij je werk erbij, toch?'

'Ja. Het is niet zomaar een baantje. Het hoort bij mij, snap je? Ik kan niet om vijf uur de deur achter me dichttrekken en niet meer aan mijn werk denken. Het gaat om levende wezens. Ik ga binnenkort een kat opereren aan een melkkliertumor en dan ben ik daar heel erg mee bezig. Ook voor de operatie en daarna.'

'Ik vind het zo knap van je dat je dat allemaal kunt. Ik zie je nog steeds voor me terwijl je Bo redde. Echt indrukwekkend. Ik bedoel maar: als jij er niet was geweest, dan was hij doodgegaan. En zo is elke dag voor jou... Ik weet zeker dat je die kat ook beter maakt.'

'Ik hoop het echt. Die mevrouw is alleen en ze heeft verder bijna niemand. Het zou zo sneu zijn als ik Streepje er niet doorheen krijg.'

'Ik heb er echt alle vertrouwen in.'

'Ik wou dat ik zo zeker van mezelf was.'

'Jij kunt het niet fout doen. Zelfs als het helemaal misgaat, weet ik dat jij er alles aan gedaan hebt. Dat is het enige wat zo'n vrouw wil; iemand die er helemaal voor gaat. En dat ben jij, Isa. Ik heb het met mijn eigen ogen gezien. Jij krijgt vleugeltjes als je aan het werk bent.'

Ik glimlach. Hij kan zulke lieve dingen zeggen, maar ik weet nooit of hij er meer mee bedoelt. Ik denk niet dat ik er al aan toe ben om daar achter te komen. Floor en Daphne zullen me voor gek verklaren als er niets tussen mij en Ruben gebeurt, maar ik wil dit gewoon niet verpesten. We hebben het zo leuk samen. Stel dat ik meer voor hem voel dan hij voor mij. Dan forceer ik onze vriendschap en wordt het nooit meer zoals nu. En als hij echt iets voor mij zou voelen, dan zou hij nu toch wel iets doen? Mannen durven dat toch wel? Hij weet toch heus wel dat hij maar met zijn vingers hoeft te knippen om mij te krijgen? Misschien zegt het genoeg dat hij geen actie onderneemt.

'Over twee weken is trouwens de officiële opening van SKAI. Ik hoop dat je dan ook kunt komen,' zegt hij opeens.

'Ja!' zeg ik terwijl ik een beetje opveer. Ik probeer mijn enthousiasme in te tomen, maar ik zou het liefst opspringen en hem om zijn nek vliegen. Vandaag was niet echt een afspraakje. Dat we nu met zijn tweeën zijn overgebleven, was niet gepland. Maar dat hij me mee vraagt naar die club, komt toch wel in de buurt van een date. 'Ik zal zorgen dat ik geen oproepdienst heb. Ik wil echt graag zien hoe het geworden is.'

'Je mag je vriendinnen ook wel meenemen.'

'Oké,' zeg ik. 'Dat je dat nog durft na vandaag!'

'Ze vallen best mee. Ze waren een beetje aanwezig, maar...'

Ik lach. 'Dat is nog zacht uitgedrukt.'

'Ja, ze zijn wel direct. Volgens mij wilden ze me een beetje uittesten. Niet dat ik het erg vond, maar het is nogal moeilijk om dat soort vragen goed te beantwoorden, snap je?'

'Het was geen toets, hoor.'

'Soms lijken simpele dingen zo ingewikkeld...'

'Ja, inderdaad...' zucht ik.
'Marleen heeft laatst weer contact met me gezocht.'
Ik schrik. Volgens mij trek ik wit weg. 'O ja?'
Hij knikt. 'Typisch, vind je niet? Juist nu ik niet meer steeds aan haar denk.'
Juist nu ik hem heb leren kennen, denk ik. Hoe kan ik nu concurreren met zijn perfecte ex?
'Kai vindt dat ik uit haar buurt moet blijven,' gaat Ruben verder. 'Hij heeft het echt met haar gehad. Wat vindt jij er nu van? Jij bent objectief.'
Ik ben wel de laatste die objectief is, denk ik. Ik wil Ruben voor mezelf. 'Het gaat erom wat jij vindt,' antwoord ik diplomatiek.
'Ik ben het eigenlijk ook beu. Ze denkt dat alles om haar draait. Dat ze me kan dumpen en terugfluiten als het haar uitkomt. Ik heb daar geen zin meer in.'
Ik moet me inhouden om niet van de bank te springen om een vreugdedansje door de kamer te maken.
Hij haalt zijn schouders op. 'Maar op een of andere manier zie ik de dingen nooit zo helder als zij bij me is. Ze kan erg overtuigend zijn en ik kan er slecht tegen als ze zielig doet.'
'Weet je, Ruben, soms kun je nog zo graag willen dat iets werkt, maar als het echt niet gaat, is het misschien beter dat gewoon te accepteren.'
Hij knikt. 'Het is steeds hetzelfde patroon. Ik probeer de dingen anders te doen en zij belooft te veranderen, maar het lukt nooit. Uiteindelijk blijven we allebei toch wie we altijd al waren.'
'Misschien heeft Kai gelijk. Hij is je beste vriend. Hij weet vast waar hij over praat. Als je zoveel moeite moet doen voor elkaar, kan het beter zijn om het los te laten.'
'Ja. Ik denk dat je gelijk hebt. Als ik logisch nadenk, weet ik dat je gelijk hebt. Marleen en ik passen niet bij elkaar. Ik heb veel van haar gehouden, maar het botst op te veel punten... Ik wil dat moeilijke gedoe niet meer. Ik wil gewoon een leuke, lieve en trouwe vrouw. Iemand die met Bo overweg kan. En misschien zou het fijn zijn als ze wat meer diepgang heeft. Marleen

kon zo geobsedeerd zijn door haar kleding en haar uiterlijk. Daar heb ik echt genoeg van. Waarom zou ik nog bij iemand willen zijn die alleen maar denkt aan hoe ze eruitziet? Er zijn toch belangrijker dingen in de wereld?'

Dan moet ik even slikken. Ik heb een probleempje... Ik ben dan geen modepopje zoals hij Marleen beschreven heeft, maar juist daardoor ben ik er misschien nog meer door geobsedeerd dan zij. Hij heeft natuurlijk gelijk. Uiterlijk is niet het belangrijkste, maar als je zo ongelukkig met jezelf bent als ik geweest ben, dan is het moeilijk te geloven dat het daar niet om draait. En hij heeft makkelijk praten. Hij is het toonbeeld van mannelijke schoonheid en hij heeft de mooie vrouwen voor het uitkiezen. Ik schrik op uit mijn gedachten als hij langs me heen reikt om de afstandsbediening van tafel te pakken.

'We hebben het eerste kwartier van de film al gemist,' zegt hij terwijl hij de openingsscène in het menu selecteert. 'Zullen we maar opnieuw beginnen?'

Ik knik en zak een beetje onderuit terwijl ik een kussen achter mijn rug vandaan trek en op mijn schoot leg. Ten eerste zit dat lekker warm en behaaglijk. Ten tweede ontneemt het hem het zicht op mijn probleemzones.

Vanaf dat moment gaat het eindelijk zoals ik wilde dat deze middag zou gaan. We lachen om dezelfde dingen en speculeren hevig over wie wie gaat krijgen in de romantische komedie en in het geval van de bloederige film over hoe de held het brein van de terroristische organisatie kan grijpen. Ik vind het heel gezellig, maar het is meer dan dat. De sfeer is ongedwongen, maar er hangt ook iets broeierigs in de lucht. Misschien omdat we al drie uur zo dicht bij elkaar zitten.

Ik weet niet of hij het ook voelt. Hij zit er volkomen ontspannen bij met zijn lange benen in mijn richting uitgestrekt onder de salontafel en zijn arm losjes rustend op de rugleuning achter me. Hij ziet er zo rustig uit. Een beetje loom zelfs. Terwijl ik bijna van spanning uit elkaar barst. Mijn hart bonst als een bezetene in mijn keel en ik durf me bijna niet te bewegen. Als ik mijn been een stukje verzet, raak ik zijn knie en ik hoef maar een klein beetje achterover te leunen om zijn hand op mijn schouder te voelen. Ik weet niet of dit zijn manier is om de bal bij mij te leggen. Misschien zit hij gewoon lekker zo. Maar het kan ook een manier zijn om toenadering te zoeken. Wat als ik nu met een nonchalante beweging een heel klein beetje naar hem toe leun? Het zou dan net zo goed per ongeluk kunnen zijn, toch? Dus als hij er niets mee doet, verlies ik er niets mee. Al weet ik dan natuurlijk wel hoe laat het is.

Eigenlijk weet ik niet wat ik enger vind. Ik wil niets liever dan bij hem zijn, maar de gedachte dat er iets tussen ons zou kunnen gebeuren, maakt me doodsbang. Hij is een perfecte vrouw gewend. Iemand zoals mijn zus. Hij weet niet wat cellulite is. Hij heeft nog nooit striae gezien of vetrolletjes onder een truitje gevoeld. Wat als hij voor altijd op me afknapt? Dan heb ik toch eeuwig spijt dat ik niet gewacht heb tot ik wat meer afgevallen ben? Aan de andere kant heeft hij net gezegd dat hij uiterlijk niet het belangrijkste vindt. Zou dat op mij slaan? Wil dat zeggen dat hij me niet mooi vindt, maar bereid is dat over het hoofd te zien? Of had hij het gewoon over Marleen? Ik weet het allemaal niet meer. Ik word langzaam gek, terwijl ik zo naast hem zit. Ik kan helemaal niets van de film volgen op deze manier.

Misschien moet ik maar gewoon accepteren dat ik niets durf te ondernemen. Hij is te veel mijn ideale man. De lat ligt simpelweg te hoog. Als hij wat minder perfect was, zou het allemaal niet zoveel uitmaken, maar ik wil te graag dat het iets wordt. Ik wil hem zo graag dat het pijn doet. Dit is de ergste filmmiddag ooit sinds ik begonnen ben met afvallen. Dit is erger dan een bak M&M's waar ik vanaf moet blijven. Erger dan een tafel vol met chipjes, nootjes en koekjes die ik moet weerstaan. Hij is de ultieme verleiding.

'Dus zo ziet een vrouwenmiddagje eruit...' zegt hij terwijl hij zich uitrekt. Ik zie dat de aftiteling op het beeldscherm is verschenen.

'Meestal zijn er wel wat meer vrouwen aanwezig,' antwoord ik.

Hij leunt naar voren om zijn glas te pakken, maar laat daarbij zijn arm achter me liggen, waardoor hij opeens heel erg dichtbij komt. 'Misschien vonden je vriendinnen het toch niet zo geslaagd om er een man bij te hebben,' zegt hij terwijl hij zijn glas leegdrinkt en weer neerzet.

Ik krijg het koud als hij weer naar achteren leunt. 'Ik vond het wel leuk,' zeg ik en opeens worden de zenuwen me te veel. Ik spring haast omhoog. Alsof ik door iets gestoken word. 'Wil je nog iets drinken?' vraag ik terwijl ik zijn glas pak.

Hij kijkt me een beetje verward aan en ik besef dat ik de intimiteit van het moment verpest heb. Ik heb er meteen spijt van.

'Nee, hoor. Ik moet maar eens gaan.'

Ik kan mezelf wel slaan. Ik hoefde alleen maar achterover te leunen! Ik zet zijn glas neer en laat me weer op de bank zakken. Hoe kan ik denken dat ik rustig de tijd heb om tien kilo af te vallen? Hij is nu hier! Nu! En ik heb mijn kans laten lopen. Straks gaat hij weg. Ik heb zin om een potje te huilen. In plaats daarvan kijk ik hem aan en glimlach ik. 'Dan zien we elkaar over twee weken weer...' Ik probeer opgewekt te klinken, maar ik twijfel er ernstig aan of dat ook zo overkomt.

'Twee weken is best lang wachten...' zegt hij.

Ik vraag me af of ik hem goed verstaan heb, maar de manier waarop hij naar me kijkt, jaagt elke gedachte uit mijn hoofd. Plotseling voel ik me niet dik en stom. Ik voel alleen zijn blik. 'Wachten?' mompel ik.

'Tot ik dit kan doen,' antwoordt hij terwijl hij het kussen tussen ons weghaalt en zich vooroverbuigt. Ik staar hem vol ongeloof aan terwijl hij mijn haar uit mijn gezicht aait en zijn lippen op die van mij drukt. Opeens is alle onhandigheid verdwenen. Ik zoen hem vol overgave terug en hij duwt me langzaam maar krachtig achterover. Zijn tong glijdt langs de mijne en ik kan niet geloven hoe lekker hij kust. Zacht, maar ook een beetje dwingend. En als bonus proef ik nog een vleugje chocolade van de M&M's die hij gegeten heeft. Ruben en chocolade: de perfecte combinatie.

Zijn ademhaling wordt zwaarder terwijl zijn lichaam zich

centimeter voor centimeter tegen dat van mij nestelt. Ik laat mijn vingers door zijn haar glijden en voel zijn hand naar de knoopjes van mijn bloesje zoeken. Hij weet ze met één hand los te krijgen. Ik kreun als zijn vingers onder de stof mijn blote huid raken en mijn borst omvatten. Ik denk niet dat ik ooit eerder zo gekust ben. Ik heb me in ieder geval nog nooit zo gevoeld. Er vlamt van alles op diep binnen in me. Ik voel dingen die ik altijd al wilde voelen en ik wil nog veel meer.

Ik glijd met mijn hand naar zijn nek. Voel de gespannen spieren in zijn hals, zijn harde schouderbladen, zijn sterke rug. Ik trek zijn trui omhoog en ga met mijn nagels langs zijn ruggenwervels op en neer.

'Isa...' zegt hij tussen het zoenen door. 'Ik ben heel erg blij dat je vriendinnen vroeg weggegaan zijn...'

'Ik ben heel erg blij dat jij nog even hier wilt blijven,' antwoord ik buiten adem terwijl ik zijn shirt verder omhoog probeer te trekken. Hij richt zich iets op om me te helpen het over zijn hoofd te trekken en ik heb even het weergaloze uitzicht op zijn aangespannen buikspieren. Ik had natuurlijk kunnen weten dat hij een wasbordje heeft. Hij is echt het lekkerste van het lekkerste. Hij is geen ijs, hij is Ben & Jerry's. Hij is geen koetjesreep, hij is de meest exquise bonbon van de beste chocolatier ter wereld. Hij is geen diepvriestaart van de supermarkt, hij is versgebakken appeltaart. Hij is geen champagne, hij is sprankelende Moët & Chandon. Hij is zelfgeklopte slagroom, vers stokbrood uit de oven, zachte karamel, chocoladetaart van de patisserie op het plein, versgeperste jus d'orange, Italiaanse gelato, een zomerse cocktail, hij is ... Ruben. En ik ga me aan hem te buiten op een manier waarbij de eetbuien in mijn zelfhulpboek verbleken. En hij aan mij...

Zijn handen gaan overal op onderzoek uit. Hij trekt het koordje van mijn broek met een trage beweging los zodat zijn vingers gemakkelijk onder de band kunnen glippen. Ik probeer niet na te denken, maar in een donker, haast vergeten hoekje van mijn brein, ben ik me er toch van bewust dat mijn buik – hoewel ik die inhoud – niet half zo strak is als ik zou willen.

Dat mijn billen en heupen veel te rond en te kneedbaar zijn, mijn dijen te zacht en blubberig. Dus als zijn hand onder de rand van mijn broek langs mijn buik naar beneden glijdt, dirigeer ik hem terug naar boven, waar voller voor de meeste mannen automatisch beter betekent. Toch lijkt het wel alsof juist de lichaamsdelen die ik zo graag voor hem verborgen houd, om zijn aandacht schreeuwen. Zijn handen dwalen steeds af naar mijn buik, mijn billen, mijn heupen. Het maakt niet uit hoe vaak ik ze wegduw, ze komen steeds op die plekken terug.

'Wat is er?' vraagt hij als ik zijn hand halverwege mijn bovenbeen in de houdgreep neem.

Zijn licht hijgende stem zorgt ervoor dat de gedachtestroom in mijn hoofd tot stilstand komt. 'Niks,' antwoord ik met mijn mond weer op de zijne en onmiddellijk voel ik zijn hand op mijn kont. Ik heb niets meer om me achter te verschuilen. Geen wijde doktersjas, geen zwarte, flatterende kleding, geen kussen van de bank. Ik lig in zijn armen en zoals ik elke perfect gespierde centimeter van zijn lichaam voel, voelt hij mij precies zoals ik ben. Met al mijn tekortkomingen. Maar het gekke is dat het hem helemaal niet af lijkt te schrikken. Als hij er al last van heeft, dan weet hij dat bijzonder goed te verbergen. Bovendien voel ik een niet mis te verstaan signaal tegen mijn been drukken dat erop wijst dat hij het prima naar zijn zin heeft. En opeens maakt het me allemaal niets meer uit. Ik realiseer me dat het wel erg vlug gaat, maar ik kan er niet mee ophouden. Ik kan mezelf niet meer afremmen. Het is zo lang geleden dat er een man in mijn buurt is geweest en nu is het niet zomaar een man. Hij is het. De enige die ik wil. Ik kan er niks aan doen dat ik aan de knoop van zijn spijkerbroek sleur tot ik mijn hand naar binnen kan laten glijden. Ik heb nu eenmaal moeite met maat houden. Als ik iets proef wat me bevalt, dan wil ik het helemaal. En ik heb Ruben nu heel erg goed geproefd.

Hij manoeuvreert me in een positie waardoor zijn heupbeen op strategische hoogte met dat van mij ligt en ik druk me schaamteloos tegen hem aan. Ik hoor hem zachtjes kreunen, wat zo opwindend is dat ik niet kan geloven dat ik degene ben die het veroorzaakt. Hij duwt mijn bloesje uit de weg en ik voel zijn lippen op mijn schouders... in mijn nek. Zijn vingers zoeken hun weg langs mijn zij naar beneden, begraven zich in het vlees van mijn heupen en billen, betasten en bevoelen alles waar ze bij kunnen. En ik laat het hem doen tot het melodietje van mijn telefoon me opeens met grof geweld terug de werkelijkheid in sleurt. Even denk ik erover om niet op te nemen, maar dan besef ik dat ik oproepbaar ben dit weekend, dus kom ik langzaam overeind, zo lang mogelijk contact met zijn lippen houdend, tot ik de telefoon in mijn hand heb en me wel van hem los moet maken om iets te kunnen zeggen.

Ik zie al aan het nummer dat het een doorgeschakeld gesprek vanuit de kliniek is en ik probeer normaal te klinken als ik mijn naam zeg. De persoon aan de andere kant van de lijn neemt niet eens de moeite om zijn naam te zeggen, maar dat is ook overbodig. Ik herken de stem al na de eerste woorden, want wie anders dan meneer Hufter zou het gore lef hebben om dit moment tussen Ruben en mij te verstoren? Het liefst zou ik de verbinding verbreken, maar ik kan die hond natuurlijk niet aan zijn lot overlaten. Dus doe ik mijn uiterste best me te concentreren op de stortvloed van boze kreten waaruit ik moet zien op te maken wat het dier mankeert. Dat is sowieso niet gemakkelijk, maar met Ruben tegen me aan, die een beetje rechtop is gaan zitten – mijn god, die buikspieren! – is het helemaal onmogelijk.

Ik trek mijn bloesje recht, want het is één ding om in het heetst van de strijd mijn onzekerheden aan de kant te zetten, maar om Ruben nu vol uitzicht te geven op alles wat nog strak getraind moet worden is iets héél anders. Hij laat zich moedeloos achterover zakken als hij beseft dat ik na wat tegensputteren toch naar de kliniek zal moeten.

'Wat een hufter!' roep ik als ik mijn telefoon uitzet.

'Zeg dat wel,' antwoordt Ruben.

'Het spijt me...' zeg ik terwijl mijn blik weer naar zijn torso getrokken wordt. Hij weet niet half hoe erg het me spijt. 'Ik heb een manke hond.'

Hij knikt begripvol. 'Ik weet het. Je werk gaat voor. Als Bo mank was, zou ik ook willen dat hij gered werd door een sexy dierenarts.'

Ergens lijkt het volslagen idioot dat Ruben mij sexy noemt, maar ik kies ervoor om daar niet aan te denken en glimlach.

'Moet je meteen gaan?' vraagt hij terwijl hij zijn hoofd een beetje schuin houdt en aan het kraagje van mijn bloes frunnikt. Natuurlijk zou ik meteen moeten gaan, maar dit gaat niet om een acuut geval van mankheid. Dit is een rotvent die willens en wetens dagenlang toekijkt hoe zijn hond een steeds groter wordende infectie aan zijn linkervoorpoot krijgt om mij vervolgens in het weekend op te bellen als ik net – eindelijk – Ruben in mijn valstrik heb.

'Ik heb nog wel heel even,' zeg ik terwijl zijn kus me het zwijgen oplegt.

8

'Vertel! Vertel! Vertel!' roept Stijn maandagochtend zodra hij binnen is. Ik zit te wachten op de anderen zodat we aan het overleg kunnen beginnen en hij schuift zijn stoel vlak bij die van mij. Misschien had ik hem niet moeten vertellen dat Ruben ook bij de filmmiddag zou zijn. Ik zou boven hem moeten staan en eigenlijk lukt dat niet als ik hem steeds betrek in alle gênante details van mijn gebrekkige liefdesleven, dat sinds gisteren ineens een heel stuk de goede richting opgeschoven is. Ik kan het niet helpen, maar op een of andere manier weet Stijn altijd allerlei privédingen over me aan de weet te komen. Hij heeft iets ontwapenends en hij houdt onze relatie in evenwicht door evenveel belastende informatie over zichzelf prijs te geven. Zo weet ik dat hij nu een relatie heeft met een jongen die ergens aan de andere kant van het land woont. Ze proberen elkaar zoveel mogelijk te bezoeken, en daarnaast onderhouden ze een actieve chatrelatie. Stijn begon een gedetailleerde beschrijving van hoe zo'n chatsessie via de webcam in zijn werk gaat, maar dat heb ik afgekapt. Ik kan me er zo al genoeg bij voorstellen en ik hoef niet te weten wat hij in werkelijkheid allemaal uitspookt. Hij doet me soms zo aan Tamara denken. Misschien kan ik daarom goed met hem opschieten. Hij is een mannelijke versie van mijn zus.

'Het is niet normaal als hij niks geprobeerd heeft, Isa,' zegt Stijn terwijl hij naast me gaat zitten. Ik heb nog steeds geen antwoord gegeven, waardoor hij denkt dat er niets te vertellen valt. 'Misschien moet je hem dan maar eens een middagje met mij alleen laten. Dat kan een hoop verduidelijken.'

'Hij is gewoon hetero, Stijn. Jammer voor jou.'

'Weet je dat zeker, schat? Iedere gezonde vent zou toch toeslaan als hij er de kans voor krijgt?'

'Ik weet het niet. Niet alle mannen zijn hetzelfde, toch?'

Stijn trekt zijn wenkbrauwen in de sceptische stand en kijkt me onderzoekend aan tot ik de glimlach op mijn gezicht niet meer kan onderdrukken. 'Ik wist het!' gilt hij.

'Stil nou! Niet iedereen hoeft dit te horen, hoor...'

'Isa Verstraten, ik heb altijd geweten dat je het in je had! Vertel me alles. Nu!'

'Er valt niet zo heel veel te vertellen,' antwoord ik terwijl ik een blik op de hal werp om te zien of Joep en Petra al binnen gehoorsafstand zijn. De kust is nog veilig. 'We hebben gezoend, dat is alles.'

'Dat is niet alles, meisje,' antwoordt hij betweterig. 'Je straalt zo erg dat je licht geeft in het donker. Moet ik soms het licht uitdoen om het te bewijzen? Ik doe het, hoor!'

'Oké, oké,' zeg ik. 'Het was een goede zoen. Een hele goede zoen.'

'Op een schaal van één tot tien?'

'Vijftien! Of misschien wel twintig, eigenlijk.' Ik moet giechelen om mijn eigen puberale gedrag, maar ik heb wat in te halen. Ik ben nog nooit zo verliefd geweest! En Stijn verdient ook wel eens een goede roddel aangezien hij er ook altijd is om alle narigheid aan te horen.

'En nu? Wanneer zie je hem weer?'

'Dat hebben we niet echt afgesproken. Ik kreeg een spoedgeval tussendoor. Ik heb de hond van meneer Hufter gisterenavond hier gehouden voor een antibioticakuur. Dat ziet er niet goed uit, Stijn. Hij heeft dat arme beest veel te lang laten rondlopen met die ontstoken bijtwond...'

'Isa! We hadden het over Ruben. Waarom heb je die hond niet aan mij overgelaten? Je weet toch dat je me alles kunt vragen in naam van de liefde?'

'Dat weet ik wel, Stijn, maar dit was niet bepaald de makkelijkste cliënt. Het was mijn oproepdienst, dus mijn verantwoording. Bovendien zal het wel vaker voorkomen als het echt iets gaat worden tussen Ruben en mij.'

'Hoe nam hij het op?'

'Hij was er niet blij mee, natuurlijk. Maar hij weet dat het erbij hoort.'

'Waarom zijn alle leuke mannen toch hetero?' zucht hij.

'Ik dacht dat het andersom was.'

Hij schudt zijn hoofd. 'En ik was nog wel van plan om mijn slag te slaan als dat middagje in het water zou vallen.'

'Helaas. Ruben is zo hetero als ze gemaakt worden.'

'Wrijf het me maar in, Isa. Je wordt gemeen als je gelukkig bent, wist je dat?'

'Sorry,' zeg ik.

Hij lacht. 'Maak je niet druk om mij. Ik wist al de hele tijd dat hij niet kon wachten om je te bespringen. Mijn roze antennes ontvingen geen enkel signaal van hem. Maar ik vind het wel weer erg laks van je dat je niet meteen een vervolgdate gepland hebt zodat hij af kan maken wat hij gisteren begonnen is.'

'We hebben wel een afspraak gemaakt voor de opening van SKAI, maar die is pas over twee weken.'

'Ik hoop niet dat je daarop gaat zitten wachten. Tegen die tijd zijn wij allemaal radioactief door jouw walgelijk verliefde straling. Bel hem op.'

'Ik wil hem niet opjagen. Straks denkt hij...'

'Wat?' onderbreekt hij me. 'Wat zou hij kunnen denken? Dat je hem helemaal het einde vindt? Dat je hem zo lekker vindt dat je niet kunt wachten om weer met hem te "zoenen"? Dat je precies hetzelfde voor hem voelt als hij voor jou? Dat zou wel verschrikkelijk zijn.'

'Stil!' zeg ik snel. 'Petra komt eraan!'

Na het maandagochtendoverleg start ik met faeces- en urineonderzoek. Geen prettig werkje, maar ik loop zo met mijn hoofd in de wolken dat het me allemaal niets uitmaakt wat ik moet doen. En eigenlijk ben ik niet degene die het vervelendste werk moet doen. Vivian heeft de dieren in de opname verzorgd en zij heeft alle uitwerpselen zo goed mogelijk opgevangen, zodat ik deze meteen onder de microscoop kan bekijken.

Daarna voer ik wat behandelingen uit waarvoor de dieren verdoofd moeten worden, zoals gebitsonderhoud en het maken van röntgenfoto's. Vervolgens heb ik spreekuur en zwaai ik de dieren uit die na hun behandeling weer terug naar huis mogen. En dan is het alweer etenspauze. Toen ik vannacht in bed lag en niet kon slapen omdat ik de hele tijd aan Ruben dacht, heb ik me voorgenomen om de komende twee weken zoveel mogelijk af te vallen. Ik wil hooguit 75 kilo wegen als ik met Ruben naar SKAI ga. Dat betekent dat ik drie kilo moet afvallen en dat is best veel. Ik vind het al moeilijk om een kilo per week kwijt te raken, dus ik moet echt harder mijn best gaan doen. Dan hoef ik hem de volgende keer tenminste niet weg te duwen als zijn handen langs mijn lichaam glijden.

Om goed te beginnen ben ik vandaag naar mijn werk gefietst. Dat is toch al zo'n veertig minuten extra lichaamsbeweging per dag. Als lunch heb ik magere yoghurt en gemengde salade met tomaten, olijven, komkommer en tonijn. Voor morgen heb ik magere kip in plaats van tonijn in mijn salade. Voor mijn tussendoortje rond halfvier heb ik nog wat fruit bij me en ik drink nu twee liter water per dag. Ik blijf naar de wc lopen, maar dat is alleen maar goed.

Ik dacht dat het moeilijk zou worden om een hele dag te kunnen werken op alleen groenten en fruit, maar het valt me tot nu toe alles mee. Ik denk dat verliefd zijn op Ruben de beste lijnmethode ooit is. Ik heb al sinds gisterenavond geen eetlust. Ik heb de hele tijd een knoop in mijn maag. Als het vanavond beter gaat, eet ik een roerbakgerechtje met bleekselderij, worteltjes en kleine stukjes biefstuk. En daarna ga ik sporten. Ik ga minstens drie keer sporten deze week. Dat moet genoeg zijn in combinatie met het fietsen. Het worden twee zware weken, maar ik moet mijn doel voor ogen houden. Het is zo voorbij en dan kan ik alles weer in mijn eigen tempo doen. Als ik eenmaal onder de 75-kilogrens kom, hoef ik me niet meer zo te schamen voor mijn lichaam. Hoop ik.

Ik ga aan tafel zitten bij mijn collega's, die allemaal zitten te smullen van broodjes kip-kerrie en zalmsalade die ze bij de broodjeszaak op het plein hebben gehaald. Voor het eerst voel ik niet de neiging ze uit hun handen te rukken. Ik zal al blij zijn als ik de grote bak met salade op krijg. Maar terwijl ik de blaadjes sla naar binnen werk, hoor ik in gedachten toch weer die opmerking van Ruben over vrouwen die geobsedeerd zijn door hun uiterlijk. Wat als hij erachter komt dat ik eigenlijk ook zo ben?

Die avond, precies in de anderhalve minuut die ik over heb tussen het inruimen van mijn afwasmachine en het omkleden voor de sportschool, gaat de telefoon. Even overweeg ik om niet op te nemen, maar dan zie ik dat het Floor is.

'Hoi Floor,' zeg ik terwijl ik met de telefoon naar boven loop.

'Hoe was het? Waarom heb je niet meer gebeld? Ik heb je in je lunchpauze wel tien berichtjes gestuurd. We zijn benieuwd, hoor!'

'Dan had je er gezellig bij moeten blijven.'

'Doe niet zo flauw, Ies!' hoor ik Daphne op de achtergrond roepen.

'Is Daph ook bij jou?' vraag ik.

'Ja, we dachten dat het wel leuk zou zijn om toch de films te kijken die jij gehuurd had. Kom je hierheen?'

'Ik kan niet. Ik moet sporten.'

'Sla dan een keertje over! Volgens mij ga je elke dag tegenwoordig.'

'Ik kan niet afzeggen. Tamara komt me zo ophalen en ik

moet echt nog een paar kilo kwijt voor zaterdag over een week.'

'Waarom?'

'Omdat ik met Ruben naar de opening van die nieuwe club ga.'

Ik hoor Floor gillen. 'Hij heeft haar uit gevraagd!' brieft ze aan Daphne door.

'Jullie zijn ook uitgenodigd!' zeg ik.

'O! Kom nou hierheen! Je moet ons alles vertellen. Ik wil alles horen, Ies.'

'Ik kan echt niet, jongens. Maar ik kan jullie wel verklappen dat jullie geniale en ondoorzichtige plan om mij met Ruben alleen achter te laten zijn vruchten afgeworpen heeft...'

'Wat?' gilt Floor hysterisch in mijn oor. 'Hebben jullie gezoend?'

'Ja...' antwoord ik langzaam om de spanning op te bouwen.

'Hoe ging het? Vertel ons alles!' roept Daphne.

'Wat voor kus was het, Ies? Was het vluchtig bij het weggaan? Alleen lippen of met tong?'

'Met alles erop en eraan!' antwoord ik en ik merk dat ik nu ook hysterisch doe. 'Er was niks vluchtigs aan. Het was echt helemaal zoals het moet zijn...'

'We moeten dit echt uitgebreid bespreken! Ik wil alles horen! Wanneer kunnen we dan afspreken?'

'Morgenavond?' stel ik voor.

'Nee, dan ben ik bij Mas. Woensdag?'

'Sorry, weer sport! En dit weekend heb ik weer oproepdienst, dus ik kan niet veel afspreken.'

'Isa!' roept Floor zeurderig.

'Ik kan het ook niet helpen, jongens. Ik heb het moeten verzetten om naar de club te kunnen. Ik heb het gewoon even druk.'

'Dit is niet leuk!' mokt Floor.

Ik zucht. Ik zou ook liever met mijn vriendinnen op de bank televisie kijken en alles vertellen over mijn vrijpartij met Ruben, maar ik moet het grote geheel in gedachten houden. Als ik vaker met Ruben op de bank wil belanden, is dit nu even belangrijker. 'Kom op, Floortje!' zeg ik zo vrolijk mogelijk. 'Ik vind het ook jammer. Ik gooi onderweg naar de sportschool die dvd's wel bij jou in de brievenbus. En ik heb nu tien minuten de tijd om me om te kleden, dus ik praat je ondertussen wel even bij.'

'Nou, schiet op dan!' antwoordt ze.

'Ik ben zo trots op je,' zegt Tamara voor de tiende keer vandaag. We zijn bezig met losse gewichtjes voor de spiegelwand achter in de zaal. De spieren in mijn bovenbenen en billen lijken in brand te staan van de lunges en squats die ik gedaan heb. Tamara gooit er nog een stuk of twintig tegenaan terwijl ik op trillende benen bij sta te komen. Ik heb haar in de auto alles verteld over mij en Ruben. We hebben het sindsdien nergens anders over gehad. En ze blijft maar zeggen hoe trots ze op me is.

'Ik weet alleen niet wat ik nu moet doen,' antwoord ik. 'Stijn vindt dat ik hem moet bellen, maar ik wil me niet opdringen. Ik kan beter even afwachten. Misschien belt hij mij wel. En anders kan ik hem over een paar dagen zelf bellen, maar ik wil niet wanhopig overkomen of zo...'

'Je vergeet adem te halen,' zegt Tamara terwijl ze haar gewichten terug in het rek legt en voor me uit naar de crosstrainers loopt. 'Je moet niet zoveel piekeren. Hij vindt je leuk. Hij heeft zelf het initiatief genomen. Geniet er nou maar van.'

Ik klim naast haar op een crosstrainer en begin te trappen. 'Dat doe ik ook wel, maar ik vind het ook eng. Ik ben niet zo slank en mooi als de vrouwen die hij gewend is.'

'Hoe weet je dat hij jou niet even mooi vindt? Je zei zelf dat hij niet van je af kon blijven, gisteren. Ik ben misschien een beetje streng voor je geweest de laatste tijd, maar ik vind je hartstikke mooi. Je hebt zo hard gewerkt om er goed uit te zien, maar eigenlijk gaat het erom dat je je er ook lekker bij voelt.'

'Zo makkelijk is dat niet.'

'Hoe moeilijk kan het zijn, Isa? Je hebt de lekkerste vent van de sportschool versierd.'

Ik glimlach. Dat is natuurlijk helemaal waar.

'En misschien maakt het niet uit wie eerst belt.' Ze knikt naar de ingang. 'Aangezien hij net binnen komt lopen.'

Mijn hart maakt een sprongetje als ik hem zie. Ik vraag me af of ik moet zwaaien als hij deze kant op kijkt. Misschien ziet hij me niet en sta ik voor schut door in het niets te zwaaien. Maar als hij me wel ziet en ik niets doe, dan is het net alsof ik hem negeer.

Hij loopt door, kijkt de zaal in en steekt zijn hand naar me op voor hij naar boven gaat. Hij heeft me gezien! Het duurt nauwelijks een minuut voor hij weer de trap af loopt.

'Hij komt naar je toe,' fluistert Tamara om me nog zenuwachtiger te maken dan ik al ben.

'Hoi,' zeg ik als hij voor me staat.

'Hoi.' Hij bekijkt me zoals hij dat gisterenmiddag ook deed en ik moet echt nieuwe sportkleren kopen. Ik zie er niet uit zo en hij is natuurlijk weer helemaal knap en sexy. 'Ben je al lang bezig?'

'Niet zo heel lang,' antwoord ik. Ik zie er vast uit alsof ik de marathon gelopen heb, maar ik ben pas halverwege mijn training. We staan een beetje verlegen naar elkaar te glimlachen totdat Tamara tussenbeide komt.

'Wil jij misschien mijn crosstrainer hebben, Ruben? Ik ben toevallig net klaar.'

'Weet je het zeker?' vraagt hij. 'Ik wil je niet wegjagen.'

'Dat doe je niet, hoor. Ik wil al tien minuten stoppen, maar Isa is onvermoeibaar. Ik ben blij dat je het van me overneemt.' Ze stopt haar programma en stapt van het apparaat. 'Ik zoek je straks wel weer op.' Ze loopt de zaal in en Ruben komt naast me staan.

'Alles goed met de manke hond?' vraagt hij.

Ik haal mijn schouders op. 'Niet echt. Hij heeft een infectie die te laat en onvoldoende behandeld is. Hij krijgt nu een antibioticakuur, maar het is afwachten of het aanslaat.'

'En als dat niet zo is?'

'Hij kan blijvend mank worden. Of erger. Misschien moet

zijn hele poot afgezet worden als er te veel weefsel aangetast is.'

'Dat is rot. Ik had je nog willen bellen, maar ik wist niet zo goed wanneer je weer thuis zou zijn en ik wilde je niet laat op de avond nog storen.'

'Dat had ik niet erg gevonden, hoor. Ik wilde jou eigenlijk ook bellen...' Ik durf hem niet aan te kijken en concentreer me op het tellertje dat afwisselend de tijd en het aantal verbruikte calorieën aangeeft.

'Ik hoopte dat ik je hier tegen zou komen, vanavond. Ik vond het erg leuk gisteren.'

'Leuk?' herhaal ik.

'Meer dan leuk.'

Ik kijk hem aan. 'Dat vond ik ook.'

'Misschien kunnen we het nog eens doen.'

'Films kijken, bedoel je?'

'Ook,' antwoordt hij. 'Maar ik denk vooral aan wat daarna kwam. Als ik had geweten dat je zo lekker kunt zoenen, had ik niet eerst die stomme actiefilm afgekeken.'

'Wist je dat dan niet?' vraag ik. 'Ik ben erg oraal gefixeerd.'

Ik realiseer me pas wat ik gezegd heb als hij me stomverbaasd aankijkt en zijn crosstrainer stil laat vallen. Het is maar goed dat ik al rood was, zodat hij niet kan zien dat ik me eigenlijk doodschaam.

'Dat is goed om te weten,' zegt hij met een scheef lachje om zijn mond. Hij lijkt vergeten te zijn hoe hij zijn crosstrainer weer aan de praat moet krijgen en drukt op allerlei knoppen. Ik wil uitleggen dat ik het over eten had, maar hij is zo onder de indruk, dat ik me bedenk. Laat hem maar denken dat ik zo stoer ben om dit soort seksuele toespelingen te maken.

Hij houdt op met het opnieuw instellen van zijn programma en werpt een zijdelingse blik op me. 'Ik heb nu heel veel zin om je weer te zoenen, weet je dat?'

Ik weet zeker dat de helft van de vrouwen in deze zaal onwel zou worden als hij dat nu zou doen. Ik in mijn lelijke trainingsbroek en wijde shirt en Ruben met zijn afgetrainde lijf in een goedzittende sportbroek en een mouwloos T-shirt dat nauw om zijn sixpack sluit. Daar is de wereld nog niet klaar voor. 'Eerst je training afmaken,' antwoord ik.

Sporten is nog nooit zo leuk geweest. Eigenlijk voer ik niet veel uit. Ik ben alleen bezig met kijken hoe Ruben zijn rondje afwerkt. Hij weet dat ik dat doe en neemt expres die apparaten die hem er goed uit doen zien. Nu is dat bij hem natuurlijk niet zo'n uitdaging. Bij alles wat hij doet, rollen zijn spieren precies op de juiste manier onder zijn huid, spant zijn kleding op de aantrekkelijkste plaatsen en ik sta nu erger te trillen op mijn benen dan tijdens die eindeloze squat-sessie van een halfuur geleden. Ik ben niet de enige op wie hij dat effect heeft, maar het mooie is dat ik wel de enige ben wiens blik de hele tijd gevangen wordt door de zijne. Hij weet dat ik hem lekker vindt en nu zal hij vast alles gaan doen om meer van mijn 'orale fixatie' te ontdekken. Geen probleem, als hij zo doorgaat.

Tamara komt naast me staan om te kijken naar Ruben die zijn schouderpartij aanpakt. Volgens mij hoor ik haar zachtjes zuchten. 'Ik zag hem eerder,' waarschuw ik haar.

'Stil. Je verstoort mijn dagdroom,' kat ze terug.

'Als het daar maar bij blijft.'

'Maak je geen zorgen. Hij heeft alleen maar oog voor jou.' Op het moment dat ze dat zegt, verschijnt er een meisje in ons gezichtsveld dat ik nooit eerder gezien heb. Ze loopt in een rechte lijn naar Ruben toe en ze verpest mijn uitzicht met haar slanke taille die bloot gelaten wordt door een veel te strak topje. Haar haren glanzen en deinen op en neer als ze beweegt en ze draagt iets wat meer van een hotpants wegheeft dan van een sportbroekje. Ze is precies wat ik niet ben. Precies zo'n type als ik me voorstel bij...

'Marleen...' mompelt Tamara.

Ik kijk haar verschrikt aan. Ondertussen knoopt Marleen een gesprekje aan met Ruben en ik kan me niet voorstellen dat ook maar één van zijn hersencellen nog weet wie ik ben als hij met zo'n meisje praat. Het is uit, probeer ik mezelf in te prenten. Het is uit met haar. Hij wil haar niet meer. Dat heeft hij zelf gezegd.

Tamara legt haar hand op mijn schouder. 'Ze krijgt hem niet hoor, Isa. Ze is lelijker geworden. En dikker. Wacht maar!' Ze stapt op hen af en doet alsof ze dolblij is Marleen weer eens tegen te komen. Ondertussen troont ze haar langzaam maar zeker bij Ruben weg. Hij staat op en kijkt me aan terwijl hij naar de trap loopt. Met een knikje gebaart hij me hem te volgen. Het liefst zou ik naar hem toe rennen, maar ik weet me in te houden en loop rustiger dan ik me voel achter hem aan. Voor de deur van de herenkleedkamer staat hij op me te wachten.

'Dat was zeker je ex?' vraag ik, maar hij lijkt me niet te horen.

Hij pakt mijn hand en trekt me langzaam naar achteren, verder de gang in. 'Ik wou dat ik vanavond niet hoefde te werken.'

'Dat zou ik ook wel willen,' antwoord ik. 'Werk je de hele avond?'

Hij knikt. 'Elke avond en waarschijnlijk ook 's nachts als we op tijd klaar willen zijn voor de opening.'

'Dat is jammer.'

'Inderdaad.' Ik voel zijn armen om me heen en ik ben blij dat ik me vandaag niet zo uitgesloofd heb. 'Je ruikt altijd zo lekker,' zegt hij terwijl hij mijn hals kust. Ik kijk even om me heen, maar we staan uit het zicht van de deuropening en eigenlijk kan het me ook niet schelen wie ons ziet. Hij kijkt me even aan. 'Vroeg je nou iets over mijn ex?'

Ik schud mijn hoofd en druk mijn lippen op de zijne. Ik ben die stomme Marleen helemaal vergeten en nu ga ik ervoor zorgen dat hij dat ook doet.

Altijd. Dat zei hij. Hij zei dat ik *altijd* lekker ruik. Dat betekent dat het hem vaker opgevallen is. Toch? Dat betekent dat dit allemaal echt is. Dat hij me echt leuk vindt. Dit maakt alles goed. Als laatste gekozen worden met gym, aan de kant staan op schoolfeesten terwijl alle leuke jongens met de populaire meisjes dansen, nachten van mezelf in slaap huilen omdat de leukste jongen uit mijn klas me niet zag staan, de ex-vriendjes die ik gehad heb op wie ik niet eens verliefd was. Het was het allemaal waard. Ruben is tien keer leuker dan alle jongens om wie ik ooit gehuild heb bij elkaar. Voor het eerst in mijn leven heb ik het gevoel dat ik ben wie ik hoor te zijn.

'Dit kun je niet maken, Isa,' hoor ik opeens achter me. Stijn komt het dierenverblijf binnen gelopen. 'Je kunt niet met een grijns van oor tot oor een twee centimeter diepe bijtwond bekijken. Dieren hebben ook gevoelens, hoor. Misschien moet ik daar een scriptie over schrijven.'

Ik kijk naar Buster – die achter in zijn bench lusteloos voor zich uit ligt te staren – en voel me een beetje schuldig. Die hond denkt misschien dat hij volkomen in de steek gelaten is door meneer Hufter en ik zit hier een beetje vrolijk te dagdromen. 'Sorry,' mompel ik. 'Eigenlijk probeerde ik hem met een vriendelijke glimlach over te halen uit zijn hok te komen. Hij is een beetje terneergeslagen.'

'Zou jij dat niet zijn? Het had niet veel gescheeld of zijn poot had geamputeerd moeten worden en hij heeft al twee dagen geen bekend gezicht gezien.'

'Beter een onbekend gezicht dan dat van meneer Hufter, zou ik denken. Ik durf die hond niet eens naar huis te sturen. Als er een beetje beter op hem gelet werd, zou hij hier niet eens hoeven zijn. Ruben zou alles doen om Bo zo snel mogelijk weer thuis te krijgen.'

'Isa, als alle baasjes zó leuk zouden zijn, hadden wij geen tijd meer om te werken.'

'Ik verwacht niet dat hij even leuk is als Ruben. Het is gewoon een beetje wrang om te zien hoe sommige mensen met hun dieren omgaan.'

Stijn hurkt bij het hok neer en probeert de aandacht van Buster te trekken. 'Misschien is dit een les voor hem. Het is in ieder geval een goed teken dat hij akkoord is gegaan met opname. Het zou kunnen dat dit hem flink heeft laten schrikken. Misschien draait hij nu wel bij.'

'Ik weet het niet. Ik hoop het voor die hond, maar...'

'Niet zo negatief, Isa. Wij zijn hier de wereldverbeteraars. Als wij niet meer in het goede van de mens geloven, doet straks niemand het nog. Het lukt je heus wel om tot die kerel door te dringen.'

'Het liefst zou ik geen woord meer met hem wisselen.'

'Je doet het voor Buster, niet voor hem.' Hij staat op zonder enige reactie bij de hond losgemaakt te hebben.

'Misschien laat ik het jou wel opknappen. Daar hebben we stagiairs voor. Om de lastige klussen op af te schuiven.'

'Ik denk dat ik eerst even bij jou moet afkijken hoe je zulke klanten aanpakt. Ik zal er aantekeningen van maken, dan kun je de volgende hufter aan mij overlaten.'

'Ik heb dus weer niks aan je?'

'Zoals gewoonlijk.'

'Wacht maar tot ik je beoordeling schrijf,' dreig ik voor ik terug naar mijn kantoor loop.

'Ga je niet mee lunchen?' vraagt Stijn verbaasd. 'De anderen zitten allang in het keukentje.'

'Ik maak eerst nog even wat werk af. Ga jij maar alvast.'

'Wat zal Ruben onder de indruk zijn als hij ziet dat jij vijf kilo in één week af kunt vallen,' grapt hij.

Als hij eens wist wat ik daarvoor over zou hebben...

Terwijl Stijn gaat eten, werk ik het dossier van Buster bij. Ik heb mijn salade in de koelkast staan, maar die eet ik straks wel even op. Ik voel wel dat mijn maag leeg is, maar echt trek heb ik nog steeds niet. Ik heb de hele tijd het gevoel dat ik naar de tandarts moet of een spreekbeurt moet houden. Oké, het voelt misschien wel een tikkeltje prettiger dan dat, maar het effect op mijn eetlust is hetzelfde.

De telefoon gaat en voordat Vivian haar pauze ervoor moet onderbreken, neem ik vanaf mijn eigen werkplek op. Op de automatische piloot zeg ik het telefoonriedeltje op zoals zij dat ook altijd doet.

'Met Ruben Zuidhof,' klinkt het beleefd aan de andere kant van de lijn.

Ik schrik ervan. Er zal toch niet weer iets met Bo zijn? Nee, daar klinkt hij te rustig voor. Nu schrik ik nog erger. Hij gaat onze afspraak afzeggen...

'Isa, ben jij het?' vraagt hij een beetje onzeker.

Ik besef dat ik geen antwoord heb gegeven. 'Ja! Hoi. Alles goed?'

'Alles is prima,' antwoordt hij. 'Ik dacht al dat jij het was, maar ik wist het niet zeker. Je gebruikte je dierenartsstemmetje.'

'Mijn wat?'

Hij lacht. 'Je klinkt altijd zo professioneel en afstandelijk als je aan het werk bent.'

'O. En dat is mijn dierenartsstemmetje?'

'Ja. Erg grappig hoe je dat afwisselt.'

'Nou meneer Zuidhof, waarmee kan ik u van dienst zijn?' zeg ik zo formeel mogelijk.

'Ik heb wel iets in gedachten...' antwoordt hij minder formeel. Ik ga rechtop zitten. Dit wordt blijkbaar een ander gesprek dan ik verwachtte. 'Je hebt het zeker erg druk?' vraagt hij.

'Nou, ik heb genoeg te doen...'

'Ik wil je niet van je werk houden en ik heb het zelf ook nogal druk, maar ik vroeg me af hoe laat je pauze hebt.'

'Ongeveer een kwartier geleden,' antwoord ik. 'Maar ik was nog iets aan het afronden. Ik heb wel even tijd.'

'Mooi, want ik heb ook even pauze genomen. Ik sta nu bij jou op de parkeerplaats.'

'O.' Shit! Dat klonk echt dommig. Alsof het me niks kan schelen. Ik sta op. 'Ik kan wel even naar je toe komen.' Dat klonk ook al stom.

'Dat zou leuk zijn.'

'Oké, je ziet me zo.'

'Oké.'

'Tot zo!' Ik hang op en gris mijn tas van de grond. Ik moet mijn lippenstift vinden. Als dat gelukt is, bedenk ik dat mannen een hekel schijnen te hebben aan lippenstiftzoenen. In plaats daarvan doe ik alleen gauw een beetje lippenbalsem op. Heel weinig. Ik werp een blik in het spiegeltje in mijn tas en trek het elastiekje uit mijn haar. Ik ben blij dat ik een kleine haarborstel bij me heb en haal hem snel door mijn haar. Ik ben niet echt tevreden met hoe ik eruitzie, maar alles is beter dan in de sportschool. Ik gooi mijn witte jas over de stoel en loop naar de kapstok.

Als ik buiten kom, zie ik hem bij zijn auto staan. Hij tuurt naar zijn schoenen en heeft zijn handen in zijn zakken. Het is een beetje koud, maar de hemel is strakblauw en de herfstzon schijnt fel. Eigenlijk is het een veel te mooie dag om te werken. Ruben kijkt op als ik de deur dichtdoe en loopt naar me toe. Ik weet even niet hoe ik hem moet begroeten en blijf aarzelend tegenover hem staan. Hij doet hetzelfde en zo staan we elkaar een paar tellen glimlachend aan te kijken.

'Zullen we een eindje lopen?' vraagt hij.

Vijf minuutjes later zitten we aan een picknicktafel in het park vlak bij de kliniek. We hebben schrijlings op hetzelfde bankje plaatsgenomen, met onze gezichten naar elkaar en onze knieën die elkaar raken. We kletsen over alles en niks. Ik zou alleen willen dat ik niet de hele tijd werd afgeleid door de papieren zak van de bakker die hij op het laatste moment van de achterbank van zijn auto haalde voor we naar het park liepen.

Ik hoop zo dat het muesli- of krentenbollen zijn, maar ik zie dat op sommige plaatsen het witte papier doorzichtig is van het vet. Wat het ook is dat hij bij de bakker gehaald heeft, het bevat in ieder geval meer calorieën dan ik in totaal gegeten heb sinds zondagmiddag. Ik weet niet hoe ik op een nonchalante manier kan weigeren te eten wat er in die zak zit. Ik wil niet zeggen dat ik aan de lijn doe. Dat klinkt zeurderig en niet sexy. Bovendien wil ik absoluut niet de aandacht vestigen op mijn gewicht. Als het door een of ander godswonder nog niet in hem opgekomen is dat ik moet afvallen, wil ik dat graag zo houden. Maar ik kan niet eten wat hij daar heeft. Dat kan ik gewoon niet. Daarom probeer ik koortsachtig het gesprek op gang te houden, zodat hij misschien vergeet dat hij nog moet eten.

'Ik had trouwens een broodje voor je gehaald,' zegt hij uiteindelijk toch terwijl hij de zak voor me openhoudt. Ik werp er een angstige blik in. Een broodje, noemt hij dat. Dat is géén broodje. Het zou verboden moeten worden het zo te noemen. Broodjes zijn bij voorkeur volkoren. Ze bevatten vezels. Geen pudding, chocolade en poedersuiker. Een broodje is geen doodzonde, maar een chocoladepuddingbroodje is dat hoe dan ook wel.

Ik kijk hem aan. 'Dank je, maar ik heb niet zo'n honger.'

'Je had toch nog niet gegeten?' vraagt hij.

Ik wacht een paar seconden te lang met antwoorden. Geen idee waarom ik niet gewoon zeg dat ik aan mijn bureau gegeten heb. Nu ben ik zo lang stil geweest dat het niet meer kan.

'Neem nou gewoon,' zegt hij. 'Ik ga geen vier puddingbroodjes in mijn eentje opeten.'

Nu maakt hij me echt bang. Verwacht hij werkelijk dat ik er twee ga eten? Dit moet een grapje zijn. Ik verwacht Floor en Daph achter een struik met een videocamera. Dit kan hij niet menen. Ziet hij niet dat ik te dik ben?

'Ik heb om elf uur bij de koffie nog...'

'Dat is twee uur geleden,' antwoordt hij.

Dit is de oorzaak dat mensen dik worden. Precies dit. Perfecte mensen die denken dat iedereen een snelle stofwisseling heeft. Die niet snappen dat eentje ook kwaad kan. Die geen nee accepteren, waardoor ik smoesjes ga verzinnen die vervolgens allemaal met een simpel antwoord van tafel geveegd worden.

'Ik hoef niet,' zeg ik. Geen smoesje. Geen reden. Gewoon nee. En dan word ik genadeloos door mijn eigen lichaam in de rug gestoken. Mijn maag knort en Ruben hoort het. Hij kijkt me dwingend aan en opeens ben ik bang dat hij gaat vragen waarom ik niet wil eten terwijl ik toch duidelijk honger lijk te hebben. Snel pak ik een puddingbroodje om zo'n gesprek te vermijden.

'Vordert het een beetje met de opening?' vraag ik vrolijk.

'Dat wel,' antwoordt hij terwijl hij met grote happen begint te eten. 'Het openen zal geen probleem worden. De vraag is alleen of we een bar zullen hebben staan en of er tafels en stoelen zullen zijn. Eigenlijk is alles waar ik verantwoordelijk voor ben gewoon niet af.'

'Je hebt nog anderhalve week.' Ik draai het 'broodje' een beetje rond en lik af en toe een minuscule hoeveelheid pudding van de rand. Wat is dat toch met mannen dat ze zich nooit bezig lijken te houden met de vraag of ze wel charmant zijn? Ruben propt het puddingbroodje zo naar binnen. Ik weet niet eens hoe ik eraan moet beginnen met die druipende pudding en de poedersuiker die overal terechtkomt. Afgezien van het feit dat het me sowieso fysiek onmogelijk lijkt iets te eten – wat dan ook – in bijzijn van Ruben, is dit toch ook wel het onhandigste wat er bestaat.

Tegen de tijd dat hij het zijne al helemaal op heeft en alle problemen met zijn leveranciers en apparatuur uit de doeken heeft gedaan, heb ik net twee hapjes naar binnen gewerkt. 'Ach, het maakt allemaal niet uit,' antwoord ik in een poging me op ons gesprek te concentreren. 'Als er maar muziek is en voldoende drank, komt het allemaal wel goed.' Ik kijk hem verschrikt aan. 'Niet dat jouw werk niet belangrijk is...'

Hij lacht. 'Dat dacht ik ook niet.'

'O. Oké. Want persoonlijk ben ik dol op tafels en stoelen.' Ik zit nu serieus te overwegen het puddingbroodje 'per ongeluk' te laten vallen. Het is dat er nog een tweede in die zak ligt te wachten, want anders... 'Ik kan me geen leven zonder meubels voorstellen,' ga ik verder. 'En wat is een club zonder bar, toch? Wat is er?'

Hij zit me met een grote grijns op zijn gezicht aan te kijken. 'Niks. Je ratelt een beetje... En je lust blijkbaar geen puddingbroodjes. Dat mag je gerust zeggen, hoor.'

'Op zich lust ik ze wel, het is alleen...'

'Je vindt ze vies, geef het maar gewoon toe.' Hij pakt het broodje uit mijn hand en stopt het terug in de zak. In een perfecte wereld, in een perfect lichaam zou ik niets liever doen dan chocoladepuddingbroodjes met hem eten (oké, op één ding na dan), maar op dit moment voel ik me helemaal opgelucht dat ik ervan af ben. 'Het is niet erg,' zegt hij terwijl hij zich naar me toe buigt. 'Ik kom er nog wel achter wat jij lekker vindt.'

Ik vind dat hij al redelijk in de juiste richting denkt.

'Wat zal ik eens aandoen volgende week met die opening?' mijmert Floor terwijl Daphne een plaspauze houdt. Het is alweer zondagmiddag. Het lijkt eeuwen geleden dat ik Ruben voor het laatst gezien heb, maar aan de andere kant komt het volgend weekend al dichtbij en ben ik nog niet afgevallen wat ik mezelf als doel gesteld had. Ik weet zeker dat het aan die twee hapjes van het puddingbroodje ligt. 'Isa! Ik vroeg wat je van die heupbroek vindt!'

Ik schrik op uit mijn gedachten. 'Sorry, ik was er even niet bij.'

'Je zat zeker weer aan Ruben te denken?'

'Heb je hem nog gezien?' vraagt Daphne terwijl ze de kamer weer inloopt.

'Even in de sportschool en een paar dagen geleden hebben we samen pauze gehouden.'

'Ze glundert weer!' Daphne ploft naast me op de bank. 'Rotzooien jullie nu ook in het openbaar met elkaar?'

'Nee!' roep ik snel. 'We hebben natuurlijk wel een beetje gekust. Bij de kleedkamers en in het park. Maar niemand heeft het gezien.'

Floor knikt. 'Ik heb altijd geweten dat die verlegenheid van jou maar een façade is. Je bent nog erger dan ik. Is het nu officieel tussen jullie?'

'Daar hebben we het eigenlijk nog niet over gehad.' Ik zie de fronsende blikken van mijn vriendinnen en heb het gevoel dat ik 'ons' moet verdedigen. 'Hij heeft het heel druk met de opening en ik heb mijn werk... We hebben nog geen tijd gehad.'

'Daar moet je tijd voor maken, Isa. Wil je niet weten waar je aan toe bent?' vraagt Daphne.

Floor trekt een zak paprikachips open. 'Houd je het eigenlijk nog wel een week uit zonder hem te zien? Je kan nergens anders aan denken.'

Ik haal mijn schouders op. 'Natuurlijk wil ik hem zien. Maar ik wil ook dat ik er zo goed mogelijk uitzie als hij *mij* ziet. Over een week kan ik weer wat afgevallen zijn.'

Floor en Daphne schieten allebei tegelijk verontwaardigd overeind.

'Jullie begrijpen het niet,' roep ik voor ze iets kunnen uitbrengen. 'Jullie zouden zijn ex moeten zien! Ik wil gewoon niet voor haar onderdoen. Ik wil dat hij mij mooi vindt en ik wil hem niet wegduwen als hij aan me komt.'

'Niemand dwingt hem aan je te zitten!' zegt Floor met een mondvol chips en ik kan me opeens niet meer indenken dat er een tijd was dat ik niet zonder dat spul kon. 'Is het wel eens bij je opgekomen dat hij al op je valt zoals je nu bent?'

'Ik kan me gewoon niet voorstellen dat hij me niet met haar vergelijkt.'

'Isa,' zegt Daphne, 'iedere vent mag blij zijn als hij jou kan krijgen.'

'Natuurlijk vinden jullie dat. Jullie zijn mijn vriendinnen. Maar wees nou eens een beetje realistisch. Ik ben niet het type waar een jongen als Ruben normaal gesproken op zou vallen.'

'Kijk nou eens naar jezelf!' Floor legt de zak chips even weg en gaat tegenover me staan. 'Kom eens van die bank, Isa, Ga eens staan! Moet je naar die broek kijken!'

Ik doe wat ze zegt. Ik kijk naar beneden, naar mijn oude, armzalige, verwassen, zwarte broek. Floor pakt een plooi vast. 'Kijk eens! Dit zat helemaal strak. Die broek lubbert nu gewoon aan je lijf. Volgens mij ben je tien kilo kont kwijt!'

Ik giechel. Ik voel me ineens een stuk beter.

'Je hoeft jezelf niet zo te pushen,' zegt Daphne. 'Je ziet er supergoed uit. Als Ruben dat niet ziet, is hij blind. Het enige wat jij nodig hebt, is fatsoenlijk passende kleding.'

Floor valt haar meteen bij. 'Ik denk inderdaad dat het tijd wordt dat jij iets nieuws koopt om aan te trekken. Hier kun je je echt niet meer in vertonen.'

'Ik heb het niet zo op winkelen sinds die afgang van de laatste keer. Toen dacht ik ook dat ik vast wel iets nieuws kon kopen.'

'Ja, maar nu ben je zoveel afgevallen, dat ga je echt wel merken in je kledingmaat,' antwoordt Daphne. 'Zullen we volgende week gaan winkelen?'

Ik ga weer zitten. 'Dat durf ik nog niet aan. Als ik niet slaag, raak ik weer helemaal depressief.'

‘Maar als je iets moois koopt, pep je jezelf juist op!’ zegt Floor.

‘Ik zal erover denken, maar ik heb niet veel tijd volgende week.’

Daphne rolt met haar ogen. ‘Geen tijd voor je vriendinnen, geen tijd voor Ruben, geen tijd voor winkelen. Je hebt het veel te druk tegenwoordig.’

‘Ik heb het altijd druk gehad.’

‘Je vergeet te genieten van het leven, Ies,’ zegt Floor. ‘Je moet je eens ontspannen. Niet denken aan de lijn en je afvragen of je knapper bent dan die stomme ex van Ruben. Zullen we straks met z’n allen lekker pizza gaan eten?’

‘Ik zeg net dat ik nog wil afvallen voor mijn date met Ruben!’ antwoord ik verontwaardigd.

‘En ik zeg dat je er al prima uitziet! Kom op, je hebt vast zin in pizza. Hoe lang is het geleden dat jij fatsoenlijk gegeten hebt?’

‘Ik eet gezonder dan jullie! En ik kan niet eens mee, want ik moet straks nog naar de kliniek. Ik heb weekenddienst.’

‘We moeten weer met z’n tweeën, Daph. Ze laat ons alweer in de steek.’

‘Ik zou heus wel mee willen. Maar ik werk zo hard aan mijn gewicht. Ik wil het niet verpesten. Dat snappen jullie toch wel?’

Daphne knikt. ‘Tuurlijk. Het is gewoon jammer dat je het er zo druk mee hebt. En ik mis de oude vertrouwde filmmiddagjes. Ik kan niet echt van die lekkere dingen genieten als ik weet dat jij niets mag.’

‘Ik heb er niet eens trek in, jongens. Jullie kunnen toch ook niet eten als je verliefd bent?’

‘Jij kan wel eten, maar je durft niet,’ antwoordt Floor.

Ik zucht. ‘Het blijft niet eeuwig zo. Als ik eenmaal op een gezond gewicht zit, kan ik minder gaan sporten en dan kan ik ook heus wel weer eens iets lekkers eten. Alleen nu niet, snap je? Ik zou alles tenietdoen, als ik nu toegeef.’

‘Ik hoop maar dat je er snel klaar mee bent. Straks zijn we de oude Isa kwijt.’

De volgende dag, nog voor het maandagochtendoverleg, krijg ik telefoon van mevrouw Van Geneugten. Streepje wordt dinsdagochtend geopereerd, dus ik had wel verwacht dat ze nog zou bellen om de voorbereidingen door te spreken. Maar tot mijn verbazing komt ze met een heel andere mededeling. 'Ik heb besloten om Streepje niet te laten opereren.'

Ik ben stomverbaasd. We hebben het er uitvoerig over gehad en hoewel ze aanvankelijk nogal aarzelde, dacht ik toch dat ze er nu volledig achter stond. 'Is er iets met Streepje aan de hand?' vraag ik. 'Als ze ziek of koortsig is, zou het inderdaad beter zijn om de ingreep uit te stellen.' Ik hoop maar dat ik het verkeerd heb begrepen.

'Nee, ik wil de operatie helemaal niet laten plaatsvinden. Ik heb er geen goed gevoel over. Streepje is al op leeftijd en ik wil haar dit gedoe niet meer aandoen.'

'Mevrouw Van Geneugten, ik weet dat het altijd een moeilijke afweging is, maar ik dacht dat we besloten hadden dat het voor het welzijn van Streepje juist beter was om het gezwel weg te halen.'

'Ja, daar was ik het op dat moment mee eens, maar ik ben op die beslissing teruggekomen. Ik wil haar die ellende niet aandoen. Eerst die narcose en dan het zware herstel na de ingreep. En misschien is het allemaal voor niets.'

'Ik zal het u nog eens uitleggen. Streepje heeft een kwaadaardige melkkliertumor. Als ik die laat zitten, zoals u nu voorstelt, zal hij groeien en uitzaaiingen veroorzaken. Op dit moment is er nog niets van uitzaaiingen te zien. Het is een heel groot geluk dat u er zo snel bij bent geweest. Als we nu ingrijpen, bestaat de kans dat Streepje volledig herstelt.'

'Maar dat kunt u mij niet garanderen, toch?'

'Garanties zijn nooit te geven. Maar als we niets doen, dan zal de tijd die Streepje rest niet lang zijn, begrijpt u dat?' Ik hoor een gedempte snik. 'Mevrouw Van Geneugten, als een kwaadaardig gezwel zonder uitzaaiingen in zijn geheel verwijderd wordt, zijn achteraf geen problemen te verwachten. Bij de operatie zullen alle tepels en bijbehorende melkklieren ruim weggenomen worden. Ik denk echt dat Streepje een heel goede kans heeft.'

'Ik weet het niet meer, hoor. Ik heb zo naar gedroomd vannacht.'

'Het is ook heel emotioneel, allemaal. Het is een moeilijke beslissing. Maar als u wilt, spreken we de hele procedure nog eens rustig door.'

'Ik denk gewoon dat het te zwaar voor haar is. Die operatie en het herstel...'

'De operatiewond zal de eerste dagen zeker pijnlijk zijn. Er is altijd kans op infectie of vochtophoping onder de wond. Maar tegen de pijn kunnen we pijnstillers voorschrijven en eventuele complicaties bij de wondgenezing laten zich goed behandelen. Meestal is een dier bij het verwijderen van de hechtingen weer helemaal de oude.'

Mevrouw Van Geneugten blijft even stil. 'Mag ik er niet nog een nachtje over slapen? Ik kan nu geen beslissing nemen.'

'U weet toch dat hoe sneller we ingrijpen, hoe groter de kans op volledig herstel is?'

'Ja. Maar morgen is te snel. Ik moet het allemaal even afwegen.'

Ik zucht. 'We kunnen de operatie natuurlijk uitstellen, maar ik zie niet in waarom u dat zou doen. De vooruitzichten blijven zoals ze zijn. Een gezwel verdwijnt nooit vanzelf. Streepje zal er steeds meer hinder van ondervinden. En ik denk echt dat we moeten profiteren van het feit dat we het gezwel zo snel ontdekt hebben.' Aan de andere kant van de lijn blijft het weer ijzig stil. 'Goed, slaapt u er nog maar een nachtje over...'

Om mijn gedachten te verzetten loop ik tijdens mijn pauze naar het winkelcentrum. Het maandagochtendoverleg duurde dit keer tot aan het spreekuur dankzij mevrouw Van Geneugten. Ik heb het er met Petra over gehad en zij vindt het ook heel belangrijk om te opereren. Soms is dit beroep zo frustrerend. Ik kan mevrouw Van Geneugten niet dwingen om haar kat te laten helpen, maar dat zou ik het liefste doen. Ik begrijp gewoon niet waarom ze ineens zo terugkrabbelt. We hadden het plan van aanpak zo uitvoerig besproken. Ik zit er zo mee in mijn maag dat ik me bijna niet meer kan verheugen op dit weekend. Ik had gehoopt op een rustig weekje zodat ik me kon concentreren op Ruben en mijn voorbereidingen op de opening van SKAI. Maar het ziet ernaar uit dat alles om mevrouw Van Geneugten gaat draaien deze week. En dan vooral om mijn pogingen haar over te halen tot die operatie.

Net als ik denk dat mijn dag niet meer te redden is, loop ik langs een boetiekje en daar hangt in de etalage de perfecte jurk voor zaterdagavond. Dit is mijn jurk, ik zie het meteen. Het is een simpel, maar beeldschoon zwart jurkje van een stof die soepel langs het lichaam van de paspop valt. Als ik dat jurkje kon kopen, zou ik er fantastisch uitzien. Ik zie het al helemaal voor me met mijn stilettolaarzen eronder... Ik moet hem hebben. Deze moet passen.

Ik kijk voorzichtig de winkel in. Het is erg stil in het winkelcentrum en de vrouw achter de kassa heeft haar blik op mij gericht. Ze heeft natuurlijk niets te doen en kan niet wachten tot er een klant komt die ze kan helpen. Als ik nu naar binnen ga, kan ik niet rustig passen. Ik kijk nog eens naar de jurk. Misschien is het beter als ik tijdens de koopavond terugkom. Dan heb ik nog een paar dagen de tijd om nog meer af te vallen, zodat hij nog mooier past. En ik kan mijn moeder meenemen. Ja, dat doe ik. Ik bel haar straks meteen op. Met Daph en Floor ga ik pas weer shoppen als ik echt zeker weet dat ik weer in de 'gewone' maten pas. Nu maar hopen dat mijn jurkje er over een paar dagen nog in mijn maat is. De verkoopster knikt vriendelijk naar me, alsof ze me naar binnen wil lokken. Ik glimlach terug en loop dan door.

9

Ik werk naar het weekend toe alsof het mijn laatste werkweek voor de vakantie is. Op vrijdag heb ik echt het gevoel dat ik pas over een hele tijd weer terugkom. Daarom wil ik alles goed afronden voor ik naar huis ga. Gelukkig begint de dag rustig. Ik heb geen operaties gepland staan en dat is eigenlijk maar goed ook, want mijn gedachten dwalen steeds af naar Ruben. Ik voel gewoon dat er iets gaat gebeuren. We hebben elkaar niet meer gezien deze week, maar we hebben elkaar wel flink beziggehouden met dubbelzinnige sms'jes. Ik heb het er zelfs zo druk mee gehad dat mijn werk eronder te lijden heeft. Natuurlijk niet de dieren, maar het administratieve gedeelte wel. Dinsdag en woensdag heb ik alleen de spreekuren en de geplande behandelingen zonder mijn mobiel in de hand doorgebracht. Steeds als ik mijn administratie weer oppakte, ontving ik een nieuw berichtje van Ruben waar ik meteen op wilde reageren. Ik vermoed dat ook zijn werk een behoorlijke achterstand opgelopen heeft. Je hebt nu eenmaal twee handen nodig om meubilair te maken. Geen wonder dus dat ik gisteren en vandaag niet zoveel van hem gehoord heb. Hij heeft nu elke vrije minuut nodig om de club op tijd af te krijgen.

Ik kan niet wachten om hem weer te zien. We draaien zo om elkaar heen, wat op zich heel leuk is, maar ik wil nu wel weten of hij hetzelfde voelt als ik. Voor mij is dit niet zomaar wat geflirt over en weer. Ik weet niet hoe serieus hij dit soort dingen neemt, maar voor mij is het menens. Ik wil meer van hem, en morgen gaat het gebeuren. Het is nu of nooit. Ik kan haast niet wachten tot het vijf uur is. Het enige wat me nog dwarszit is het feit dat ik mevrouw Van Geneugten niet meer heb gesproken. Ik bel haar nog eens op, krijg haar voicemail en spreek in dat ik graag zou willen dat ze me vandaag nog even terugbelt. Ik hoop maar dat ik dit voor vanavond rond kan krijgen. Straks loop ik de hele tijd alleen aan Streepje te denken. Ik ga naar de hal om een glas water te halen en zie Vivian ingespannen over een vel papier gebogen zitten. 'Lukt het?' vraag ik.

'Niet echt,' antwoordt ze. 'Ik ben de voorraad aan het controleren, maar ik kom er niet uit.'

'Ik doe het zo wel even. Ik heb toch niet veel te doen vandaag.'

Vivian kijkt opgelucht. 'Je bent een engel, Isa. Ik ben er al vanaf gisteren mee bezig...'

Ik gebaar dat het geen moeite is en als ik mijn water gehaald heb, ga ik achter de balie zitten en schuif ik de bestellijst naar me toe.

Vivian komt met een paar doosjes medicijnen naar me toegelopen. 'Ik weet niet zeker of we hier nog genoeg van hebben. Dit gebruiken we haast nooit, geloof ik...'

'Ik teken wel even voor je af wat je nog moet bestellen.'

'Dank je, Isa! Dan ga ik verder met het opvangen van uitwerpselen!' Ze giechelt en loopt naar de dierenopvang.

Ik buig me over de lijst en vink op routine de medicijnen af. Elke week hebben we ongeveer dezelfde hoeveelheid medicijnen nodig en ook deze week zijn er geen extreme hoeveelheden doorheen gejaagd. Ik let goed op de medicijnen waar Vivian over twijfelde en na een tijdje komen er bijna geen nieuwe vinkjes meer op papier. Ik denk nu vooral aan mijn eigen 'to do list'.

Vanavond ga ik met mama dat jurkje passen. Zaterdagochtend ga ik eerst zo vroeg mogelijk sporten. Ik heb om negen uur een weegafspraak met Bram. Daarna wil ik anderhalf uur alleen maar cardiotraining doen. Hopelijk ben ik rond elf uur thuis. Dan ga ik uitgebreid in bad met mijn luxe badschuim en dan kan ik me meteen uitgebreid ontharen. Je weet maar nooit. Daarna heb ik misschien nog even de tijd om mijn nagels te lakken. Om halftwee heb ik dan een afspraak bij de kapper, terwijl ik daar ben kunnen mijn nagels mooi drogen...

'Lukt het?' vraagt Vivian als ze terugkomt.

Ik knik en geef haar de lijst. 'Bestel dit maar.'

De rest van de middag help ik Vivian met afspraken maken en met het invullen van de roosters en patiëntenkaarten. Ik praat met vertegenwoordigers, eet een bak magere yoghurt met een handje muesli erdoor als lunch en houd mijn spreekuur. Ik knip de nagels van Witje, Flappie, Bobo, Nijntje, Vlekje en Kroelie. Daarna ent ik Fifi, Max, Taco, Tibby, Tommie en Jerry. Het zijn standaardprocedures en ook de meest voorkomende. Ik hecht nog wat wondjes, behandel een huidirritatie en geef advies over allergieën. Aan het eind van de dag heb ik zelfs nog even tijd voor mijn verwaarloosde administratie en dan kan ik eindelijk beginnen aan mijn langverwachte, welverdiende weekend. Als ik de deur achter me dichttrek, bedenk ik dat mevrouw Van Geneugten niet meer heeft teruggebeld.

Meteen na het eten rijd ik met mijn moeder naar het winkelcentrum. Ik sleur haar bijna naar de winkel en blijf dan buiten adem voor de etalage staan. 'Dat is hem, mam... Hoe vind je hem?'

'Leuk,' antwoordt ze. 'Kom op, dan gaan we passen.'

'Oké, maar jij moet de verkoopster wel uit mijn buurt houden, want misschien past het weer niet,' instrueer ik mijn moeder.

'Ik denk dat het best lukt, Isa. Je bent al zoveel afgevallen.' Ze loopt de winkel in en ik slenter achter haar aan. Opeens heb ik niet zoveel haast meer. Stel dat hij niet past. Dan heb ik geen idee wat ik aan moet trekken morgenavond. En wat als hij wel past, maar gewoon niet mooi staat? Dat kan ook nog. Misschien is het een hartstikke onflatteus jurkje en dan sta ik straks met al mijn vetrollen open en bloot in de winkel. Dat is me al een paar keer te vaak gebeurd. Eigenlijk wil ik helemaal niet passen. Misschien kan ik het jurkje gewoon kopen en als het dan niet goed is, breng ik het terug.

Mijn moeder struint ondertussen de rekken af naar het jurkje. Ik kijk een beetje schuchter in het rond. 'Mam,' fluister ik, 'als het niet past, kom ik het pashokje niet uit, hoor.'

'Nee, Isa, dat weet ik. Maar zullen we er eens gewoon van uitgaan dat het wel past?'

'Ja, maar als het niet goed zit, laat ik het echt niet zien.'

'Nee.'

'En ik mag dat zelf beslissen. Je mag niet gluren en dan zeggen dat het meevalt en het gordijn opentrekken.'

'Nee, Isa...'

'Eigenlijk mag je niet eens aan het gordijn kómen. Of trouwens: wil je het voor me dichthouden?'

Ze zucht. 'Maak je toch niet zo druk, kind. Laten we eerst eens kijken of we dat jurkje kunnen vinden.'

'Oké,' zeg ik terwijl ik opzij ga voor een vrouw die tegen me aan botst. Ze zegt niet eens 'sorry', maar loopt in een rechte lijn naar een rekje achter in de winkel. Daar haalt ze mijn jurk tussen de andere kledingstukken uit. Ik stoot mijn moeder aan. 'Mam, daar hangen ze! Die vrouw heeft er één!'

Mama loopt ook naar het rek en zoekt naar mijn maat. Het duurt wel erg lang.

'Wat is er?' vraag ik. 'Is het er niet?'

'Alleen kleine maatjes.'

Ik kijk naar de vrouw. Zij ziet er niet uit alsof ze maatje S heeft. Zij heeft gewoon mijn jurk vast. De enige jurk in die maat! Mijn moeder heeft het ook door. Ze kijkt van mij naar de jurk en weer terug naar mij. Die vrouw moet hem terughangen. Het moet gewoon. Het moet, het moet, het moet!

'Gaat u die jurk passen, mevrouw?' vraagt mama.

De vrouw knikt alleen, ze kijkt ons nauwelijks aan. Wat moet zo'n oude, norse tang met mijn geweldige jurkje?

'Dat wilde ik ook,' zegt mam. 'Maar nu voel ik die stof en twijfel ik. Vindt u de kwaliteit ook niet tegenvallen?'

De Tang kijkt op. 'Nee. Volgens mij is de kwaliteit prima.'

'Ik denk dat het na één keer wassen helemaal uitgelubberd is. Dat heb ik hier weleens eerder gehad met kleding.'

'Nou, dan neemt u hem toch niet?' antwoordt de vrouw snibbig terwijl ze naar de pashokjes loopt. Ik kijk paniekerig naar mijn moeder. 'Ze gaat hem gewoon kopen! Wat moet ik nu doen? Ik vind nooit meer iets anders!'

Mijn moeder kijkt boos naar het pashokje waar de vrouw in is verdwenen. 'Wacht maar even.' Met een strijdlustige blik loopt ze naar de verkoopster. Ze geeft haar de kleine maat en komt terug. 'Ze gaat even kijken of ze achter nog een grotere maat heeft.'

Ik haal even diep adem. Dan komt de verkoopster terug met lege handen. Dat dacht ik al. Ik heb weer eens pech. Waarom heb ik die jurk niet meteen gepast?

Mevrouw Tang komt het kleedhokje weer uit en draait voor de spiegel. 'Hoe vindt u hem?' vraagt de verkoopster.

Ze trekt een zuinig mondje. 'Wel aardig.'

Wel aardig? Het is verdorie een fantastische jurk, alleen staat hij haar voor geen meter. Waarom gaat dat mens mijn hele toekomst verpesten voor een jurk die ze 'wel aardig' vindt? Ik kijk met een wanhopige blik naar mijn moeder, al weet ik niet hoe zij dit zou moeten oplossen.

'De stof trekt wel een beetje...' zegt ze zogenaamd tegen mij. 'Ik denk niet dat ik hem ga passen. Het model is helemaal verkeerd.'

De verkoopster kijkt haar verbaasd aan. 'Het heeft juist een heel goede pasvorm, mevrouw.'

'Ik vind van niet,' antwoordt mama. 'Voor dat geld zou ik het nooit doen. De stof rimpelt en het kleedt niet bepaald af, als je het mij vraagt.'

'Ik vraag u toch niets?' zegt de vrouw beledigd. 'De brutaliteit!'

De verkoopster weet overduidelijk niet wat ze moet doen om de boel te sussen en is dolblij als ze aangeklampt wordt door een nieuwe klant. Mijn moeder geeft me een knipoog en loopt naar de Tang toe. 'O mevrouw, er hangt ook nog een losse draad aan uw rok. En kijk nou! Er zit gewoon een gat in de zijnaad!'

'Mevrouw, waar bemoeit u zich mee? Dit is een prima jurk en ik wil dat u mij met rust laat!'

'Laat maar, mam,' zeg ik. Dit begint finaal uit de hand te lopen.

'Maar Isa, we kunnen die mevrouw toch niet zo'n miskoop laten doen?'

'Mam...'

Maar mijn moeder is niet meer te stuiten. Ze pakt de zijnaad van de jurk vast. 'Kijk! Hier zit een heel gat!' Ze geeft een ruk aan de stof en ik geloof dat ik iets hoor scheuren.

De Tang geeft een gil. 'Hoe durft u? Dit hoef ik niet te nemen! Ik ga hier weg!' Ze stormt het pashok in en komt er even later met een rood hoofd weer uit. Ze duwt de jurk bij mijn moeder in de handen. 'Legt u dit maar uit aan het personeel!'

Mama kijkt me triomfantelijk aan. 'Wilde je deze jurk passen, lieverd?'

Ik ben in het bezit van het allergaafste zwarte jurkje van de hele wereld! Ik heb het gepast en het zit als gegoten! Mijn moeder had me wel een beetje onzeker gemaakt. Ik was even bang dat het echt van slechte kwaliteit was, maar mama zegt dat het jaren mee zal gaan. Volgens haar is het een prachtige stof en helemaal niet duur. En dat gaatje dat ze er zelf met haar nagel in getrokken had, heeft ze dezelfde avond nog gemaakt.

Als de volgende ochtend de wekker gaat, ben ik meteen klaarwakker. Ik ben pas heel laat in slaap gevallen vannacht. Mijn hoofd zat gewoon te vol om lekker te kunnen slapen. Ik probeer niet te veel te verwachten, maar soms slaat mijn fantasie toch een beetje op hol. Ik zie gewoon al helemaal voor me dat we op zondagavond samen bij mijn ouders gaan eten. Hij kan voortaan met papa naar het voetbal gaan en hij wordt natuurlijk beste vrienden met Mas. En stiekem heb ik ook al mijn nieuwe handtekening uitgeprobeerd voor als ik mijn naam verander in Isa Zuidhof-Verstraten. Ik weet dat het nergens op slaat om nu al met die dingen bezig te zijn, maar ik weet gewoon dat we bij elkaar horen. Al heb ik nog wel heel veel te doen voor het zover is.

Mijn ochtend begint niet helemaal zoals ik in gedachten had. Ik heb zo hard gewerkt om onder de 75 kilo te komen, maar op de sportschool geeft de weegschaal 75,2 kilo aan. Ik weet dat het overdreven is om daardoor mijn dag te laten verpesten, maar ik kan er niets aan doen. Ik ben teleurgesteld.

'Niemand ziet die twee ons,' zegt Tamara als we op de crosstrainers staan. Ze lacht. 'Tenzij het om een slager gaat die ontzettend goed in zijn vak is.'

Ik kan er helaas niet om lachen. Ik heb bijna geen hap door mijn keel gekregen de afgelopen twee weken. Het is niet eerlijk dat ik dan niet eens het resultaat behaal dat ik voor ogen had. Misschien kan ik in de loop van deze dag nog twee ons afvallen. Ik ga nu anderhalf uur sporten en als ik genoeg water drink en ook vandaag nog op sla en magere yoghurt leef, moet het lukken. Dan zit ik vanavond alsnog op mijn streefgewicht.

'Je maakt je wel erg druk om vanavond, hè?' vraagt Tamara.

'Een beetje,' geef ik toe. 'Ik wil gewoon dat het perfect wordt.'

'Niets is perfect, Isa. Je moet je een beetje ontspannen. Probeer gewoon een leuke avond te hebben, dan komt de rest vanzelf. Hoe meer je plant, hoe meer er mis kan gaan.'

'Weet ik.'

'Zal ik vanavond ook langskomen? Dan kan ik je een beetje helpen.'

Ik kijk haar aan. Ze is een expert op flirtgebied, maar misschien moet ik haar daarom juist niet in mijn buurt hebben. Naast Tamara lijk ik extra onbeholpen en stuntelig. Ik weet dat ze het goed bedoelt, maar misschien helpt ze me beter door bij Ruben uit de buurt te blijven.

'Het lijkt me wel leuk om jou in actie te zien,' gaat ze verder.

'Wat zou jij doen, Tamara?' vraag ik. 'Ik heb niet jouw charme. Ik weet niet iemand in te pakken zoals jij. Als jij mij was in deze situatie, zou jij dan de gok wagen?'

'Welke gok? Je weet toch dat hij je leuk vindt?'

'Maar ik weet niet of hij het serieus bedoelt. Misschien vindt hij het gewoon leuk om een beetje aan te rommelen en schrikt hij zich dood als ik zeg dat ik meer wil dan dat.'

Ze denkt even na en ik ben blij dat ze dat doet. Ik wil niet dat ze alleen zegt wat ik wil horen. Ik wil mezelf niet volkomen voor schut zetten, vanavond. 'Ik zou altijd de gok wagen,' zegt ze uiteindelijk. 'Je zou juist spijt krijgen als je het niet deed en ik denk dat je Ruben ondertussen goed genoeg kent om te weten hoe hij in elkaar zit. Hij is niet zomaar een willekeurige kerel die je voor een avondje opgepikt hebt in een bar. Waag die gok nou maar, Isa.'

'Voor jou is het makkelijker. Elke jongen valt op jou.'

'Vind je dat makkelijk? Mannen zien mij alleen als een lekker tussendoortje. Ik heb nog nooit met een jongen gehad wat jij met Ruben hebt. Weet je dat ik juist jaloers ben op jou?'

'Op mij? Waarom zou jij jaloers op mij moeten zijn?'

'Omdat jij een echt leuke jongen gevonden hebt. Iemand die niet alleen uit is op seks. Iemand voor de lange termijn, die in jóú geïnteresseerd is. Als je het mij vraagt, loop ik veel meer kans om gekwetst te worden dan jij. Jij weet dat die jongen om je geeft. Waar ben je dan bang voor?'

'Nou, dat het voor hem niet zoveel betekent als voor mij. Dat hij me uitlacht als hij hoort dat ik echt verliefd op hem ben.'

'Jeetje, Ies. Je zit niet meer op de lagere school. Hij gaat je niet uitlachen.'

Op dat moment komt Bram tussen ons in hangen. 'Hé, Isa! Hoe gaat het? Je bent alweer vroeg in de weer.'

Ik haal mijn schouders op.

'Ben je met je nieuwe schema begonnen?'

Ik schud mijn hoofd. 'Ik doe alleen cardio vandaag.'

'En ik heb deze week nog wel zo mijn best gedaan om het voor je af te krijgen.'

'Ik zal er maandag mee beginnen,' zeg ik om hem een plezier te doen.

'Wil je vandaag alleen lekker moe worden?'

Ik knik maar een beetje. Ik heb te veel aan mijn hoofd voor een kletspraatje.

'Oké,' zegt Bram. 'Veel speelplezier!'

'Zie je nou!' zegt Tamara terwijl hij wegloopt. 'Hij heeft ook al geen oog meer voor mij sinds jij hier sport. Je bent een mannenmagneet, Isa Verstraten.'

Ik schiet in de lach. Zo ben ik werkelijk nog nooit genoemd.

'Veel speelplezier...' mompelt Tamara. 'Wat bedoelt hij daar nou weer mee?'

Ik kijk in de spiegel. Mijn haar valt net over mijn schouders. Het is helemaal in laagjes geknipt en ik heb highlights en lowlights. Het is wonderbaarlijk wat de kapster met mijn haar heeft gedaan. Ik had haar verteld wat ik vanavond ga doen. Niet in detail natuurlijk, maar ze vroeg of ik ging stappen en toen heb ik verteld dat het een belangrijke avond zou worden met een man die ik erg leuk vind. Toen ging ze helemaal los. Ze werd heel enthousiast en kwam met een boek vol gekleurde plukjes haar. Ze wees vier of vijf verschillende lokjes aan voor de high- en lowlights.

Daarna kwam ze met een plaatje van een filmsterrenkapsel. Ze wist zeker dat het me fantastisch zou staan. Ik heb me laten meeslepen en haar de vrije hand gegeven. Ze ging verf mengen, foliestrookjes maken, mijn haar knippen en snijden en daarna heeft ze het heel mooi geföhnd. Zo had ik het zelf nooit gekund. Ik heb nu heel veel volume en ik voel me helemaal nieuw. Ik ben superblij en het maakt me niets uit dat ik de hele dag moet rennen en vliegen.

Als ik om halfvijf thuiskom, duik ik de keuken in om een gezond groentesoepje voor mezelf te maken. Ik rooster er twee sneetjes waldkornbrood in de oven bij. Na het eten ga ik meteen naar boven om me om te kleden.

Als ik helemaal klaar ben met optutten, herken ik mezelf

amper. Mijn haar heeft nog nooit zo goed gezeten. Ik blijf me verbazen over al die verschillende kleurnuances en over hoe soepel het met me mee beweegt. Mijn make-up ziet er heel mooi uit. Het lijkt heel natuurlijk, maar ik heb er een uur over gedaan. En mijn jurk is echt de kers op de taart.

Nu komen mijn stilettolaarzen die ik in Antwerpen heb gekocht voor het eerst goed tot hun recht. Onder een rokje zijn ze zoveel mooier. En alle accessoires die ik toen heb aangeschaft om mezelf te troosten, komen nu ook goed van pas.

Het eindresultaat is werkelijk verbluffend. Mijn simpele jurkje legt precies de nadruk op mijn goede kanten (decolleté en taille) en camoufleert mijn zwakke punten (heupen, billen). De accessoires maken het toch hip en die hoge hakken eronder zijn echt killing. Ik zie op mijn horloge dat ik zelfs nog tijd heb om mijn vuurrode nagels van een topcoat te voorzien. Dan ben ik absoluut de beste Isa die ik kan zijn, zoals Floor en Daphne het zouden noemen.

Als ik in de auto stap om naar Floor en Daph te rijden, probeer ik dit euforische gevoel vast te houden. Als ik me zo goed voel, kan er haast niets misgaan vanavond. Maar er is toch nog één ding dat me dwarszit en hoe sterker ik probeer het te verdringen, hoe minder het lukt. Het duikt steeds vaker in mijn gedachten op en ik merk dat dit mijn avond zou kunnen verpesten als ik het niet afhandel. Ik weet dat er niets anders op zit. Anders blijf ik piekeren. Ik gooi mijn stuur om en rijd de Vredeburghlaan in.

Als ik bij nummer dertien aankom, wat ik een typisch huisnummer vind voor mevrouw Van Geneugten, aarzel ik toch even. Het is wel een beetje raar om zo in vol ornaat bij iemand langs te gaan, maar het moet maar even. Ik kan me niet ontspannen als dat gedoe met Streepje niet opgelost is. Ik bel aan en hoor pas na een hele tijd wat gestommel in de hal. Er gaat een lichtje aan en ik hoor het geluid van rammelende kettingen. De deur gaat op een kiertje open en mevrouw Van Geneugten gluurt naar buiten. Zo te zien herkent ze me niet.

'Dag mevrouw Van Geneugten, ik ben het, dokter Verstraten van de dierenkliniek.'

'Wat doet u nu hier?' vraagt ze snibbig.

'Mag ik misschien even binnenkomen? Ik wil nog een keer het geval van Streepje met u bespreken.'

Ze duwt de deur dicht en even denk ik dat ze me gewoon zo laat staan. Na een paar tellen hoor ik die ketting weer en gaat de deur toch open. 'Hij zat op het slot,' verklaart ze.

Ik knik en loop langs haar heen de hal binnen.

'De keuken is rechtdoor,' zegt ze gereserveerd. 'Daar zit ik meestal.'

Ik loop voor haar uit naar de kleine keuken, waar Streepje in een rieten mandje ligt. Ze tilt haar kopje even op om naar het onverwachte bezoek te kijken, maar laat het dan weer zakken. Als ik eerlijk ben, ziet ze er niet zo goed uit. Ik weet dat Streepje de vorige keer ook al vrij angstig en terughoudend was, maar nu ligt ze er wel erg tam bij. En dit is haar eigen vertrouwde omgeving.

'Ik heb vrijdagochtend nog eens op uw antwoordapparaat ingesproken...' begin ik.

Ze knikt. 'Ik was pas laat thuis...'

Ik zie dat ze liegt, maar dat maakt me niet uit. 'Luister mevrouw, als ik zo naar Streepje kijk, ziet ze er niet al te best uit.'

Mevrouw Van Geneugten zucht diep. 'Ik weet het. Dat is precies de reden dat ik haar die operatie niet wil aandoen.'

'Dat is precies de reden waarom u het wel zou moeten doen.'

'Ik waardeer het zeer dat u de moeite neemt om ons te bezoeken. Kan ik u misschien koffie aanbieden?'

'Nee, dank u. Ik heb een afspraak vanavond en ik had er eigenlijk al moeten zijn. Maar ik vind dit te belangrijk om over het weekend te tillen.'

'Echt, ik vind het fijn dat u zo betrokken bent, maar...'

Ik onderbreek haar. 'Zoals ik het zie, heeft u twee keuzes. U kunt wachten tot er uitzaaiingen komen en Streepje daar langzaam aan laten wegkwijnen. Dat gebeurt als we niet opereren. Of u kunt beslissen om haar te behandelen. Straks kan ik haar niet meer redden, maar nu nog wel. Ik ben ervan overtuigd dat ik u Streepje terug kan geven, maar ik moet er wel de kans voor krijgen.'

Mevrouw Van Geneugten laat zich op een stoel zakken en kijkt naar Streepje, die in slaap gevallen is. Ik leg mijn hand op haar schouder. 'Het is niet uw schuld als er iets met Streepje gebeurt zolang u alles heeft gedaan om haar te helpen. Ik weet dat u het beste voor haar wilt en daarom denk ik dat u heel veel spijt zult krijgen als u van behandeling afziet.'

Ze slaakt een hele diepe zucht. 'Ik neem aan dat u niet uw vrije tijd opoffert voor een verloren zaak?'

Ik schud mijn hoofd. 'Streepje is absoluut geen verloren zaak. Nog niet...'

'Goed, dan. Wanneer kan ik haar brengen?'

Ik maak bijna een vreugdesprongetje, maar ik moet me natuurlijk een beetje inhouden. 'U staat hier toch wel achter? U doet het niet voor mij?'

'Nee,' antwoordt ze beslist. 'U hebt me overtuigd. Ik doe het voor Streepje.'

'Geweldig! Ik beloof u dat Streepje de beste behandeling krijgt. En ik heb maandagochtend nog wel een plekje in mijn agenda.'

En dan staan we eindelijk voor de deur bij SKAI. Floor en Daph zien er ook fantastisch uit. Dit is haast niet te geloven. We staan in onze mooiste kleren voor een hippe club en we mogen met onze vip-uitnodiging in de hand zo naar binnen lopen, terwijl er een lange rij wachtende mensen voor de deur staat. Ik voel me net Carrie uit *Sex & the City*. Het verschil is dat ik maar twee vriendinnen heb en dat ik ongeveer dertig kilo zwaarder ben, maar een kniesoor die daarop let.

Het is nog niet erg druk als we binnenkomen. De meeste mensen staan immers nog buiten. Op deze manier komt de ruimte wel volledig tot haar recht. Het is enorm. Ik voel me er een beetje onwennig door. Alsof ik een verdwaald kind in een warenhuis ben. Ik heb het gevoel dat iedereen die wel binnen is naar me kijkt en denkt dat ik hier niet thuishoor. Maar ze hebben het mis. Ik ben de nieuwe Isa. Tien kilo lichter en klaar om in dit soort clubs uit te gaan.

Ik kijk de ruimte rond op zoek naar Ruben. Ik zie hem niet. We hadden woensdag afgesproken om elkaar hier te treffen, zodat hij Kai nog kon helpen met de laatste voorbereidingen. Hij zou er al vroeg moeten zijn. Ik kijk naar mijn vriendinnen. 'Wat zullen we doen?' Er zijn zoveel verschillende levels en bars dat ik het even niet meer weet.

'Zullen we eerst maar even wat gaan drinken?' stelt Floor voor.

Daphne wijst naar links. 'Daar is het rustig. Hebben we de barman voor onszelf!'

Ik volg mijn vriendinnen een trapje op naar de bar. Ze hijsen zich op een kruk en ik kijk nog maar eens in het rond. We hadden duidelijker moeten afspreken. Ik vind hem nooit in deze gigantische tent. Doordat dit gedeelte iets hoger ligt, heb ik een goed uitzicht over de grote dansvloer en de hoofdbar. Ik zie hem echt nergens en ik durf hem niet meteen te bellen. Hij heeft het vast ontzettend druk.

'Wat sta je hier zielig in je eentje...' begint Daphne tegen de barman. Als Archibald het zou horen...

'Wacht maar tot het volloopt,' antwoordt hij.

'Ondertussen kunnen wij je wel even gezelschap houden,' zegt ze flirterig. De barman glimlacht. Ik kan zien dat ze beet heeft.

Ik buig me naar Floor toe. 'Ik ga even een beetje rondlopen, oké?'

Ze knijpt bemoedigend in mijn hand. 'Ik hoop dat je hem vindt.' Natuurlijk heeft ze meteen door dat ik niet in mijn eentje rond ga lopen om de club te bezichtigen. Ze giechelt. 'Succes! Pak hem in!'

Ik zucht diep. Ze geeft me een behoorlijk grote opdracht mee, maar ze heeft gelijk. Zij én Daph én Tamara én Stijn én iedereen die ik inmiddels bij mijn verliefdheid heb betrokken.

Ik ben zenuwachtig als ik mijn vriendinnen achterlaat om Ruben te zoeken. Ik loop nog een trapje op en kom terecht op het hoogste niveau van de club. Hiervandaan kun je de dansende mensen observeren. Ik loop in U-vorm om de dansvloer heen en daal daarna de trap weer af. Ik probeer me een zelfverzekerde houding aan te meten, maar ik voel me niet zo prettig in mijn eentje. Daarbij zorgen mijn acht centimeter hoge hakken ervoor dat mijn loopje er niet zo zeker uitziet als ik zou willen. Maar ondanks alles weet ik me staande te houden. Letterlijk en figuurlijk.

Ik loop trapje op trapje af, tussen mensen door (het begint nu redelijk snel vol te lopen), langs podia en tussen loungebanken door. Nog steeds zie ik Ruben niet. Wat als ik hem nu de hele avond niet meer kan vinden? Dan is dit verreweg de sulligste date ooit.

Ik besluit terug te gaan naar Daph en Floor. Ik zal wel een preek krijgen omdat ik hem nog niet gevonden heb, maar voor hetzelfde geld is hij hen tegengekomen en zit hij daar op mij te wachten. Of misschien draait hij ook rondjes op zoek naar mij en lopen we elkaar de hele tijd mis. Ik vind het een goed plan om even op één punt te blijven. Misschien vindt hij mij wel.

Terwijl ik terugloop, merk ik dat het ineens wel erg druk is geworden. Het is een stuk moeilijker om nu van de ene naar de andere kant van de club te komen. Ik probeer me een weg te banen langs de rand van de menigte. Voor ik van een afstapje af wil gaan, houd ik me even vast aan de bar. Het is lawaaierig en druk en ik word bijna geplet. Als een groep meiden gepasseerd is, krijg ik weer de kans om verder te lopen. Toch blijf ik staan. Ik heb mijn hand nog op de bar en opeens weet ik zeker dat Ruben die heeft gemaakt. Ik herken zijn stijl. Ik laat mijn vingers langs het hout glijden. Ik kan er niets aan doen. Het idee dat hij dit gemaakt en aangeraakt heeft, maakt dat ik het ook wil aanraken. Ik strijk met mijn hand over het gladde hout, over de rondingen en langs het reliëf. Ik vind het prachtig. Dan zie ik hem opeens staan. Hij kijkt me aan en komt naar me toe. Ik hoop vurig dat hij niet heeft gezien dat ik met de bar stond te knuffelen. Ik laat gauw los en probeer razendsnel een smoes te verzinnen voor als hij er toch iets over zegt. Dan krijg ik opeens een beuk in mijn zij en ik verlies mijn evenwicht. Ik voel hoe mijn hak van het trapje glijdt en ik kan mezelf niet meer tegenhouden. In de fractie van een seconde voor ik val, bedenk ik dat ik de bar nooit los had moeten laten.

Ik kom met een harde klap terecht op het plateau onder me. Ik ben maar een paar centimeter naar beneden gevallen, maar het doet pijn en ik lig plat op mijn rug. Ineens lijkt het barknuffelen niet zo belangrijk meer. Ik kijk omhoog en zie Ruben op het opstapje staan. 'Kijk uit! Het is gevaarlijk daar...' zeg ik in een poging om nog grappig te zijn.

'Gaat het wel?' vraagt hij terwijl hij naast me knielt. Ik krabbel omhoog en ben de mensen om me heen erg dankbaar dat ze nu opeens wel ruimte voor me kunnen maken. 'Pas op,' zegt Ruben, 'niet te snel overeind komen...'

Voor mijn gevoel kan ik niet snel genoeg overeind komen. Dit is echt te erg. 'Het gaat wel,' antwoord ik.

'Je lip bloedt.'

Ik breng mijn hand naar mijn onderlip en voel inderdaad een snee. Hoe is dat nou gebeurd? 'Ik ga even naar het toilet,' stamel ik.

Ruben houdt me nog steeds vast. Hij denkt vast dat ik weer val als hij loslaat. 'Wil je even mee naar achter?'

Ik schud mijn hoofd. Het is zo al erg genoeg. 'Ik heb alleen wat water nodig.'

'Ik wil je helpen, maar jij bent de dokter hier.'

Ik glimlach, wat een beetje pijn doet.

'Ik loop wel even met je mee,' zegt hij.

Als ik alleen in het toilet sta, zie ik pas hoe groot de schade werkelijk is. Mijn haren zitten in de war en mijn lip is dik. Fijn, zelfs mijn mond is nu dik. Ik zie dat mijn panty gescheurd is en in het felle licht zien mijn benen er niet uit. Zo zie je elk detail van mijn cellulite. Gelukkig heeft Tamara me geleerd om altijd een extra panty mee te nemen. Ik vond het onzin, maar ik zal haar nu voor altijd eeuwig blijven.

Terwijl ik mijn nieuwe panty aantrek, zie ik dat ik overal schaafwonden heb. Het lijkt wel alsof ik onder een auto gelopen ben. Ik fatsoeneer mijn haar en dep mijn lip met wat water. Ik doe er maar geen lippenstift meer op, dan lijkt het misschien nog erger. Ruim tien minuten later kom ik zo goed als nieuw weer naar buiten. Niet dat ik me zo voel, maar op mijn lip na zijn er geen zichtbare sporen van mijn ongelukje. Ruben staat met een bezorgd gezicht op me te wachten.

'Het gaat wel, hoor,' zeg ik.

'Je hebt me wel laten schrikken.'

'Sorry, ik deed het niet expres.'

Hij lacht en pakt mijn hand. 'Zullen we hier even gaan zitten?' vraagt hij terwijl hij me naar een van de loungebanken leidt. Ik ga naast hem zitten. Mijn zelfvertrouwen is nu tot onder het nulpunt gezakt. Ik durf niet eens oogcontact te maken. Ruben tilt mijn gezicht een beetje op om de snee te kunnen bekijken. 'Dit is in ieder geval een stuk goedkoper dan botox,' grapt hij.

Ik moet lachen, wat weer pijn doet. 'Leuke reclame voor Kai.'

'Dan trekt hij ook meteen een heel ander publiek,' antwoordt hij. Dan staat hij op. 'Ik zal even wat ijs voor je gaan halen.'

Ik knik. Als hij wegloopt, graai ik in mijn tasje naar mijn telefoontje. *Ik heb hem gevonden*, toets ik snel in. Hoe precies, laat ik achterwege. Het gaat erom dat Floor en Daph weten wat ik aan het doen ben. Ik stop mijn mobieltje weer in mijn tasje en leun achterover. Ik voel me een beetje duizelig. Misschien ben ik daarnet toch iets te snel overeind gekomen. Ik wrijf even over mijn slapen en zie Ruben alweer terugkomen met een glas vol ijsblokjes. Jammer, geen Ben & Jerry's.

Ik neem het glas van hem aan. 'Dankjewel.'

'Zijn je vriendinnen er niet?' vraagt Ruben terwijl hij weer gaat zitten.

'Jawel, ergens daarachter,' mompel ik terwijl ik een ijsblokje tegen mijn lip duw. 'Dicht bij de drank.'

'Dat was voor jou misschien ook handiger geweest.'

Fijn dat hij het nog even aanhaalt. 'Misschien wel, maar ik wilde de club even bekijken.'

'En toen wilde je de vloer ook eens van dichtbij zien?' vraagt hij met een ondeugende twinkeling in zijn ogen. Hij zit me er nog mee te pesten ook.

'Grappig hoor!'

'Sorry, ik kon het niet laten.'

Ik laat het ijsblokje terug in het glas vallen en zuig even op mijn onderlip om de temperatuur weer op peil te krijgen. Hij zit gebiologeerd te kijken naar wat ik doe. Het ziet er vast walgelijk uit. Dit moet de grootste afknapper aller tijden voor hem zijn. 'Ik was jou aan het zoeken,' geef ik toe. 'Ik kon je niet vinden.'

'Ik ben achter geweest bij Kai. Voor psychische ondersteuning.'

'Volgens mij heeft hij die nu niet meer nodig. Het ziet er hier fantastisch uit en het loopt storm.'

Hij haalt zijn schouders op. 'Kai kan nogal perfectionistisch zijn. Hij vindt vast wel een reden om straks tegen een onschuldig barmeisje uit te vallen.'

'Dus eigenlijk ben je hier voor de psychische ondersteuning van het barpersoneel?'

'En voor klanten die verwondingen oplopen.'

Ik ben verontwaardigd dat hij er weer over begint en geef hem een stomp op zijn bovenarm. Zijn biceps vangt het op, dus ik doe mezelf meer pijn dan hem.

'Sorry, sorry, ik zal er echt niet meer over beginnen,' zegt hij met een heel sexy trekje rond zijn mond. Het heeft iets kwajongensachtigs.

'Dit valt me echt van je tegen,' zeg ik zo serieus mogelijk. 'Ik had meer van je verwacht.'

'Sorry,' antwoordt hij weer. 'Het spijt me echt, maar ik zit je niet uit te lachen, echt niet.'

'Misschien moet je dat maar even hardop doen, dan zijn we ervan af.'

'Nee, je hebt gelijk, het is niet grappig.'

'Dat is het zeker niet!'

'Absoluut niet!'

Ik kijk hem recht aan en zie dat hij op het punt staat in lachen uit te barsten. 'Kom op, lach nou maar,' moedig ik hem aan.

Er breekt een glimlachje door, maar hij herstelt zich snel. 'Nee. Laten we het over iets serieus hebben.'

'Oké. De politieke situatie in het Midden-Oosten?'

'Iets minder serieus mag wel.'

Ik ben verliefd op je. Dat zou ik nu kunnen zeggen. Precies serieus genoeg, lijkt me. Maar ik kan het niet. Ik durf het niet. Hij ziet natuurlijk de hele tijd voor zich hoe ik van dat trapje viel. Daar was niets aantrekkelijks aan.

'Wat is er?' vraagt hij.

Ik schud mijn hoofd. 'Lange dag gehad.'

'Je was toch vrij?'

'Ja. Maar ik moest nogal wat regelen voor ik klaar was voor vanavond. Weet je nog dat ik je over die kat vertelde?'

'Die je moest opereren?

Ik knik. 'Het baasje wilde de operatie niet meer laten doorgaan en ik ben de hele week bezig geweest om haar over te halen het toch te doen.'

'Is het je gelukt?'

'Uiteindelijk wel. Ik ben vlak voor ik hierheen kwam nog bij haar langsgegaan. Ik kon het niet uit mijn hoofd zetten. Gelukkig heeft het gewerkt, want maandag gaat de operatie door en hopelijk is die kat daarmee gered.'

'Jij bent nooit echt vrij, hè?'

'Bijna nooit, nee. Behalve nu. Daarom wilde ik dat gedoe met Streepje afgehandeld hebben, zodat ik er niet meer over hoef te piekeren.'

'Maar je doet het stiekem toch een beetje.'

Ik voel me betrapt. 'Ik had me echt voorgenomen het niet te doen.'

'Doe het dan niet meer. Vanaf nu ben je vrij, afgesproken?'

'Goed,' antwoord ik. Mijn lip begint weer een beetje pijn te doen. Ik wil er opnieuw een ijsblokje tegenaan duwen, maar ik ben bang dat hij dan weer aan die val denkt. Daarom zet ik het glas neer. Hij volgt mijn beweging en het lijkt alsof hij iets probeert te bedenken om de stilte die gevallen is te doorbreken. Dit is voor het eerst dat er een gespannen stilte tussen ons valt. Het voelt een beetje raar. We hebben elkaar allerlei sexy sms'jes gestuurd. We hebben gezoend, meerdere keren zelfs. We hebben op elkaar gelegen. Hij zat aan mijn borsten en ik had mijn hand in zijn broek. En nu lijkt het wel of we allebei niet meer durven. Misschien moet ik het dan nu maar zeggen. De vorige keer heeft hij het initiatief genomen. Ik kan het toch een beetje nonchalant ter sprake brengen? Ik kan zeggen dat ik het erg leuk vind dat hij me heeft uitgenodigd voor vanavond en dat ik me er steeds meer op verheug om hem te zien...

'Je ziet er erg mooi uit,' zegt hij opeens. Ik schrik bijna van zijn stem, zo diep was ik in gedachten. Dan besef ik wat hij precies gezegd heeft en ik begin te blozen. 'Die jurk... Die staat je heel goed.' Hij bekijkt me helemaal. Bijna alsof hij me nu pas ziet.

'Dank je,' stamel ik. Ik wil hem ook een complimentje geven, maar dan klinkt het zo nep. Maar hij geeft me nu een aanleiding om in actie te komen. Als ik niets doe, is het moment straks weer voorbij. Ik schuif een beetje dichter naar hem toe en ik zie dat hij naar mijn borsten kijkt. Ik denk aan zijn sms'jes en aan hoe hij zoent en opeens lijkt het volkomen belachelijk om aan hem te twijfelen. 'Jij ziet er ook heel goed uit,' zeg ik en ik leg mijn hand op zijn been. We leunen allebei tegelijk naar elkaar toe en ik voel dat hij zijn arm om me heen legt.

'Isa, ik wou dat...' zegt hij, maar dan vinden onze lippen elkaar. Het doet een beetje pijn, maar ik heb het ervoor over. Ik vraag me af hoe hij het voor elkaar krijgt steeds lekkerder te smaken. Eerst naar M&M's, toen naar een chocoladebroodje en nu heeft hij denk ik een cocktail gedronken. Zijn kus smaakt dit keer exotisch. Ik proef een vleugje kokos. En iets fruitigs. Ananas, denk ik. Alsof hij zelf nog niet lekker genoeg is, krijg ik bij elke kus een andere zoete bonus.

Zijn vingers schuiven langzaam langs mijn knie naar boven, onder de stof van mijn jurkje en hij trekt me dichter naar zich toe. Ik besef dat deze kus misschien een beetje te intiem wordt voor in het openbaar, maar ik wil er ook niet mee ophouden.

Hij lijkt precies hetzelfde te denken, want hij maakt zich van me los. 'Ga je mee?'

'Waar naartoe?' vraag ik. Het klinkt een beetje onnozel, maar ik heb niet zoveel ervaring met deze dingen. Ik wil zeker weten dat ik begrijp wat hij bedoelt.

'Backstage,' antwoordt hij en hij lacht als hij mijn gezichtsuitdrukking ziet. 'Niet om even snel een nummertje te maken... Tenzij jij daarop staat, natuurlijk.'

Ik moet lachen. 'Volgens mij heb ik je verkeerd verstaan.'

Hij aait mijn haar uit mijn gezicht en lijkt opeens bloedserieus. 'Ik wil weg bij al deze mensen. Alleen zijn met jou. Ik wil je iets zeggen, ik wil...' Dan kust hij me weer, midden in zijn zin. Ik wil hem ook iets zeggen, maar volgens mij weet hij dat allang. 'Ga je mee?' vraagt hij weer.

Ik knik. 'Maar ik moet wel eerst even langs mijn vriendinnen.'

Hij pakt mijn hand vast en helpt me opstaan. 'Zullen we dan maar naar ze toe gaan?'

Ik ben een beetje duizelig als ik achter hem aan door de menigte laveer. Ik weet niet precies wat de oorzaak is, de valpartij, mijn hoge hakken of gewoon Ruben. Ik kan niet geloven dat dit echt gebeurt, maar ik ben hier met hem. Al deze mensen zijn er getuige van. We lopen hand in hand als een echt stelletje en iedereen kan het zien.

Daphne en Floor staan nog steeds bij de bar waar ik ze achtergelaten heb. Daphne is druk naar de barman aan het lonken en Floor nipt op haar gemak van een cocktail. Ze springt van haar kruk als ze Ruben en mij ziet en ook Daphne vergeet even dat ze aan het scoren is. Ik kan zien dat ze onder de indruk zijn. Ruben voelt blijkbaar aan dat het even tijd is voor girltalk en hij laat mijn hand los om met de barman te praten. We kijken met z'n drieën naar de perfect getrainde mannenkont die hij onder zijn goedzittende spijkerbroek verborgen houdt. Ik voel dat ik een glimlach van oor tot oor heb. Hij is van mij.

'Dat heb je goed gedaan, Isa,' verzucht Daphne.

'Zijn jullie nu officieel een setje?' vraagt Floor.

'We hebben nog niet echt gepraat, maar het voelt wel zo,' antwoord ik.

'Je zou toch zeggen dat je verliefd op hem bent?' gaat ze verder.

'Dat gaat een beetje moeilijk als je steeds aan het zoenen bent,' antwoord ik. 'Ik denk dat het hem wel duidelijk is.'

'Wat heb je trouwens met je lip gedaan?' vraagt Daphne.

Dat was ik alweer bijna vergeten. Ik had gehoopt dat ik dat detail voor mijn vriendinnen kon verzwijgen. 'Ik ben gevallen...'

Floor rolt met haar ogen. 'Laat me raden, Ruben heeft het gezien?'

Ik knik beschaamd.

Dat is echt weer iets voor jou,' zegt Floor alsof ik ze niet allemaal op een rijtje heb.

'Bedankt, Floor. Je kunt misschien ook wat medeleven tonen.'

'Nee! Mijn medeleven is op. Je bent tien kilo afgevallen. Je hebt een nieuwe jurk gekocht, je haar gedaan, je ziet er fantastisch uit en je hebt de man van je dromen gestrikt. Het is dat ik Mas heb, anders zou ik stinkend jaloers zijn.'

'Mooi!' roep Daphne op een sarcastisch toontje. 'Dan ben ik nu de enige die niet aan een vent kan komen. Ik moet het telefoonnummer van die barman hebben.'

'Doe net als Isa,' oppert Floor. 'Laat jezelf struikelen en zeg dat je voor *hem* gevallen bent!'

'O, bah!' roept ze. 'Heb je dat echt gezegd, Ies?'

'Natuurlijk niet!' antwoord ik.

'Nee, dat zou veel te doortastend zijn,' maakt Floor mijn zin af.

Ik kijk haar verontwaardigd aan. 'Ik ben toevallig heel erg doortastend. Anders had Ruben vast niet gevraagd of ik even mee naar achteren wil gaan.'

Daphne kijkt me met grote ogen aan. 'Wat ga je doen?'

'Jeetje, Daph!' roept Floor. 'Wat denk je dat ze gaan doen? Klaverjassen?'

'Noem me ouderwets,' zegt Daph, 'maar dat is echt goedkoop.'

Ik geef haar een por. 'Ik ben niet goedkoop. Ik wil even fatsoenlijk met hem kunnen praten.'

'Praten. Tuurlijk. Dat doen mannen nu eenmaal graag.' Floor slurpt het laatste restje van haar cocktail door het rietje naar binnen en glimlacht onschuldig naar Ruben, die met drie volle glazen terugkomt. 'Goede timing!' zegt ze blij.

Hij deelt de drankjes aan ons uit. 'Ik heb meteen even geregeld dat jullie de rest van de avond op kosten van de zaak drinken. Zolang je bij hem bestelt, tenminste.'

'Geen probleem!' antwoordt Daphne.

'Volgens mij was je zelf al een heel eind op weg om gratis drank bij hem los te krijgen, of niet? Hij wilde van alles over je weten.'

Daphne glundert van die woorden. Ik kijk naar Ruben op en kan niets bedenken wat niet geweldig aan hem is. Hij steelt de show bij mijn vriendinnen, hij is lief voor dieren, hij is lang, knap, gespierd en nog leuk ook. Hij geeft mij het laatste glas en legt zijn hand nu hij die weer vrij heeft onder aan mijn rug. Ik vraag me af hoeveel calorieën er in deze cocktail zitten en durf haast geen slokje te nemen.

'Je gaat me toch niet vertellen dat je ook niet van cocktails houdt, hè?' vraagt Ruben die me bedenkelijk naar het glas in mijn hand ziet staren.

'Nee, die lust ik wel, hoor,' zeg ik vlug. Ik zet het rietje aan mijn lippen en het voelt bijna alsof ik iets slechts doe door een slok te nemen. Dan bedenk ik hoe lekker zijn zoen smaakte en vind ik dat ik op zijn minst hetzelfde voor hem kan doen. Soms moet je jezelf opofferen om een ander een plezier te doen. Het is lang geleden dat ik mezelf op iets zoets getrakteerd heb, dus kan ik er maar beter van genieten. Van het drankje en van Ruben. Ik sta dicht tegen hem aan en voel me een beetje bedwelmd. Hij voelt zo lekker warm en... Ik weet niet, krachtig. En hij ruikt heel lekker. Ik wil niet meer bij hem vandaan. Ik wil alleen maar dichter naar hem toe. Ik kijk naar hem. Zijn donkere ogen staan serieus. 'Gaan we nog?' vraag ik.

Ik weet dat ik gezegd heb dat we gewoon met elkaar wilden praten, maar zodra Ruben en ik door de klapdeuren achter de bar lopen, kunnen we niet van elkaar afblijven. We lopen door een lege gang naar een ruimte achter in het gebouw, zoenend, in elkaar verstrengeld, aan kledingstukken trekkend. Hij doet het licht aan. 'Weet je zeker dat Kai het niet erg vindt dat we hier zijn?' vraag ik.

Hij knikt en voor ik tijd heb om de kleine kamer in me op te nemen, laten we ons vallen op de tweezitter die tegen de muur staat. Ik lig boven op hem en kijk op hem neer. Ik ben een beetje bang dat ik hem plet, dat hij me te zwaar vindt, maar hij neemt mijn gezicht tussen zijn handen en ik kan niet meer nadenken. Het is de manier waarop hij me aankijkt die het onmogelijk maakt.

'Isa,' zegt hij, maar zijn stem klinkt anders. Een beetje onvast. Alsof hij van zijn stuk is gebracht. Ik weet niet wat er met hem is, maar hij lijkt niet zo stoer en zelfverzekerd als anders. Hij aait met zijn duim over mijn wang. 'Ik wist wel dat ik je leuk vond, maar zó leuk...'

Ik glimlach. 'Als je het nu maar weet.'

'Volgens mij wordt het elke keer dat ik je zie erger.'

'Je zegt het alsof dat iets slechts is.'

'Dat is het niet,' antwoordt hij. 'Volgens mij is het juist heel erg goed.'

'Dat denk ik ook...'

We wisselen een lange blik die bijna even intiem voelt als een kus. Dan buig ik me naar hem toe en zoenen we elkaar langzaam en teder. Hij slaat zijn armen helemaal om me heen, alsof hij me nooit meer laat gaan en ik moet bijna huilen omdat het allemaal zo goed voelt.

'Ik moet je iets vertellen,' zegt hij zonder onze kus te onderbreken.

'Oké,' antwoord ik op dezelfde manier. We hebben geen van beiden haast om een gesprek te voeren en ik ben al bijna vergeten dat hij iets gezegd heeft als ik opschrik van een schelle vrouwenstem die uit de deuropening lijkt te komen. Ik weet niet waar ze vandaan gekomen is en het is zo onwerkelijk dat ze daar staat dat het me niet lukt om iets uit haar kreten op te maken. Een moment later hoor ik precies wat ze gilt en zie ik dat het Marleen is die volkomen over haar toeren tegen me schreeuwt dat ik van haar vriendje af moet blijven.

10

Het lijkt allemaal volslagen belachelijk wat hier gebeurt. Rubens lippen die zich van me losmaken. Dat penetrante stemgeluid uit de deuropening en dan die uitdrukking op zijn gezicht die de grond onder mijn voeten doet wegzakken. Ik weet niet wat er hier aan de hand is, maar alles wat een paar seconden nog helemaal goed leek, is nu plotseling fout.

'Jouw vriendje?' herhaal ik met mijn blik op Ruben gericht. Ik wacht tot hij het ontkent. Hij heeft me toch duidelijk gezegd dat het over was tussen hen. Ik weet niet wat haar bezielt om zo tegen ons uit te varen en ik snap al helemaal niet waarom hij er niets aan doet. Hoe kan hij trouwens zo ver bij me vandaan zitten op een tweezitter?

'Ruben?' vraag ik lichtelijk in paniek. Dit begint op zo'n nachtmerrie te lijken waarin niets klopt en alles wat je zegt onzin lijkt. Ik zie de verwarring in zijn ogen. Hij is compleet verbijsterd.

'Ik wilde het je zeggen,' antwoordt hij. 'Ik kan het uitleggen, Isa.'

'Je kan het háár uitleggen?' vraagt Marleen. 'Geldt dat ook voor mij?'

'Wacht even, oké!' snauwt hij tegen haar. 'Isa, je moet naar me luisteren. Ik weet dat dit heel erg lijkt...'

Ik heb geen idee of het erg is. Ik snap er nog steeds niets van. Ik weet niet eens *waar* het op lijkt. Heeft hij iets met ons allebei? Ik sta op van het bankje en verbaas me erover dat ik op mijn trillende benen kan blijven staan.

'Ik heb iets stoms gedaan,' zegt hij. 'Ik wilde het je net vertellen...'

'Heb je iets met haar?' vraag ik.

Hij is lang stil. Veel te lang. 'Isa...'

'Geef gewoon antwoord op mijn vraag!' schreeuw ik dan. Ik denk dat ik ongeveer hetzelfde klink als Marleen een minuut of twee geleden. Het lijkt wel alsof het een heel leven geleden is.

'Zo simpel is het niet,' zegt hij.

Ik durf hem niet meer aan te kijken. Ik wil hier niet meer zijn. Ik wil niet weten wat er precies aan de hand is. Ik wil hier weg. Zonder hem aan te kijken, draai ik me om. Ik loop de kamer uit, de gang in. Ik hoor Ruben tegen Marleen tekeergaan en zij schreeuwt terug. Een moment geleden leek de wereld nog alleen om ons tweeën te draaien en nu is alles opgehouden. Het staat gewoon stil. Ik hoor alleen nog mijn eigen hartslag die in mijn oren bonkt.

Ik geloofde het echt. Waarom? Ik heb al die tijd geweten dat een jongen als Ruben nooit zou kiezen voor een meisje zoals ik. Ik wist het en toch ben ik helemaal lamgeslagen. Ik kan er niet mee omgaan. Ik kan hem nooit meer onder ogen komen, ik wil hem nooit meer zien.

Ik gooi de grote klapdeuren open en ben gedesoriënteerd door de mensenmassa en het enorme volume van de muziek. Ik moet hier zo snel mogelijk weg, maar het is zo druk. Ik kom er niet doorheen. Ik word teruggeduwd als ik me tussen mensen door worstel en ik voel dat ik mijn tranen niet lang meer kan tegenhouden. Ik wil niet huilend gezien worden in een overvolle club, dus ik ren de garderobe voorbij en loop zonder jas naar buiten. Ik hap naar adem als ik buiten kom. Ik heb zuurstof nodig. Frisse lucht. Iets verderop zie ik een taxi staan en ik ben opgelucht dat ik mijn uitweg uit deze ellende gevonden heb. Ik heb mijn zinnen op de taxi gezet en zet het op een rennen.

'Wacht!' hoor ik achter me. Ik wil net oversteken en overweeg door te lopen alsof ik niets gehoord heb. Ik versnel mijn pas. Ik ben zo gefocust op de taxi aan de overkant dat ik pas merk dat ik ingehaald word als ik aan mijn arm word vastgegrepen. Ik ruk mezelf los. Ik kan zijn aanraking niet meer verdragen.

'Loop nou niet weg,' zegt Ruben hijgend.

Ik kijk hem aan. Sprakeloos. Ik ben zó boos op hem. We hadden een klik, waarom moet hij dat nu verpesten? Ik voel tranen branden achter mijn ogen en probeer ze weg te slikken.

'Isa, alsjeblieft. Geef me nou een paar minuten om uit te leggen hoe het zit.'

'Dat hoeft niet. Ik snap het al!' Ik kijk om me heen naar de mensen die buiten de club staan te wachten. Sommigen hebben al in de gaten dat hier iets heel interessants gaande is. Ik heb geen zin om dit voor een publiek te bespreken.

'Wat snap je? *Ik* snap het niet eens.' Zijn stem klinkt raar.

Een taxi raast ons toeterend voorbij en ik realiseer me dat we midden op de weg staan. Ik draai me om en loop verder, maar hij pakt me weer vast.

'Ruben! Laat me met rust!' gil ik radeloos.

'Waarom?' schreeuwt hij terug.

'Omdat ik weg wil!'

'Doe normaal, Isa!'

'Ik weet heus wel dat ik niet van haar kan winnen.' Ik heb het gevoel dat ik mezelf voor schut zet, maar ik kan me niet meer inhouden. Als het zonodig hier moet, dan moet dat maar. Ik wil er vanaf zijn. Ik zet al mijn gêne aan de kant. 'Ik had het kunnen weten. Jij wilt iemand die net zo perfect is als jij!'

'Wat? Dat slaat echt helemaal nergens op!'

'Wel waar! Ik ben gewoon niet goed genoeg voor je!'

'Waarom zou je niet goed genoeg voor me zijn?'

'Omdat ik dik ben!' Ik wist niet dat hij zo gemeen was.

'Je bent niet dik! Ik meende wat ik net zei, Isa. Je doet nu alsof ik een oppervlakkige vent ben...'

'Nou? Is dat niet zo dan?' Ik schaam me dat ik me zo laat kennen, maar het is zijn schuld dat ik me zo voel! Hij maakt het alleen maar erger!

'Nee, dat is niet zo!' schreeuwt hij vol frustratie uit. We krijgen steeds meer bekijks. 'Ik vind jou geweldig. Ik wil jou!'

Ik kijk hem vragend aan. Een rij auto's rijdt nu langs de andere kant toeterend op ons af. Ik wankel achteruit om ruimte te maken. Terwijl ze tussen ons door rijden, hoor ik Rubens stem. 'Ik dacht dat ik je nog uit mijn hoofd kon zetten. Dat ik het nog kon proberen met Marleen. Ik wist niet wat ik moest doen, Isa. Ze huilde en ik durfde haar niet af te wijzen. Het was stom van me...'

Ik deins langzaam verder achteruit. Dit is te erg... Dit is nog erger dan ik dacht.

'Ik wilde het je net zeggen...' vervolgt hij. 'Ik wilde je zeggen dat ik gisterenavond een grote fout gemaakt heb, maar dat ik nu zeker weet dat ik bij jou wil zijn... Isa, wacht nou!'

Maar ik wacht niet meer. Ik ren naar de taxi, die nog steeds aan de kant van de weg staat. Ik zie Ruben zigzaggend tussen de auto's achter me aan komen, maar dit keer haalt hij me niet op tijd in.

Ik schaam me kapot. Het liefst zou ik in deze taxi willen blijven doorrijden tot ik alleen nog maar zand en cactussen om me heen zie. Dit is de ergste avond van mijn leven. Ik begrijp nu ook waarom ze altijd waarschuwen voor hooggespannen verwachtingen. Ik kan niet geloven dat ik zo op mijn bek gegaan ben. Twee keer nog wel.

En dan die scène die ik geschopt heb. Ik heb me helemaal laten gaan. Heb midden op straat geschreeuwd dat ik dik ben. Voor Ruben en honderd andere toeschouwers. Ik kan me nooit meer bij Ruben vertonen. Ik kan hem nooit meer zien. Hij heeft me totaal voor gek gezet en dat is niet eens het ergste. Hij is teruggegaan naar Marleen. Marleen, over wie hij zijn hart heeft uitgestort bij mij. De Marleen die zo oppervlakkig was en hem gebruikte. De Marleen die vreemdgegaan was. Hij heeft haar gewoon teruggenomen. Hij kan mij hebben. Hij had mij. Maar hij heeft liever zo'n opgedirkte, mannenverslindende, egoïstische sloerie. Ik ben gewoon iemand om de tijd mee te doden. Iemand om tegen te klagen en mee te praten. Een lieverd die zijn hond beter maakt en zijn ego streelt door in adoratie tegen hem op te kijken. Wat zal hij om mij gelachen hebben. Al die tijd heb ik voor gek gestaan. Ik ben niets voor hem. Helemaal niets.

De taxi stopt voor mijn huis en ik betaal de chauffeur. Tegen de tijd dat ik de trap op stommel, huil ik onbedaarlijk. Ik laat me op bed vallen, te moe om mijn kleren uit te trekken. Ik kruip ineen en wil alleen nog slapen.

Ik word wakker van het indringende geluid van de deurbel. Ik heb het gevoel dat ik net even ben gaan liggen. Wie belt er nu midden in de nacht aan? Ik krijg met moeite mijn ogen open en ik draai me om. Al mijn spieren doen pijn. Hoe lang heb ik eigenlijk zo gelegen?

Als ik genoeg kracht heb verzameld om me op te richten, zie ik op de wekker dat het al tegen de middag loopt. Hoe kan dat nu? Ik kan toch niet zo lang geslapen hebben?

De deurbel gaat opnieuw. Dit keer langer. Ik hijs me van het bed en loop naar beneden. Ik wil helemaal niet opendoen. Ik wil niemand zien.

Als ik naar de voordeur loop, zie ik Floor voor het raam staan. Ze heeft haar handen tegen het raam en tuurt naar binnen. Ik open de deur en zie ook Daphne staan. Ze valt meteen binnen.

'O, gelukkig ik was doodongerust!'

Floor loopt achter Daphne aan. 'Waarom nam je de telefoon niet op?'

Ik kan me niet herinneren dat ik een telefoon gehoord heb.

'We hebben je gisterennacht gebeld en vanochtend ook al drie keer,' zegt Floor.

'Sorry, maar ik ben niet echt in de stemming voor gezelschap,' antwoord ik. 'Jullie kunnen beter een andere keer langskomen.'

'Helemaal niet,' zegt Daphne. 'Misschien besef je het niet, maar je hebt ons nodig. Je ziet er afschuwelijk uit.' Ze werpt een afkeurende blik op mijn kleding van gisterenavond, die ik nog steeds aanheb. Ik heb niet eens de moed om verontwaardigd te reageren. In plaats daarvan haal ik alleen mijn schouders op en strompel de huiskamer in.

'Ik weet dat het allemaal heel erg lijkt, maar over een tijdje lachen jullie hierom,' gaat Daphne verder.

'Jullie?' herhaal ik verbaasd. Ik zou niet weten wie hier om zou kunnen lachen.

'Jij en Ruben natuurlijk,' zegt Daphne.

Alleen al het noemen van zijn naam brengt weer de schaamte van vannacht naar boven. Ik draai me naar mijn vriendinnen om. 'Zullen we het nooit meer over hem hebben?'

'We moeten het wel over hem hebben,' antwoordt Daphne. 'Ruben heeft ons verteld wat er gebeurd is en...'

Ik onderbreek haar. Je weet niet half hoe erg het was. Hoe hij mij voor gek gezet heeft! En weet je? Het is ook jullie schuld!'

'Isa!' roept Floor. 'Zo erg is het nu ook weer niet.'

'Het is een ramp! Heel die avond was een ramp. Als ik alles terug kon draaien...'

'Je moet gewoon even kalmeren en tot jezelf komen en dan kunnen jullie het gewoon uitpraten.'

'Dat wil ik niet. Ik wil hem nooit meer spreken. Ik wil nooit meer iets over hem horen.'

Daphnes gezicht betrekt. 'O, Isa, zeg dat nou niet. Ik weet zeker dat Ruben dat vreselijk zou vinden. Hij geeft echt om je. Hij vindt het heel erg wat er gebeurd is.'

'Ja,' beaamt Floor onmiddellijk. 'Toen hij weer naar binnen kwam, zag hij er echt raar uit. Hij was helemaal van streek.'

'Nou, fijn voor hem,' zeg ik kinderlijk. 'Ik voel me ook ellendig en dat komt door hem! Laat hem ook maar even verdrietig zijn. Hij is zo oneerlijk tegen me geweest! Hij heeft me twee weken lang laten denken dat we iets hadden. Hij heeft dat misschien niet met zoveel woorden tegen me gezegd, maar zo kwam het wel over. We hebben woensdag de hele dag zitten sms'en omdat we elkaar zo misten en op donderdag ruilde hij me in voor een ander zonder het even te melden.'

'Ik weet dat het zo lijkt, maar hij heeft er echt spijt van. Hij wilde je geen pijn doen, hij wist gewoon even niet wat hij moest doen.'

'Hij had het me meteen moeten zeggen. Hij heeft me de hele tijd laten geloven dat we daar samen waren. Dat het een echt afspraakje was en ondertussen had hij een ander.'

Floor schudt haar hoofd. 'Ik geloof niet dat hij dat expres deed. Hij was er echt kapot van, hoor. Jij hebt hem ook gekwetst door zo tegen hem tekeer te gaan.'

'Ik heb niets gezegd wat niet waar is!'

'Ik vind dat jullie moeten praten. Hij wil het zo graag uitleggen,' zegt Daphne.

'Dan heeft hij pech! Hij moet me niet, nou, dan krijgt hij me ook niet.' Mijn stem breekt en ik voel dat ik op het punt sta in huilen uit te barsten.

Floor slaat haar arm om me heen. 'Rustig nou, Ies.'

'Nee!' snik ik als een klein kind. 'Ik wil dat jullie *mijn* vriendinnen zijn! Jullie moeten aan mijn kant staan. Jullie moeten hem veroordelen zonder dat hij zijn kant van het verhaal zelfs maar heeft kunnen vertellen.' Ik slik. 'Daar zijn vriendinnen voor! Jullie moeten mij troosten en zeggen dat hij een klootzak is.'

'Dat doen we ook!' zegt Floor sussend. 'Hij is stom om voor die zielige trucjes van zijn ex te bezwijken, maar zo zijn mannen, Isa. Hij heeft je aan het lijntje gehouden. Hij heeft het allemaal verschrikkelijk slecht aangepakt. Maar ik denk dat hij echt verliefd is op jou.'

Daphne komt bij ons staan en omarmt ons allebei. 'Ik weet dat het niet leuk is, Ies. Hij is een eikel, maar je bent wel degelijk belangrijk voor hem.'

Ik hoor wat ze zegt, maar ik kan er niet zo over denken. Het doet te veel pijn. Ik zou willen dat ik die hele filmmiddag uit mijn geheugen kon bannen. Dat ik terug kon naar het moment vóór die zoen. Ik zou willen dat er nooit iets gebeurd was en dat we gewoon vrienden gebleven waren, want nu ben ik hem helemaal kwijt. Ik kan nooit meer normaal met hem omgaan. Ik kan niet doen alsof er niets veranderd is.

'Weet je wat jij moet doen?' zegt Floor. 'Jij moet alles van je afzetten. De komende vierentwintig uur mag je niet eens meer aan Ruben dénken.'

Wat zou ik dat graag willen. Niet meer aan hem denken. Nooit meer.

'We hebben een lekker ontbijtje voor je meegenomen,' zegt Daphne terwijl ze naar de tafel knikt. Ik zie nu pas dat daar een dienblad vol met eten staat.

'Het is allemaal vers van de bakker,' zegt Floor. 'Leve de koopzondag!'

Daphne gaat verder. 'We hebben chocoladebroodjes...' Dat woord alleen al snijdt door mijn ziel, maar dat kan zij niet weten. Vol enthousiasme praat ze door: '... witte tijgerbolletjes, miniworstenbroodjes, croissantjes...'

'En om het af te maken: versgeperste jus d'orange en gekookte eitjes!' verkondigt Floor alsof ze een televisiequiz presenteert.

Na twee weken hongeren, is dit een droom. 'Eigenlijk heb ik wel honger,' antwoord ik. En dan ga ik me eindelijk weer eens te buiten. Zonder na te denken over hoe slecht dit allemaal is, eten we met z'n drieën alle broodjes op. Het is lang geleden dat ik zo lekker gegeten heb. Ruben is uit mijn leven en daarmee de belangrijkste reden om af te vallen.

Ik geniet van de hagelslag op mijn broodje en van de heerlijke croissants. Ik eet zoveel als ik op kan en als we klaar zijn met eten, zit ik voor het eerst sinds lange tijd weer eens propvol.

Als mijn vriendinnen weer weg zijn, neem ik een lange, hete douche. Ik probeer de herinnering aan gisterenavond uit mijn hoofd te spoelen, maar ik zie de beelden steeds weer voor me. Het ene moment lag ik nog in zijn armen en voelde ik me dichter bij hem dan ooit en een ogenblik later was het over. Heb ik dan al zijn signalen verkeerd begrepen? Wilde ik gewoon niet zien dat het niets voor hem betekende? Dacht hij soms dat hij even een snelle wip met me kon maken voor hij met zijn vriendin afgesproken had? Al die lieve dingen die hij tegen me zei, de manier waarop hij me aankeek, het leek allemaal zo oprecht. Waarom deed hij dat? Omdat hij wist dat ik daarvoor zou zwichten? Was het gewoon een maniertje om te krijgen wat hij wilde? Om van twee walletjes te kunnen eten? Ik weet niet meer wat echt is.

Na het douchen trek ik gemakkelijke kleren aan. Een wijde trui en een oude spijkerbroek die me een maand geleden niet meer paste. Ik kan niet eens blij zijn dat ik de knoop weer dicht krijg. Wat maakt het uit dat ik slank ben als ik me doodongelukkig voel? Ik strompel naar beneden en voel me alweer doodmoe. Ik rol me op in een hoekje van de bank en laat mijn hoofd op de kussens zakken. Hopelijk val ik in slaap en word ik pas wakker als dit rotgevoel afgesleten is tot een vage herinnering. Al geloof ik niet dat het ooit zover zal zijn.

Na een tijdje, wat net zo goed een paar uur als een paar minuten later kan zijn, hoor ik weer de deurbel. Ik wil niemand zien. Ik verwacht ook niemand, dus blijf ik gewoon liggen tot wie het ook is die daar staat weer weggaat. Maar er wordt een tweede keer gebeld en nog een keer. 'Isa! Doe open!' hoor ik. Ik hoef niet op te kijken om te weten wiens stem het is, maar als ik dan toch mijn hoofd optil, zie ik Ruben voor het raam. Zijn blik dwingt me op te staan en de deur open te doen, ook al wil ik dat niet. Ik wil de gordijnen dichttrekken en de deur op slot doen. Hem voor altijd buitensluiten.

'Het spijt me,' zegt hij zodra ik de deur op een kier opendoe.

'Ga weg.'

Hij legt zijn hand op de deurknop met genoeg tegendruk om te voorkomen dat ik de deur weer dichtsmijt. 'Alsjeblieft Isa, ik moet met je praten. Luister nou naar me...'

'Laat me gewoon met rust.'

Hij duwt de deur verder open en ik heb de kracht niet om hem tegen te houden. 'Het spijt me zo. Het is gisteren helemaal niet gelopen zoals ik wilde...'

'Nee, dat zal wel niet...' mompel ik terwijl ik weer de kamer inloop. 'Het was vast niet de bedoeling dat Marleen en ik er achter zouden komen dat we door jou voor de gek gehouden werden.'

'Goed, dat heb ik misschien verdiend,' antwoordt hij terwijl hij de voordeur sluit en achter me aan loopt.

'Nee, dat heb je niet. Je verdient niets. Geen woord. Geen seconde van mijn tijd. Ik had je niet eens binnen moeten laten.'

'Maar je hebt me wél binnengelaten.'

'Daar heb ik nu al spijt van,' antwoord ik zonder hem aan te kijken.

'Laat me het goedmaken,' zegt hij en ik voel dat hij vlak achter me staat. 'Ik weet dat je geschrokken bent. Dat ik je pijn gedaan heb. Ik vind het zo erg. Ik weet niet waar ik moet beginnen om het je uit te leggen.'

'Denk je nu echt dat er iets is wat je kunt zeggen om het weer goed te maken? Je hebt mij laten denken dat we iets hadden en al die tijd had je een vriendin. Je zei dat het uit was met haar!'

'Dat was het ook. Dat is het. Dat blijft het nu ook. Ik wist het allemaal niet meer, maar nu weet ik het wel. Ik wil jou. Dat heb ik je gisteren al gezegd, maar ik weet niet of je het wel hoort.'

'Ik hoor je, maar ik weet gewoon niet wat ik ermee moet. Je zegt en doet zoveel waar je niets van meent.'

'Dat is niet waar, ik meen alles wat ik zeg.' Ik voel hem naar me toe leunen. Voel de warmte van zijn lichaam achter me. 'Isa...' Zijn stem klinkt zacht en lief. Troostend. Ik wil me zo graag door hem laten troosten. 'Gisterenavond, wat er gebeurde tussen ons, was echt. Dat moet je geloven.'

'Hoe kan ik dat nou geloven?' Ik draai me om en duw hem bij me weg.

'Omdat het de waarheid is. Ik heb een enorme, stomme fout gemaakt. Ik heb de hele avond geprobeerd het je te zeggen, maar ik wist niet hoe. Ik was bang voor je reactie. Je was zo prachtig en lief en lekker. Ik wilde het niet verpesten. Ik wilde gewoon bij je zijn. Toen was het opeens te laat. Je weet niet hoe erg ik dat vind.'

'Wat vind je nu precies erg? Dat je me hebt bedrogen of dat ik erachter ben gekomen?'

'Luister naar me. Het was uit met Marleen toen het begon tussen jou en mij. Ik dacht niet eens aan haar. Alleen aan jou. Ik wilde haar niet terug, maar je hebt geen idee hoe vasthoudend ze kan zijn. Ze weet precies wat ze moet doen om op mijn gevoel te spelen. Ze kwam vrijdag bij me thuis. Ze huilde en zei dat ze niet zonder me kon. Ik wist niet wat ik moest doen. Ik wilde haar niet laten vallen.'

'Je hebt me dus gewoon ingeruild. Zonder me iets te laten weten. Van de ene op de andere dag. Je ex hoefde maar te kikken en je was me vergeten.'

'Ik was je niet vergeten, maar tussen ons was het nog maar net begonnen en met Marleen heb ik een hele geschiedenis. Zij is zo onzeker. Niet iedereen is zo sterk en zelfverzekerd als jij, Isa.'

'Wat?' roep ik vol verbazing uit. Marleen is onzeker? Is hij blind? Hoe kan hij zo stom zijn?

'Jij hebt niemand nodig,' gaat hij verder. 'Mij zeker niet. Jij bent zo slim en idealistisch. Jij weet altijd precies wat je moet doen, maar ik niet, Isa. Ik wist het niet zeker. Ik wist niet hoe serieus het was tussen ons. Ik wist het gewoon niet.'

Dat bedoelde hij dus toen we gisteren op dat krappe bankje lagen. Ik vond het zo romantisch klinken, maar hij probeerde me gewoon te vertellen dat hij Marleen weer teruggenomen had. 'Ik had het kunnen weten,' zeg ik meer tegen mezelf dan tegen hem. 'Eigenlijk wist ik het ook. Ik heb de hele tijd zo'n stemmetje in mijn achterhoofd gehad dat zei dat het niet waar kon zijn. Dat ik het nooit zou winnen van Marleen. Geen idee waarom ik er niet naar geluisterd heb.'

'Omdat je heus wel weet dat het onzin is. Het is geen wedstrijd, Isa.'

'Dat weet ik. Ik ben niet eens in de race. Blond haar en een perfect figuurtje, meer heb jij niet nodig, hè Ruben? Het maakt niet uit dat ze je heeft laten zitten voor een ander. Het maakt niet uit dat ze je alleen weet te vinden als het haar uitkomt. Het maakt je al helemaal niets uit dat ik besta!'

'Zou ik hier staan als dat waar was? Ik voel me klote zonder jou! Elk moment met Marleen voelde klote, want ik kon alleen aan jou denken.' Hij kijkt zo gepijnigd dat ik het gevoel heb hem iets aangedaan te hebben. 'Dat weet je toch wel? Dat moet je weten.'

'Ik weet helemaal niets, Ruben. Alles wat ik dacht te weten, blijkt niet waar te zijn.'

'Je weet best hoe het zit.' Hij loopt voorzichtig naar me toe. 'Denk nou aan hoe het gisteren was. Daar gaat het om, Isa.'

'Ben je met haar naar bed geweest?'

Hij geeft geen antwoord, maar ik weet dat het zo is. 'Isa...' zegt hij. Ik kan mijn eigen naam zo langzamerhand niet meer horen.

'Ga weg,' antwoord ik. 'Ga gewoon naar Marleen. Jullie verdienen elkaar.'

'Ik wil niet naar Marleen. Ik heb niks meer met haar. Dat heb ik haar gisteren meteen duidelijk gemaakt. Toen zij binnenkwam, kon het me niets schelen wat zij ervan vond. Ik dacht alleen aan jou. Ik zag alleen maar jou.'

'Dat is dan te laat, Ruben.'

'Zeg dat nou niet.' Hij zet nog een stap naar voren en hij pakt me vast. 'Zeg maar wat ik moet doen om het goed te maken. Ik doe alles. Ik wil niet dat je verdrietig bent.'

Ik probeer me los te wurmen. 'Laat me los. Ik wil dat je weggaat. Dat is wat je moet doen.'

'Dat kan ik niet.'

'Ruben!' zeg ik terwijl ik machteloos tegen zijn borst duw. 'Het komt niet meer goed. Je bent met haar naar bed geweest! Je hebt voor haar gekozen! Ga naar haar toe!'

Hij trekt me in een soort houdgreep tegen zich aan en ik wil hem slaan, uitschelden, mijn armen om zijn nek slaan en hem kussen. Ik haat hem. Ik ben dol op hem. Ik denk dat hij liegt, maar ik geloof elk woord dat hij zegt. 'Ik ben zo verliefd op je, Isa.' Ik voel zijn lippen op de mijne en ik kan het niet verdragen.

'Ga weg! Je kunt hier niet binnenkomen en doen alsof alles met een paar mooie woorden weer opgelost is. Ga! Weg!' Ik stomp met mijn vuisten tegen hem aan, wat weinig effect lijkt te hebben. Hij kijkt me aan alsof hij niet kan geloven dat ik hem wegstuur en dat maakt me ziedend. 'Rot op!' gil ik. 'Rot op! Rot op! Rot op!'

Ik weet niet hoe vaak ik het roep, voordat hij loslaat. En als hij dan eindelijk weggaat, voel ik me niet eens opgelucht.

Het liefst had ik me maandagochtend ziek gemeld. Ik voel me nog steeds flink belabberd. Ik heb de ergste kater ooit en dat terwijl ik niet eens gedronken heb. Eigenlijk ben ik psychisch niet eens tot werken in staat, maar ik moet wel. Ik moet Streepje opereren en ik kan het me niet veroorloven om met mijn gedachten ergens anders te zijn. Daarom heb ik besloten me te vermannen en te doen alsof het prima met me gaat. Waarom heb ik geen rustige week uitgekozen om mijn hart te laten breken? Als ik mijn agenda bekijk, zie ik dat die volstaat met emotioneel zware afspraken.

Woensdag heb ik een afspraak bij de familie De Vries. Mevrouw De Vries heeft aangegeven dat Boomer hard achteruitgaat. Nadat we het de vorige keer al voorzichtig over inslapen hebben gehad, ben ik bang dat het nu echt die kant op gaat. Tot op heden ging het nog goed genoeg met Boomer, maar nu de familie zo snel weer een thuisconsult heeft aangevraagd, vrees ik het ergste. Ik hoop dat het nog niet zover is, want ik zal het heel moeilijk vinden om zo'n lief hondje in te laten slapen.

Later op die middag heb ik een gewichtscontrole voor Bo. Die schuif ik door naar Petra of Joep. Ik moet er niet aan denken om die controle zelf te doen.

Verder zie ik dat meneer Hufter een gesprek met mij heeft aangevraagd. Hij is het niet eens met wat ik hem in rekening heb gebracht voor de opname van Buster. Dit wordt dus een helse week. Net wat ik nodig heb. Er is eigenlijk maar één positief aspect en dat is dat ik op deze manier geen tijd heb om aan Ruben te denken. Misschien is het een geluk dat ik me volledig op mijn werk kan storten. Misschien sleept het me wel door deze puinhoop heen.

Tijdens de lunchpauze word ik meteen aangeklampt door Stijn, die wil weten hoe mijn weekend was. Ik heb net de operatie van Streepje achter de rug en kan het even niet hebben.

'Ik voelde me niet zo lekker,' mompel ik.

'Je had toch plannen?'

Ik haal ongeïnteresseerd mijn schouders op. Ik wil het er niet over hebben. 'Streepje ligt nu op de recovery,' zeg ik om van onderwerp te veranderen. 'Alles is naar wens gegaan en Vivian houdt haar nu verder in de gaten.'

Stijn kijkt me verbaasd aan. Hij kan zijn nieuwsgierigheid bijna niet bedwingen, maar ik ben niet van plan nu met hem te bespreken wat er allemaal is misgegaan in mijn leven. 'Misschien kan jij ook even een oogje in het zeil houden als je klaar bent met eten?' ga ik verder.

Hij knikt. 'Ja, natuurlijk.'

'Ik ga ook even eten,' zeg ik terwijl ik naar mijn kantoor loop om mijn broodtrommel te halen. Maar eigenlijk heb ik helemaal geen zin om bij mijn collega's te gaan zitten. Ik kan het niet opbrengen om gezellig te doen. In plaats daarvan loop ik naar Vivian, die in de opvang bezig is.

'Alles goed hier?' vraag ik.

Ze kijkt op van haar klembord waarop ze iets aan het noteren was. 'Ja, alles gaat prima. Ik denk dat Streepje ook zo weer bij is.'

'Gelukkig. Ze ligt toch goed warm?'

Vivian knikt.

'Zijn de honden al uitgelaten?' vraag ik. Ik heb opeens enorm behoefte aan frisse lucht.

'Dat doe ik altijd na de lunch,' antwoordt ze.

'Ik doe het wel!' stel ik gauw voor. 'Ik heb zin in een wandelingetje.'

Als ik de honden aangelijnd heb, loop ik naar het parkje achter de kliniek. Misschien moet ik dit klusje vaker van Vivian overnemen. Ik knap ervan op. Stevig de pas erin door het getrek van de honden, de koude wind in mijn gezicht en mijn verstand op nul. Zo kom ik ook aan mijn beweging, want ik heb geen zin om Ruben nog in de sportschool tegen te komen.

Na een paar rondjes door het park, laat ik me op een bankje zakken. De honden lopen onrustig langs me heen en weer. 'Jullie willen naar huis, hè?' zeg ik hardop. 'Jullie willen je eigen baasje terug. Het is helemaal niet leuk om niet bij diegene te kunnen zijn van wie je houdt. Ik begrijp het wel, hoor.'

Ik aai de honden en het lijkt of ze mij ook begrijpen, want ze worden rustiger. Ze gaan zelfs zitten en Loebas, de grootste, gaat languit liggen. 'Jullie mogen allemaal snel naar huis, dat beloof ik!' klets ik verder. 'Ik heb wel wat invloed daar in dat enge gebouw...'

'Ben je nieuwe vrienden aan het maken?' hoor ik opeens achter me.

Ik schrik op en draai me om. 'Stijn!' Natuurlijk is het Stijn! Wie zou het anders zijn?

Hij gaat naast me zitten. 'Ontloop je me?'

'Nee, ik heb gewoon een rothumeur.'

'Dacht je dat ik iemand anders was?'

Ik doe alsof ik hem niet begrijp en haal vaag mijn schouders op.

'Ik heb gezien dat je wel meer mensen ontloopt...'

'O ja?'

'Je hebt de afspraak met Ruben verzet. Voor de gewichtscontrole.'

'Klopt.'

'Waarom?' vraagt hij.

Ik buig me voorover en strijk Loebas over zijn vacht. 'Ik heb ooit gezegd dat ik je zou uitleggen hoe je je professionaliteit bij cliënten bewaart...'

Stijn knikt.

'Nou, op dit moment ben ik niet meer objectief en dan is het professioneel om je cliënt over te dragen aan een andere bekwame arts.'

'Volgens mij ben jij nooit objectief, Isa. Je trekt je alles aan.'

'Dat is betrokkenheid,' antwoord ik. 'Dat is iets anders. Ik merk dat in dit geval mijn persoonlijke gevoelens te veel meespelen en daarom kan ik beter niet verantwoordelijk zijn voor de behandeling van Bo.'

'Gaat het niet goed tussen jou en Ruben?'

'Ik wil er liever niet te veel over kwijt. Maar ik heb voorlopig geen behoefte om hem te zien of te spreken.'

'Ik had hem ingeschat als een aardige vent,' zegt Stijn. 'Ik had niet gedacht dat hij je pijn zou doen.'

'Er is iets vervelends voorgevallen tussen ons. Maar je moet hem als een normale cliënt behandelen als hij in de kliniek komt.'

'Ik ben maar een stagiair. Ik moet naar jou luisteren,' zegt hij.

Ik lach. 'Zo is het!'

'En ik kan ook professioneel zijn. Dit blijft tussen ons.'

Tussen jou, mij en honderd discotheekbezoekers, wil ik bijna zeggen. In plaats daarvan glimlach ik. 'Dank je.'

Halverwege de middag komt mevrouw Van Geneugten Streepje weer ophalen. Ik vertel haar hoe de operatie gegaan is en dat Streepje alweer alert reageert. Ik geef ook instructies mee voor de verdere verzorging. Het is belangrijk dat ze een warm plekje heeft omdat de lichaamstemperatuur door de narcose iets is gezakt. Verder mag ze al drinken, maar nog niet eten. Ik vertel haar dat we Streepje de komende tijd nog onder controle zullen blijven houden en dat ze mag bellen als ze het gevoel heeft dat Streepje niet goed herstelt.

We lopen naar de opname en de poes begint te miauwen zodra mevrouw Van Geneugten voor haar hokje verschijnt. Dat is meer levendigheid dan ik ooit bij het beestje heb gezien. Ik open het hokje en laat mevrouw Van Geneugten het dier pakken. Ze drukt Streepje tegen zich aan en dan pas zie ik de opluchting op haar gezicht. 'Bedankt voor alle goede zorgen,' zegt ze.

Als ik thuiskom, knippert het rode lichtje van mijn voicemail driftig. Daph en Floor vragen of ik zin heb om langs te komen en mezelf te bezatten. Ik zou best willen, maar ik wil ze niet te veel belasten met mijn problemen. Ik weet zeker dat ik nu heel ongezellig ben. Ik kan beter in mijn eentje verdrietig en depressief zijn.

Verder staat het nummer van Ruben drie keer bij mijn gemiste oproepen, maar hij heeft niet één boodschap achtergelaten. Ik heb wel een bericht van Tamara die zich afvraagt waarom ze niets heeft gehoord over zaterdagavond. Ze is vastbesloten om vanavond tijdens het sporten alle details te horen te krijgen. Ik zal haar terug moeten bellen, want als ik ergens het risico loop om Ruben tegen te komen, is het wel op de sportschool. Daar pas ik voor.

Ik maak een kant-en-klare maaltijd warm in de magnetron en eet die voor de helft op. Ik heb zin in iets lekkers, niet in die vieze, zogenaamd gezonde schotel. Ik kiep hem in de prullenbak en loop naar het keukenkastje waar ik de grote Milka-reep heb opgeborgen. Het is zo'n supergrote verpakking met extra veel chocolade en een dikke laag biscuit. Ik heb hem helemaal achterin verstopt, zodat ik hem niet steeds zou zien als ik het deurtje opendoe, maar ik weet dat hij er ligt. De paarse verpakking lijkt wel zichtbaar door het gesloten deurtje heen.

Toch twijfel ik. Ik ben de hele tijd zo sterk geweest en die reep ligt daar alleen voor noodgevallen. Aan de andere kant vind ik dat ik me ellendig genoeg voel om die reep aan te breken. Ik heb een gebroken hart en op mijn werk is het een chaos. Ik kan dit niet zonder chocolade overleven. Ik verdien dit kleine beetje plezier.

Ik open het kastje en haal de chocoladereep tevoorschijn. Terwijl ik de wikkel openscheur, loop ik naar de telefoon om Tamara te bellen.

Deze week lijkt het alsof elke dag een week duurt. Alles verloopt moeizaam. Ik heb knallende ruzie met meneer Hufter gehad en het is pas halftien in de ochtend. We hebben elkaar flink de waarheid gezegd. Hij vindt mij een afzetter en ik vind hem een... hufter. Ik zeg dat hij niet bij een dierenkliniek moet aankloppen als hij geen medische zorg wil. Hij zegt dat ik me met mijn eigen zaken moet bemoeien. Ik antwoord dat zijn hond mijn zaak is zodra hij het dier in mijn spreekkamer brengt en dat ik zijn hond de meest geschikte behandeling heb gegeven.

Maar daar heeft niemand mij om gevraagd, is zijn antwoord. Ik eis dat hij de rekening betaalt, hij weigert dat. Ik dreig met de deurwaarder en hij zegt dat hij hier nooit meer een voet over de drempel zet. Kortom: een erg fijn gesprek. Ik wil net de wachtkamer ingaan om de volgende patiënt binnen te roepen als Vivian mijn kantoor in komt lopen.

'Isa, ik heb mevrouw De Vries aan de telefoon. Het gaat ineens heel slecht met Boomer. Je zou vanmiddag langskomen, maar ze willen niet langer wachten. Ze staan al klaar om hierheen te komen.'

Ik kijk in de agenda om te zien wat Joep en Petra vandaag doen. Ik zie dat niemand aan het opereren is. 'Is het druk in de wachtkamer?' vraag ik.

Vivian haalt haar schouders op. 'Valt mee. Een paar inentingen en een konijn dat niet eet.'

'Dat kunnen Joep en Petra samen wel aan. Zeg maar tegen mevrouw De Vries dat ik er meteen aankom. Ze moeten dat beestje niet hierheen slepen. Hij is doodsbang.'

Vivian knikt en loopt de kamer uit. Ik pak mijn jas en mijn dokterstas en ga naar de auto. Gelukkig weet ik het huis van de familie De Vries goed te vinden.

Als ik de straat in kom rijden, zie ik Tom, de jongste zoon, al op de uitkijk staan. De jongen is een jaar of twaalf, denk ik. Dat is jonger dan het hondje dat hij straks zal moeten missen. Ik voel een knoop in mijn maag als ik eraan denk dat ik een volwaardig gezinslid als Boomer dadelijk een spuitje moet geven.

Ik parkeer mijn auto en haast me naar het huis.

'Boomer is heel ziek,' zegt de jongen.

Ik leg mijn hand op zijn schouder. 'We gaan hem in ieder geval helpen.'

Als ik de woonkamer binnenkom, zie ik dat het voltallige gezin aanwezig is. Maaike, de vijftienjarige dochter van het gezin, heeft Boomer op schoot en haar beide ouders zitten naast hun middelste kind. Mevrouw De Vries streelt Boomer zacht over zijn kop. De oudste zoon zit nors uit het raam te staren. Hij vermijdt mijn blik. Waarschijnlijk neemt hij het mij

kwalijk dat ik hier ben om Boomer uit zijn lijden te verlossen.
'Het gaat niet meer?' vraag ik zacht.

'Ik heb hem net nog buiten gelaten,' zegt meneer De Vries terwijl hij opstaat om mij een hand te geven.'

'Blijft u zitten,' zeg ik vlug en ik loop naar hem toe. We schudden de hand en ik kniel meteen bij Boomer neer om zijn vitale functies te controleren. Ik zie meteen dat hij stervende is.

Meneer De Vries praat verder. 'We kwamen terug naar binnen en opeens begon hij te kermen. Hij zakte zo in elkaar. Ik heb hem meteen toegedekt met zijn dekentje, maar hij probeerde steeds omhoog te komen. Toen hebben we hem maar opgepakt en bij ons genomen. Mijn vrouw heeft u onmiddellijk opgebeld.'

Ik knik. 'Hij is nu heel rustig, maar hij voelt zich niet lekker. Ik denk niet dat hij pijn heeft, maar zijn ademhaling gaat oppervlakkig en zijn hartslag is niet goed.'

Ik hoor gesnik achter me en Tom wendt zich van ons af. Mevrouw De Vries staat op om hem te troosten.

'Hij is al dood aan het gaan, maar het kan best nog even duren voor het zover is. U beslist of u daar iets aan wil doen. We hebben het al eerder over de mogelijkheid gehad om hem in te laten slapen...'

'We wilden dit nu juist voorkomen,' zegt mevrouw De Vries. 'Daarom hebben we u gebeld. We wilden hem deze lijdensweg besparen.'

Ook het meisje begint nu onbedaarlijk te huilen. Meneer De Vries slaat zijn arm om haar heen. 'Er zit niets anders op, Maaike. Dit is het beste voor hem.'

Ik kijk haar aan. 'Ik denk dat dit het allermooiste is wat jullie voor hem kunnen doen. Het is heel verdrietig, maar jullie kunnen hem helpen om op een waardige manier te sterven in zijn vertrouwde omgeving terwijl jullie allemaal bij hem zijn.'

'Doe het maar,' zegt meneer De Vries.

Ik knik en sta op. 'Ik zal jullie even de tijd geven om afscheid te nemen, terwijl ik de injecties klaarmaak.' Ik loop naar mijn tas en ga aan de slag.

Mevrouw De Vries en Tom gaan naast Maaike zitten en ze bereiden zich allemaal op hun eigen manier voor op deze laatste momenten met hun Boomer. Mevrouw De Vries is vooral bezig met haar twee jongste kinderen. Tom en Maaike aaien Boomer en zeggen dat het allemaal goed komt en dat hij altijd hun liefste vriendje blijft. Ik krijg er een brok van in mijn keel.

Meneer De Vries staat op. 'Kom maar hier zitten, Bas,' zegt hij. Uiteindelijk komt ook de oudste jongen bij het hondje zitten. De tranen lopen over zijn wangen terwijl hij Boomer aait. Meneer De Vries knielt bij zijn gezin neer. Ik treuzel een beetje om ze genoeg tijd te geven en om zelf genoeg moed te verzamelen. Dan loop ik terug naar Boomer.

'Als jullie er klaar voor zijn,' begin ik voorzichtig, 'dan heb ik hier twee injecties. De eerste bevat een soort slaapmiddel, waardoor Boomer in een diepe slaaptoestand raakt. De tweede is de dodelijke injectie.'

'Dag Boomer,' snikt Maaike. 'Ik zal je nooit vergeten.'

'Ik ook niet!' zegt Tom huilend.

Meneer De Vries gaat opzij om mij de ruimte te geven, maar hij laat zijn hand op een pootje van Boomer rusten. 'Ik denk dat u het nu maar moet doen, dokter. Het wordt toch niet makkelijker.'

Ik haal even diep adem en dan doe ik het. Ik dien Boomer de eerste injectie toe. Hij heeft zijn oogjes open en kijkt naar Maaike, die over hem gebogen zit, en naar mevrouw De Vries en Tom, die bij zijn hoofdeind zitten. Maaike drukt nog gauw een kusje bij zijn oortje en fluistert dat ze heel veel van hem houdt. Dan gaan zijn oogjes langzaam dicht en slaapt hij in.

Het is doodstil in de huiskamer, op wat gesnif na. Iedereen heeft zijn ogen gericht op het lieve hondje dat ze nu al missen.

Na een minuutje of twee controleer ik de ademhaling en hartslag. 'Hij is al heel ver weg,' zeg ik. 'Hij merkt hier niets meer van.' Dan moet ik de tweede injectie geven. Daarna is het heel snel gebeurd. Een paar minuten later is lieve Boomer, mijn eerste patiëntje en de lieveling van al deze mensen, dood.

Na het inslapen van Boomer blijf ik even napraten met de familie. Ze vertellen me hoe het de afgelopen week ging, toen hij stapje voor stapje achteruitging, maar ook hoe het was toen ze hem, zestien jaar geleden bij een kennis die een nestje had, ophaalden.

De kinderen vertellen honderduit over alle leuke dingen die ze gedaan hebben met Boomer. Alleen Bas is verdacht stil. Hij zit helemaal in zichzelf gekeerd naar Boomer te staren, die levenloos in zijn mandje ligt.

Als ze de kans hebben gehad om hun verhaal te doen, bespreek ik de opties die er zijn nu Boomer er niet meer is. Er is een dierencrematorium dat heel goed bij ons aangeschreven staat en ik geef ze het adres. De familie wil Boomer er zelf naartoe brengen, dus laat ik het hondje bij hen achter. Ik vertel ze dat ik erg onder de indruk ben van hoe ze dit met het hele gezin beleefd hebben en dat Boomer ook in mijn hart een plekje heeft.

Weer terug in de kliniek ben ik er nog niet van bekomen. Het liefst zou ik naar huis gaan en na een warm bad mijn bed induiken, maar het middagspreekuur begint zo. Ik zal er nog even tegenaan moeten. Ik wist al dat dit moeilijk zou zijn. Het is altijd rot om een dier in te laten slapen. Maar dit keer was het wel bijzonder emotioneel.

Als ik mijn kamer binnenkom, zie ik de onderzoeksresultaten van Streepje op mijn bureau liggen. Nog zo'n dier waar ik me persoonlijk bij betrokken voel.

Ik ga zitten en bekijk het rapport. Ik heb de tumor in zijn geheel kunnen verwijderen en ik heb alle tepels en melkklieren weggenomen. Omdat er geen uitzaaiingen waren, betekent dat dat Streepje een grote kans op geheel herstel zal hebben. Natuurlijk moet ik haar goed onder controle houden wat betreft die uitzaaiingen. Je weet maar nooit. Toch heb ik goede hoop dat we er op tijd bij waren.

Ik leg het rapport neer en loop naar de wachtkamer om te zien hoe druk het is. Net als ik de deur naar de receptie open, zie ik Ruben door de voordeur komen. Ik blijf in de deuropening staan, zodat hij mij niet kan zien, maar ik hem wel. Hij loopt naar de balie. Het is raar om hem te zien. Even lijkt het alsof er niets veranderd is, maar ik weet heel goed dat alles anders is. Waarom accepteert hij dat niet? Hij kan toch niet zomaar op controle komen alsof er niets aan de hand is? Dit moet voor hem toch ook ongemakkelijk zijn? Zou hij soms al een nonchalant praatje over het weer voorbereid hebben?

Ruben nadert de balie en ik zet gauw een stapje achteruit. Ik wil uit het zicht blijven. Ik wil niets meer met hem te maken hebben, maar ik wil wel weten hoe hij reageert als hij hoort dat hij door een ander geholpen zal worden.

'Ik heb een afspraak met dokter Verstraten,' hoor ik hem zeggen. Zijn stem roept van alles bij me op. De herinnering aan zaterdagavond toen alles nog mogelijk leek voor ons. De verwachtingen die ik had. Het onwerkelijke gevoel toen het ineens voorbij was. De twijfel toen hij bij me aan de deur stond. Het liefst wil ik weglopen. Hem niet meer zien en niet meer horen, net zolang tot ik al die dingen niet meer voel als ik aan hem denk. Op dit moment voel ik alles opnieuw. Ik weet nu wel dat ik er goed aan heb gedaan om die afspraak te laten schieten. Ik zal nooit meer normaal met hem om kunnen gaan.

'Uw naam?' vraagt Vivian. Ik hoor haar driftig bladeren en op het toetsenbord van de computer tikken. Ze kan natuurlijk geen afspraak vinden. Alsjeblieft, Vivian, denk na. Ik heb de afspraak veranderd, weet je nog? Straks gaat ze mij erbij roepen!

'Zuidhof,' antwoordt Ruben.

'O ja, ik zie het al. U hebt een afspraak met dokter Smulders, niet met dokter Verstraten,' zegt Vivian vriendelijk.

Ik gluur door de kier van de deur en zie Ruben vol verbazing naar het computerscherm kijken. 'Dat klopt niet, hoor. Ik ben al die tijd door Isa geholpen.'

'Sorry, maar dokter Smulders heeft Bo van haar overgenomen.'

Ruben zegt niets meer.

'Is dat een probleem?' vraagt Vivian voorzichtig. Ze is hier niet blij mee, dat hoor ik wel.

'Ja, dat is een probleem!' Ruben is ook niet blij. 'Isa kent Bo en hij voelt zich bij haar op zijn gemak. Zij weet precies wat er aan de hand is...'

'O, maar tegenwoordig is alles geautomatiseerd. Alle artsen zijn van zijn situatie op de hoogte en iedereen kan hem even goed help–'

Ruben onderbreekt haar. 'Ik wil Isa.'

Vivian staat op. 'Ik zal even aan haar vragen of we iets aan uw probleem kunnen doen.'

Nee! Hoe kan ze dat nou doen? Waarom kan bij mij nooit iets simpel zijn? Ik zie haar mijn kant op lopen.

Dan verschijnt Stijn uit het niets en hij houdt haar tegen. 'Laat mij maar even, Vivian,' zegt hij. Hij loopt naar Ruben en geeft hem een hand. Ik haal opgelucht adem. Stijn regelt het wel.

'Meneer Zuidhof, uw hond komt hier voor een gewichtscontrole,' begint hij. 'Die kunnen al onze artsen even goed uitvoeren.'

Ruben zucht. 'Dat snap ik, maar ik wil dat Isa...'

'Dokter Verstraten,' verbetert Stijn.

Ruben trekt zich er niets van aan. 'Ik wil dat Isa hem helpt.'

'Dokter Verstraten heeft momenteel een dusdanig druk rooster dat er noodzakelijkerwijs wat afspraken zijn doorgeschoven naar andere artsen. Helaas geldt dit vooral voor routineonderzoeken zoals de gewichtscontrole van uw hond. Als u zich er beter door voelt, kan ik u verzekeren dat dokter Smulders bijzonder kundig is. Sterker nog, hij heeft dokter Verstraten opgeleid tot de arts die ze nu is.'

'Ik wil haar spreken,' zegt Ruben.

'Helaas,' antwoordt Stijn alsof dat een volwaardig beargumenteerd antwoord is.

'Ik weet dat ze er is en ik weet dat jij smoesjes staat te verkondigen. Ik wil haar nu zien. Ik ga niet weg voor ik haar gesproken heb. Ik ga daar zitten, al duurt het de hele dag.'

Ruben loopt naar de wachtruimte en gaat zitten. Hij ziet er onvermurwbaar uit en ik vrees dat ook Stijn het af gaat leggen tegen zijn door testosteron gedreven gedrag. Ik zie Vivian en

Stijn overleggen hoe ze dit gaan oplossen. Na een korte blik in mijn richting, loopt Stijn naar Ruben toe. Als hij wint, krijgt hij absoluut de beste stagebeoordeling die ik ooit gegeven heb of zal geven.

'Meneer, u kunt kiezen. Of u wordt geholpen door dokter Smulders of u gaat nu weg,' zegt Stijn.

'Ik wacht op Isa,' hoor ik Ruben resoluut zeggen.

Stijn draait zich op zijn hakken om en stormt mijn kant op. Hij is verslagen. Ik loop een eindje bij de deur vandaan en Stijn komt binnen. 'We hebben een probleempje.' Hij legt zijn hand op mijn schouder. 'Hij is nogal vasthoudend, wat hem eigenlijk woest aantrekkelijk maakt, maar dat terzijde... Ik denk dat ik het fysiek tegen hem af zal leggen, mocht het tot een vechtpartij komen.'

Ik lach door de brok in mijn keel en de tranen in mijn ogen heen. Het komt er paniekerig uit.

'Ik wil het best proberen...' zegt Stijn om me op te beuren.

Ik zucht. 'Ik help deze hele kliniek om zeep. Eerst zorg ik ervoor dat we meneer Hufter als klant kwijtraken en nu komt Ruben hier de andere cliënten wegjagen.' Ik voel een traan over mijn wang lopen en veeg hem weg met mijn mouw. 'Ik kan die controle niet doen, Stijn.'

'Ga even naar hem toe. Neem hem buiten apart en zeg hem dat hij je niet meer lastig moet vallen.'

Ik knik. Mijn enige andere optie is dat Stijn hem hardhandig naar buiten werkt.

Stijn loopt terug de wachtkamer in. 'Ze komt eraan,' hoor ik hem tegen Ruben zeggen.

'Dank je,' antwoordt Ruben triomfantelijk. Wat zou ik hem graag op zijn nummer willen zetten. Ik zou zo graag op hem af willen stappen en hem de waarheid vertellen. Maar de waarheid is dat ik helemaal niet de baas ben over mijn eigen emoties. Daarom kan ik de confrontatie met hem eigenlijk niet aan. Maar nu zal ik wel moeten.

Ik haal diep adem en loop de deur uit. Ruben staat op zodra ik in de wachtruimte verschijn. Ik probeer mezelf in de hand te houden, maar het lukt niet. Ik loop hem straal voorbij, duw de voordeur open en ga naar buiten. Ruben blijft even verbaasd staan, maar komt dan achter me aan.

'Ik wil echt niet met je praten,' zeg ik met bevende stem als hij voor me staat. Bo probeert mijn aandacht te trekken en ik probeer hem te negeren. Ik heb het koud en trek mijn doktersjas dichter om me heen. Ik wil dit niet. Ik wil terug naar binnen. Nee, ik wil naar huis. Dat wil ik.

'Je kunt me niet elke keer wegsturen,' zegt hij bijna smekend.

'Ruben! Ik ben op mijn werk! Wil je me hier ook belachelijk maken? Want dat lukt je aardig.'

'Dat wil ik helemaal niet, maar wanneer zie ik je anders? Je reageert niet als ik je bel, je luistert niet naar me als ik langskom...'

Waarom begrijpt hij niet dat het niets uitmaakt wat hij zegt? Er valt niets meer te bespreken. 'Ik moet weer aan het werk,' zeg ik terwijl ik opzij ga voor een mevrouw die met een grote kartonnen doos de kliniek binnenloopt. Ik wil achter haar aan gaan, maar Bo springt tegen me op. Ik vind het zielig om hem ook af te wijzen, maar ik kan nu niet met hem spelen.

'Ik ben nu je werk. Ik heb een afspraak met je!'

'Die is niet voor niets veranderd.'

'Laat je Bo nu ook vallen?' zegt hij net op het moment dat ik hem van me af probeer te duwen.

'Dokter Smulders is erg bekwaam. Hij heeft meer ervaring dan ik. Ik denk niet dat Bo erop achteruitgaat.'

'Daar gaat het toch niet om, Isa?'

'Snap je het dan niet, Ruben? Jij hebt me laten vallen voor je ex. Ze hoefde maar met haar vingers te knippen en je was mij vergeten. Dat kun je nooit meer goedmaken. Nooit meer. Dat is alles waar het nu om gaat. Ik wil dit niet, je moet me met rust laten.'

'Maar dat kan ik niet,' zegt hij. 'Ik weet niet of het je iets kan schelen, maar er was een tijd dat we vrienden waren. Wil je dat ook allemaal weggooien? Want ik kan je niet zomaar uit mijn hoofd zetten, Isa. Ik wil weten hoe het met je gaat. Ik wil met je praten. Ik wil bij je zijn. Ik wil dat je weer normaal tegen me doet. Dat je me vertelt hoe je dag geweest is, hoe de operatie van Streepje ging…'

'Dat ging prima,' zeg ik afgemeten. 'Alles gaat prima.'

De voordeur gaat weer open en Vivian steekt haar hoofd naar buiten. 'Isa, je moet komen. Ik heb een nestje met kittens dat dringend hulp nodig heeft. Stijn kan het niet alleen af en iedereen is bezet.'

'Ik moet gaan,' zeg ik tegen Ruben. Ik loop langs hem en Bo heen en open de deur.

'Isa!' roept hij en iets in zijn stem zorgt ervoor dat ik niet verder loop. 'Ik mis je…' zegt hij dan. Het klinkt lief en zielig en ik zou er zo voor zwichten, maar dat gaat nu niet. Ik loop door en laat de deur achter me dichtvallen. Als ik omkijk, zie ik Ruben weglopen met Bo achter zich aan.

Ik kan er niet langer over nadenken want in mijn spreekkamer staat een grote kartonnen doos met twee dode kittens. Stijn heeft drie nog levende katjes op een handdoek gelegd, maar ze zijn er slecht aan toe. 'Ze zijn ernstig ondervoed en zitten onder de vlooien,' zegt hij. 'De andere twee waren al dood.'

'Zal ik Poekie halen?' vraagt Vivian. Poekie is haar eigen kat en we gebruiken haar vaak voor bloedtransfusies. Het is geen pretje om het huisdier van een dierenarts te zijn.

Een bloedtransfusie is in dit soort gevallen inderdaad vaak het enige redmiddel, maar deze katjes zijn al te ver heen. Ze eten duidelijk al een tijdje niet meer en hebben zo'n ernstige bloedarmoede dat ik ze niet meer kan helpen. Dit is pure onoplettendheid van de verzorgers. Ik begrijp niet hoe dit heeft kunnen gebeuren.

'Waar is de eigenaar?' vraag ik.

'Ze zou in de wachtkamer wachten. Kunnen we nog iets doen, Isa?'

Ik schud mijn hoofd. 'We moeten ze laten inslapen. Ze zijn niet te redden. Ik wil die vrouw spreken. Stijn, maak jij even de injectie klaar?'

Ik loop naar de wachtkamer, maar de vrouw is nergens te bekennen. Als ik door de voordeur kijk, zie ik haar in een auto stappen. Ik loop naar buiten om haar tegen te houden, maar ze rijdt net het parkeervak uit en doet alsof ze me niet ziet. Zo gemakkelijk gaat dat dus. Ze heeft die kittens aan hun lot overgelaten en nu smeert ze hem gewoon. Als ze ze eerder had gebracht, had ik ze kunnen redden. Ik voel een enorme woede in me opstijgen. Het wordt me langzamerhand allemaal een beetje te veel. Voor de tweede keer vandaag kan ik met een dodelijke injectie aan de slag.

11

Ik voel me helemaal leeg. Ik kom thuis, gooi mijn sleutels op tafel, schop mijn schoenen uit en ga verdwaasd op de bank zitten. En daar blijf ik zitten. Een hele tijd. Ik heb geen puf meer om naar de keuken te gaan en iets te eten te maken. Ik kan het niet opbrengen om te kijken wat het knipperende lichtje van mijn voicemail wil zeggen. Ik zet niet eens de televisie aan. Ik zit daar gewoon, in het donker. Ik zie Boomer weer voor me, zoals hij daar in de armen van Maaike lag. Ik zie hoe Tom zich huilend afwendde en hoe boos Bas keek. Ik zie weer voor me hoe dat hondje nog een keer naar zijn baasjes opkeek. Ik zie Ruben voor me staan en Bo die om aandacht bedelde. Rubens teleurstelling toen ik niet naar hem wilde luisteren. Ik zie de dode kittens die niet eens een kans hebben gekregen. En dan, eindelijk, komen de tranen. En nu ik eenmaal begonnen ben met huilen, lijkt er geen einde meer aan te komen.

De volgende ochtend word ik pas wakker als ik eigenlijk al een kwartier aan het werk hoor te zijn. Mijn hoofd voelt te zwaar om op te tillen en ik ben dwars door mijn wekker geslapen. Ik kan me niet herinneren dat ik me ooit zo ellendig heb gevoeld. Nog half buiten bewustzijn, reik ik naar de telefoon op mijn nachtkastje om mijn werk te bellen. Ik meld me ziek en krijg gelukkig veel begrip van Petra. Ik zou het niet kunnen verdragen als ze op mijn werk ook nog boos op me zouden zijn.

Het is al na elven als ik mijn bed uitkom. Ik zou er het liefst de hele dag in blijven, maar mijn maag knort. Ik neem me voor om vlug iets te eten en dan weer terug onder de dekens te kruipen. Ik hijs me in een oude joggingbroek die ik al in geen tijden heb aangehad en loop naar de keuken.

Als ik de koelkast opendoe, zie ik helaas niet veel eetbaars liggen. Ik heb een pak magere melk, een krop sla en een kuipje 20+ smeerkaas. In mijn broodtrommel ligt alleen een oude broodkorst en de crackers in mijn keukenkastje smaken muf. Ik zal dus eerst boodschappen moeten doen.

Als ik me een beetje opgefrist heb, stap ik in mijn auto en rijd ik naar een supermarkt aan de andere kant van de stad. Het zou echt weer iets voor mij zijn om in deze toestand Ruben tegen het lijf te lopen. Ik waag het er niet op. In geen enkele toestand, eigenlijk. Ik moet met al mijn oude gewoontes breken en me niet meer op de gebruikelijke plaatsen vertonen. En ik besluit mijn wagentje meteen voor de hele maand vol te gooien.

Thuis trek ik de stekker van mijn telefoon eruit, haal mijn dekbed naar beneden en installeer me op de bank voor de televisie. Hoewel ik wel brood gekocht heb, besluit ik mijn oude eetpatroon weer op te pakken. Ik begin met het pak Bastognekoeken en plan verder chips als lunch en chips als diner in. Als ik tussendoor nog ergens trek in heb, liggen er nog allerlei chocoladerepen op me te wachten. Ik heb Milka, Droste, Toblerone, Ritter Sport en Côte d'Or ingeslagen. Ze liggen in de kast naast de paprika, cheese onion en bolognese chips. Ik heb ook chipito's, wokkels en naturel chips voor een neutrale bui. Voor de zekerheid heb ik ook gevulde koeken, roomboterspritsen, winegums, kaneelstokken, pistache- en cashewnootjes, suikerpinda's, chocoladerozijnen en Engelse drop. Ik ga het echt niet allemaal opeten, maar op dit moment mag ik van mezelf zwelgen en dan zou het zonde zijn als ik trek kreeg in iets wat ik niet in huis heb. Ik let heus nog wel op mijn lijn, maar nu even niet.

De daaropvolgende dagen besteed ik allemaal op dezelfde manier. Ik lig lekker warm en comfortabel op de bank en luister naar al mijn oude cd's met dramatische liefdesliedjes. Ik zing keihard mee en kan me met elk nummer vereenzelvigen. Ik check mijn e-mail niet meer en doe ook de deur niet open. Daardoor moet ik al twee pakketjes ophalen bij het postkantoor, maar dat zie ik dan wel weer.

Als ik geen zin meer heb in muziek, zap ik langs alle zenders op tv. Ik kan nu lekker alle soaps volgen. Neem nu *The Bold and the Beautiful*: als ik nog even blijf kijken, kom ik tegelijk met Ridge achter het geheim van Brooke. En ik ben er nu ook achter dat *As the World Turns* al meer dan dertig jaar bestaat en dat Lily er al vanaf haar vijftiende in meespeelt. Dat hebben ze trouwens verteld in een bel-en-win-spelletje. Ik heb al een paar keer gebeld, heb er zelfs mijn telefoon weer voor aangesloten, maar ik heb nog niets gewonnen. Toch weet ik zeker dat ik alle antwoorden goed had.

Nu ik 's avonds niet meer naar de sportschool ga, kan ik ook eens een keertje al die leuke avondseries volgen. En als er niets op de televisie is, kijk ik herhalingen van *Friends* of mijn dvd's van *Sex and the City*. Niet dat ik alleen maar tv kijk. Ik heb ook al een paar boeken gelezen en ik houd me ook een beetje met werk bezig, want ik had nog een aantal vakbladen liggen om te lezen.

Ik heb een artikel gelezen over een behandelmethode met bloedzuigers. Het schijnt erg goed te zijn voor het bewegingsapparaat van dieren. Zo zie je dat een potje liefdesverdriet gecombineerd met een emotionele inzinking ook zijn voordelen kan hebben. Ik ben ineens overal van op de hoogte en kan over alles meepraten. Het probleem is alleen dat ik niemand heb om erover te praten, aangezien ik iedereen heb buitengesloten. Maar dat is niet zo heel erg. Over sommige dingen wil ik het nog steeds niet hebben.

Ik neem het laatste chocolaatje uit mijn Droste-verpakking en bedenk dat ik eigenlijk ook iets voedzaams moet eten. Ik heb geen zin om te koken, maar herinner me dat ik een blik soep heb gekocht. Het is zo'n eenpersoonsblikje waarna ik normaal gesproken nog steeds honger heb. Maar omdat ik nu hele dagen loop te snaaien, is het wel even voldoende.

Ik giet de soep in een kom en zet die in de magnetron. Na het piepje loop ik met mijn dampende soep terug naar de bank. Dat is ongeveer alle beweging die ik momenteel krijg. Ik weet dat ik dit niet te lang moet volhouden. Op een of andere manier voel ik me nog steeds niet beter. Het lijkt wel of nietsdoen me ook niet helpt. Ik moet me vermannen en weer de echte wereld instappen, maar eerst blijf ik toch nog maar even op de bank hangen.

Ik berg de dvd van *Titanic* weer op. Ik heb ontzettend hard meegejankt en ik voel me vreselijk. Zo zie ik er ook uit. Mijn gezicht is helemaal opgeblazen van het vele huilen en mijn ogen branden. Het lijkt wel alsof ik nu pas last begin te krijgen van de blauwe plekken die ik aan het vallen heb overgehouden. Ik ga mijn vriendinnen bellen. Zij kunnen me misschien een beetje opbeuren. Ik hoop maar dat ze zich niet in de steek gelaten voelen sinds mijn problemen met Ruben. Misschien heb ik me iets te veel met mezelf beziggehouden, maar ik ben nu wel weer toe aan een beetje menselijk contact. De deurbel gaat op het moment dat ik de telefoon wil pakken. Als ik opendoe, staan Floor en Daphne allebei op de stoep.

'Ik dacht net aan jullie!' zeg ik.

'We vonden het weer eens tijd om bij jou op de koffie te gaan,' zegt Daphne.

Ik loop achter hen aan naar de huiskamer. 'Gezellig.'

'Wat zie je er trouwens uit…' zegt Floor terwijl ze gaat zitten.

'Ja, ik moet eigenlijk nog douchen,' mompel ik.

'Heb je weer gehuild?'

Ik haal mijn schouders op. 'Zware week gehad, zielige film gekeken. Ik voel me niet al te best.'

'Weet je wat?' zegt Daph. 'Ga jij maar lekker douchen, dan zetten wij de koffie wel.'

Ik knik en loop snel naar boven. Ik stap onder de douche en laat het warme water over me heen stromen, dankbaar dat mijn vriendinnen zichzelf bedienen. Als ik klaar ben met douchen, trek ik een wijde wollen trui aan. Ik ben lekker loom als ik beneden op een stoel neerplof. Ik zie dat Daphne en Floor de koekjes en chocolaatjes hebben gevonden die ik heb ingeslagen. De hele tafel staat vol.

'Ik zie dat je weer de oude Isa bent,' zegt Floor.

Daphne zet een bak koffie voor me neer. 'Ja, je hebt weer allerlei lekkere dingetjes in huis.'

'Ik ben nog steeds aan de lijn, hoor,' zeg ik snel. Te snel eigenlijk. Het klinkt verontschuldigend. 'Ik heb een zwelgperiode ingelast. Dit hoort daarbij. Maar nu ben ik er wel weer klaar mee.'

Floor kijkt een beetje geïrriteerd. 'Waarom? Dit hoort bij jou, Isa. Ga je nu echt voor de rest van je leven op rantsoen?'

'Maak je daar toch niet zo druk over,' zeg ik. 'Accepteer me gewoon zoals ik ben.'

'Dat doen we juist! Jij accepteert jezelf niet!' antwoordt Floor fel.

Ik kijk naar Daphne, hopend dat zij me steunt. Ik kan er nu geen ruzie over eten bij hebben. 'Ik ben dezelfde persoon, ook als ik niet veel eet.'

'Als jij af wilt vallen, is dat jouw keuze, maar je moet eens naar jezelf kijken,' antwoordt Daphne. 'Je bent nog maar een schim van jezelf. Ik vind het knap van je dat je zover bent gekomen, maar je moet ook weten wanneer je moet stoppen. Soms denk ik dat het ten koste gaat van alles wat je vroeger leuk vond.'

'Hoezo? Ik doe toch nog alles wat ik altijd deed?'

'Ik weet het niet. Ik maak me zorgen om je.'

'Ik heb gewoon een rotweek gehad. Dat heeft niets te maken met wel of niet eten.' Ik wil vertellen wat ik allemaal heb meegemaakt, maar ik besef dat dit niet het juiste moment is. Ik heb te veel geklaagd. Ze zitten niet meer te wachten op zielige verhalen over dode kittens en stervende hondjes. Ze hebben zeker genoeg van mijn geklaag over Ruben. Wat ik moet doen, is zorgen dat het weer gezellig wordt met Daphne en Floor. Misschien moet ik een koekje nemen om hen gerust te stellen. 'Ik wil het niet meer over mezelf hebben. Wat hebben jullie allemaal gedaan?'

Ik zie een twinkeling in de ogen van Floor. 'Ik heb een fantastische week gehad!'

Gelukkig! Eindelijk kan het weer zijn zoals vroeger. Lekker kletsen met mijn vriendinnen. 'Vertel verder!'

'Ik ben al een hele week niet thuis geweest,' zegt ze glunderend. 'Ik ben de hele tijd bij Mas. Ik kijk de uren vooruit op mijn werk, zodat ik weer lekker snel terug naar hem kan. Hij heeft speciaal voor mij rozenolie voor in bad gekocht. Toen ik gisteren uit mijn werk kwam, kon ik zo het bad induiken. Hij had alles al klaargezet. En terwijl ik dan lig te weken, kookt hij een hele maaltijd. Hij kan heerlijk koken.'

Mijn rothumeur verdwijnt langzaam. Ik ben zo blij voor Floor. 'Jij hebt het wel getroffen met hem.'

'Laatst had hij een heerlijke knoflookspaghetti voor me gemaakt. Het was zo lekker! Spaghetti met knoflook, een beetje verse peterselie en dan op het laatst een beetje geraspte kaas erover. Heel simpel, maar ik heb me rond gegeten.'

'O, ik kan echt niet wachten om hem een keer te zien. Wanneer stel je hem nou eens voor, Floor?'

Daphne knikt enthousiast. 'Je moet hem echt ontmoeten! Hij is zo leuk. En die spaghetti moet je ook eens proeven. Verrukkelijk!'

Ik kijk haar verbaasd aan. 'Was jij erbij dan?'

Floor en Daphne wisselen een blik. Het is duidelijk dat ik dit niet had mogen weten. 'Het was niet zo gepland,' zegt Daphne vlug. 'Het kwam toevallig zo uit.'

'Waarom hebben jullie mij niet gebeld? Ik had hem ook willen ontmoeten...'

'We dachten dat je geen zin had,' antwoordt Floor. 'Mas en ik

zijn straalverliefd en jij zit helemaal in de put vanwege Ruben.'
'Ik kan heus wel blij voor jullie zijn. Word ik daarom niet meer uitgenodigd? Ben ik zo ongezellig?'
'We wilden het niet moeilijker voor je maken dan het al was,' zegt Daphne.
'Maar jullie zijn mijn vriendinnen! Ik wil dat jullie gelukkig zijn, ook al deugt mijn liefdesleven niet. Hoe kunnen jullie nou denken dat ik er niet bij had willen zijn?' Mijn teleurstelling gaat nu over in woede. Ik begrijp er gewoon niets van!
'Maar we gingen eten,' zegt Floor zacht. 'Dat vind je ook niet leuk meer...'
'Doe niet zo stom!' val ik uit. 'Ik moet 's avonds ook eten, hoor. Ik honger me niet uit. Ik kan best een bordje spaghetti eten!'
'Wij zijn niet stom! Jij bent stom!' roept Floor. 'Zo gezellig ben je niet de laatste tijd. Je doet nergens meer aan mee, hoe moet ik dan weten dat je nu wel had willen komen?'
'Door het me te vragen!' schreeuw ik.
'Laten we nu geen ruziemaken,' sust Daphne, maar het is al te laat.
'Alles gaat kapot! Nu raak ik jullie ook al kwijt!' raas ik verder.
'Dat doe je allemaal zelf!' roept Floor.
'Straks ben je al getrouwd met Mas voor ik hem eens gezien heb! En jij Daphne, jij hebt straks al een kind van Archie voor ik zelfs maar weet dat je zwanger bent!'
'Je stelt je verschrikkelijk aan,' zegt Daphne rustig.
'We zullen zien,' antwoord ik. 'Nu wil ik dat jullie weggaan.'
Daphne kijkt me met grote ogen aan. 'Je kunt ons niet zomaar buiten zetten! We zijn je vriendinnen. Sinds wanneer kunnen wij niet meer normaal met elkaar praten?'
'Sinds Isa het leuk vindt om vriendschappen kapot te maken. Eerst Ruben en nu wij.' Floor kijkt me recht aan terwijl ze het zegt en de tranen springen in mijn ogen.
'Als jullie nu niet weggaan, ga ik zelf wel!' snik ik. Ik kan niet geloven dat ze zoiets gemeens tegen me zegt.
Floor staat op en pakt Daphnes hand. 'Kom, we gaan wel.

We dringen toch niet tot haar door. Isa is alleen maar met zichzelf bezig.'

Daphne kijkt me aan. 'Ik bel je straks nog wel even.'

Als ze weg zijn, besef ik dat ik dat eigenlijk helemaal niet wilde. We hadden het uit moeten praten. Straks heb ik helemaal niemand meer. Ik ben net bijgekomen van mijn laatste huilbui en de tranen beginnen weer te stromen.

'Ik word niet goed van die meiden. Ik vond ze vroeger al niet aardig!' tiert Tamara. Ik heb haar opgebeld en ze is meteen naar me toe gekomen om me te troosten.

'Je was gewoon jaloers omdat je te klein was om met ons mee te doen.'

'Dat heeft er niets mee te maken. Ik kan het gewoon niet uitstaan dat ze ruzie met je maken terwijl je al in de put zit. Dan ben je toch geen vriendin? En wat doen die koekjes hier in huis? Dat is zeker ook hun werk?' Tamara staat op en grist alles van tafel. 'Ik heb alles in de prullenbak gegooid,' zegt ze als ze terugkomt.

Dat zou ik nooit kunnen, goed eten weggooien.

'Ze vinden me niet meer leuk omdat ik niet meer snoep,' zeg ik.

'Ze zijn jaloers op je. Ze zijn bang dat jij straks alle mannelijke aandacht krijgt en dat zij er maar een beetje bij hangen.'

'Nou, wat krijg ik toch een aandacht. Ik word alleen maar bedrogen.'

'Je moet in ieder geval stoppen met jezelf zielig vinden!'

'Maar ik bén zielig!' zeg ik koppig.

Tamara trekt me van de bank. 'Dat weet ik en daar ga ik nu verandering in brengen. Je moet wel ophouden met huilen, want straks kan ik er zelfs met drie lagen make-up niets meer van maken.'

Ik probeer me los te wurmen. 'Wat ga je doen?'

'Moet je jezelf eens zien, Isa. Je bent jong, mooi en inmiddels ook slank. Je zou uit moeten gaan. Je zou moeten dansen en feesten en jezelf laven aan alle begerige blikken van mannen...'

'Laven?' herhaal ik.

'In plaats daarvan lig je hier te verpieteren. Ik ga je mee uit nemen. We gaan naar een plek waar jouw stomme vriendinnen niet komen. We gaan lol hebben en jij gaat een man versieren. Dit was de laatste dag dat jij om Ruben hebt getreurd.'

'Kan dat niet een andere keer? Ik zie er niet uit...'

'Daarom heb ik een cadeautje voor je meegenomen. Ik wilde het je later geven, maar je hebt het nu nodig.' Ze duwt een tas van de kledingwinkel waar ze werkt in mijn handen.

'Kleding!' roep ik verschrikt.

Tamara knikt trots. 'Voor jou! Trek maar aan.'

Ik haal de kleren voorzichtig uit de tas. 'Het zijn nog mooie kleren ook,' zeg ik. 'Maar Tamara, je weet dat de kleren uit jouw winkel mij nooit passen.'

'Dat is verleden tijd, Isa. Ik weet zeker dat dit past.' Ze trekt de broek uit mijn handen. 'Kijk, het is stretch.' De broek is zwart met een rechte pijp en een heel fijn krijtstreepje. Er zit ook een zwart bloesje met een asymmetrische knoopsluiting in de tas.

Tamara kijkt me verwachtingsvol aan. 'Nu heb je wel zin om mee te gaan, hè?'

Ik knik. 'Ik ben benieuwd of het past.'

'Ga jij boven maar even passen, ik wacht hier wel,' zegt Tamara terwijl ze me de kamer uit duwt.

Ik gooi de nieuwe kleren op bed en trek mijn oude broek uit. Als ik hem naast mijn nieuwe setje terecht laat komen, zie ik pas goed hoe de kleur vervaagd is. Het lijkt wel grijs. Ik zucht en pak de nieuwe broek. 'Alsjeblieft, laat hem passen,' bid ik.

'En?' roept Tamara van beneden.

'Ik ben nog bezig!' roep ik terug. Ik stap in de ene pijp en trek hem een stukje op. Dat gaat nog goed. Nu de andere. Ik trek de broek op en tot mijn verbazing glijdt hij moeiteloos over mijn beide bovenbenen omhoog tot aan mijn heupen. Ik haal opgelucht adem. Dat is vaak de grootste probleemzone. Ik pak de bovenkant van de broek vast en wil hem sluiten. Automatisch houd ik mijn adem al in, maar voor ik het goed en wel besef, is de knoop dicht. Ik slaak een gilletje. 'Hij past!'

Tamara zwaait de deur open en vliegt in mijn armen. Samen springen we als twee kleine kinderen op en neer. 'O! Hij staat je hartstikke leuk!' gilt Tamara.

'Ik heb nog niet eens gekeken,' zeg ik.

'Je moet wel eerst je rits dichtdoen.'

Ik giechel en trek hem dicht. Dan loop ik naar de spiegel. 'Dankjewel!'

'Nu ga je wel mee uit, toch?'

Ik draai me om. 'Ik weet het niet, hoor.'

'Je kunt heus wel lol maken met je kleine zusje! Daar heb je die vriendinnen van je echt niet voor nodig.'

Ik glimlach.

'Je gaat gewoon mee,' zegt Tamara. 'Ik weet zeker dat het je opvrolijkt. En in die nieuwe outfit moet je de mannen van je af slaan.'

'Ik moet het bloesje nog passen.'

Tamara geeft het aan me en blijft ondertussen doorkletsen. 'Ik heb allemaal leuke zilveren sieraden, die moet je er ook bij aantrekken. En ik heb net nieuwe schoenen gekocht. Zwarte pumps met een hoge zilveren hak. Heel sexy. Die mag je ook aan.'

Ondertussen heb ik het bloesje aangetrokken. 'En?'

Ze houdt op met haar geratel. 'Hmmm, er mist iets.'

Ik kijk een beetje teleurgesteld naar mijn spiegelbeeld.

'Tieten!' roept ze.

Ik kijk naar beneden. Mijn borsten zijn inderdaad iets kleiner geworden sinds ik ben afgevallen, maar zelf vind ik dat er nog wel genoeg zit.

'Wacht even,' zegt ze terwijl ze het plastic tasje er weer bij pakt. Ze vist er een beha uit. 'Deze moet je er eens bij aantrekken. Dat doet echt wonderen.'

'Is dat nodig dan?'

'Iedereen kan wel een beetje hulp gebruiken, Ies. Om het nog mooier te maken. En wat zal ik eens met je haar doen?' Ik laat Tamara haar gang gaan. Volgens mij heeft ze grootse plannen met me en wie ben ik om die te dwarsbomen?

'Je moet je haren eens wat vaker los dragen, je ziet er zo serieus uit met die staart. Ik denk dat ik eens een paar krullers in je haar draai. Dan heb je natuurlijke, volle krullen. Ja! Dat doe ik!'

Ondertussen heb ik van beha gewisseld en ik zie inderdaad behoorlijk verschil. 'Jeetje Tamara! Zo durf ik niet te lopen.'

'Jawel,' zegt ze. 'Luister nou maar naar mij. Ik heb er verstand van. Je ziet er geweldig uit.'

Ik ga op het bed zitten tussen de mascara's, lipgloss, blushers, foundation, concealer, haarrollers en sieraden die Tamara ondertussen heeft verzameld. 'Had je dit echt allemaal nodig om mij een beetje toonbaar te maken?' vraag ik als ze klaar met me is.

Tamara maakt het leren bandje van mijn schoen om mijn enkel vast. 'Ik heb voor de zekerheid alles maar meegenomen. Maar het resultaat is precies zoals ik wilde. Je ziet er heel mooi uit.'

Ik sta op en ga voor de grote spiegel staan. Ik ben sprakeloos. Ik zie er heel anders uit met die krullen. En dan de manier waarop ze mijn ogen heeft opgemaakt! Zo doe ik het zelf nooit. Ze zijn heel donker met veel kohlpotlood en mascara. Mijn wimpers raken bijna mijn perfect geëpileerde wenkbrauwen. Wat kan Tamara dat goed! Je ziet niet eens meer dat ik dagen gehuild heb. En dan mijn borsten! Ze zijn enorm! Ik heb nog nooit zo'n decolleté gehad. 'Ik lijk niet eens meer op mezelf...' weet ik uiteindelijk uit te brengen.

'Jawel. Alleen ietsje beter,' zegt Tamara terwijl ze me bij de spiegel wegtrekt.

'Rechtop lopen, niet naar beneden kijken, schouders naar achteren en borsten vooruit,' instrueert Tamara me terwijl we de bar inlopen. Dat laatste gaat vanzelf dankzij mijn push-upbeha. 'Denk eraan, alle mannen vinden ons lekker en alle vrouwen willen ons zijn.'

'Jeetje, wat arrogant!'

'Dat is niet arrogant. We zien er goed uit en we zijn single.

Daar moet je gebruik van maken. Let maar eens op...' Tamara wringt zich tussen wat mensen door en hangt over de bar. Binnen een paar tellen heeft ze drankjes voor ons geregeld. 'Zie je? Alle lelijkerds staan er nog!'

Ik zie dat de 'lelijkerds' die ze zo bescheiden opzij geduwd heeft, boos naar ons kijken. 'Knap van je, hoor. We zijn hier twee seconden en zij kunnen ons nu al niet uitstaan.'

Tamara zuigt aan haar rietje. 'Ze zijn jaloers. Dat zei ik toch? Zullen we gaan dansen? Ik kan je straks wel aan wat mensen voorstellen.'

'Wil je niet te hard van stapel lopen? De vorige keer dat ik uitging, ben ik keihard onderuitgegaan en stond ik helemaal voor schut.'

Ze slaat haar arm om me heen. 'Maak je niet druk. Ik zorg ervoor dat je een leuke avond krijgt. Vertrouw me!'

Dat doe ik dan ook maar. En ik moet zeggen dat Tamara echt haar best doet. Ze zorgt ervoor dat ik steeds een drankje in mijn hand heb en we zijn al de hele tijd samen aan het dansen. Ze heeft zelfs mannen afgewezen om mij niet in de steek te laten. Ik voel me lichtelijk aangeschoten en vind alles leuk. Misschien moet ik eens wat vaker met mijn zus gaan stappen.

'Vind je het leuk?' schreeuwt Tamara.

Ik knik. 'Je bent de beste zus ter wereld! Je hebt me helemaal opgevrolijkt!'

Ik schrik een beetje als ik een hand op mijn heup voel. 'Ken ik jou niet ergens van?' hoor ik achter me, terwijl ik plotseling dicht tegen een mannenlijf gedrukt sta. Ik duw mezelf wat van hem af terwijl ik me omdraai. Een beetje subtieler mag wel en die openingszin is helemaal verschrikkelijk. 'Bram?' roep ik dan vol verbazing. Hij kijkt me aan en volgens mij is hij van zijn stuk gebracht omdat hij me nog echt kent ook.

Tamara duwt tegen zijn schouder. 'Doe niet zo stom, man! Dat is Isa!'

Hij slaat de rest van zijn biertje achterover en staart me wazig aan. Zo te zien heeft hij hem ook al aardig zitten. 'Sorry, ik had je niet herkend!'

'Ja, ja...' plaagt Tamara. 'Ik wist wel dat je haar zag zitten.'

'Ik haal nog even een drankje,' zeg ik terwijl ik Tamara's glas, dat nog voor een kwart gevuld is, uit haar hand trek. De wending die dit gesprekje neemt staat me niet echt aan.

Ik ga aan de bar staan en wacht, in tegenstelling tot mijn zusje, op mijn beurt. Ik hoop niet dat ze het in haar hoofd haalt om mij aan Bram te koppelen. Niet dat hij lelijk is. Eigenlijk is hij best knap als je op blond, breed en gespierd valt. En hij is ook best aardig. Maar daar gaat het niet om. Hij is mijn sportleraar. Hij kent mijn gewicht...

Ik zie dat Tamara op de dansvloer nog steeds met Bram aan het praten is. Als ik me weer omdraai en probeer om de aandacht van de barman te trekken, blijft mijn blik hangen. Ruben zit aan de andere kant van de bar. Ik had niet verwacht hem hier tegen te komen. Hij ziet er niet al te best uit. Ik weet niet hoe ik erbij kom dat te denken, want hij is nog steeds onwaarschijnlijk knap. Het is iets wat ik onder dat afleidende laagje superaantrekkelijkheid zie. Hij voelt zich echt rot. Misschien zelfs net zo rot als ik, als dat mogelijk is.

De barman heeft me in de gaten en hij beneemt me enkele tellen het uitzicht op Ruben. Ik bestel de drankjes en doe ondertussen mijn best om mijn kalmte te bewaren. Ons laatste gesprek zit me dwars. Misschien ben ik te hard voor hem geweest. Ik denk niet dat ik hem kan vergeven, maar ik zou kunnen proberen het op een nette manier af te ronden. Zodat we zonder ruzie elk onze eigen weg kunnen gaan. Maar hoe in 's hemelsnaam? Ik wil geen ruzie met hem, maar ik wil ook geen vrienden met hem zijn. Misschien moet ik het maar gewoon zo laten. Na de vorige keer zal hij het vast niet meer in zijn hoofd halen om mij aan te spreken en waarom zou ik dan weer een discussie beginnen? Ik krijg mijn drankjes en wil teruglopen naar de dansvloer waar ik Tamara achtergelaten heb, maar het zit me niet lekker. Misschien kan ik toch maar beter even naar hem toe gaan om het uit te praten. Zo kunnen we ook niet met elkaar om blijven gaan. Ik pak de drankjes en beweeg me in zijn richting. Ik zeg gewoon dat het me spijt dat het zo gelopen is en dat...

Ik blijf als aan de grond genageld staan. Marleen staat tegen Ruben aangevlijd en ze zijn intens met elkaar in gesprek. Het komt als een mokerslag bij me aan. Hij praat met haar. Hij prááť met haar! Hij heeft zijn hand om haar pols, alsof hij haar naar zich toe trekt. Hij buigt zich helemaal naar haar toe. Zijn wang raakt de hare. Ze kijkt naar hem op. Die blik lijkt uren te duren. Het is walgelijk om te zien hoe ze met haar wimpers naar hem knippert. Als ze haar ogen nog wijder naar hem openslaat, rollen ze uit hun kassen. En zoals ze tegen hem aan wiegt op de muziek en haar haren achterover zwiept... Ik word er misselijk van. Ze hadden net zo goed midden in de bar seks kunnen hebben, zoveel pijn doet het om dit te zien. Als zij zo weinig voor hem betekent, als hij alles meende wat hij tegen me gezegd heeft, dan zou hij nu niet met haar hier zijn. Ik kijk vlug de andere kant op. Wat een ordinaire meid is dat! Ik kan niet geloven dat hij wéér bij haar is.

Ik voel weer een hand op mijn heup en opnieuw staat Bram achter me. 'Zal ik je even helpen met die drankjes?'

Ik duw hem zijn biertje in zijn handen. 'Waar is Tamara?'

'Volgens mij heeft ze een kerel aan de haak geslagen. Ze redt het wel even zonder ons.'

Ons... Dat klinkt niet normaal. Bram en ik zijn geen 'ons'. Het zou belachelijk zijn. Maar aan de andere kant... Ik heb Ruben iets betaald te zetten.

'Is er iets?' vraagt Bram.

'Sorry. Ik was even afgeleid.'

'Dat gebeurt mij nou ook steeds,' antwoordt hij terwijl zijn blik naar mijn borsten afglijdt. De beha heeft zijn effect niet gemist. Ik glimlach zenuwachtig. Het idee alleen al om met Bram aan te pappen maakt me nerveus, maar ik zie dat Ruben onze kant op kijkt. Zijn blik blijft strak op me gericht.

Ik leg mijn hand even op de arm van Bram. 'Laten we elkaar dan maar even bezighouden...'

We gaan aan de bar zitten en ik drink eerst mijn eigen en dan Tamara's drankje op. Meteen daarna geeft Bram me weer een vol glas. Ik neem het allemaal aan. Ik kan wel een kleine roes gebruiken om in de juiste stemming te komen. Ik voel dat ik wat losser word en begin voorzichtig met Bram te flirten. Ik raak hem af en toe aan, speel een beetje met mijn losse krullen, lach om al zijn grapjes. Ik doe alsof ik niet zie dat Ruben elke beweging die ik maak volgt en na een tijdje begin ik zelfs te vergeten dat ik dit eigenlijk voor hem doe. Ik krijg er plezier in. En Bram reageert prima.

'Heb je eigenlijk een vriendin, Bram?' vraag ik. Ik heb geen zin om dadelijk weer uitgescholden te worden door iemand van wie ik niet wist dat ze bestond.

'Nee,' zegt hij resoluut. 'Ik ben niet zo goed met vastigheid. Ik hou wel van mijn vrijheid.'

Ik glimlach. 'Perfect.'

Hij kijkt verwonderd. 'O ja?'

Ik leg mijn hand in zijn nek en trek hem naar me toe. Zonder nadenken druk ik mijn lippen op de zijne. Even ben ik bang een blauwtje te lopen, maar Bram is niet in de verste verte van plan mij weg te duwen. Hij grijpt me juist steviger vast. Hij smaakt niet zoals Ruben. Ik proef nu bier in plaats van kokos en ik voel niet de extatische verrukking die ik voel als Ruben maar bij me in de buurt komt. Maar Bram weet wel hoe hij moet zoenen. Hij doet het langzaam en met gevoel. Hij weet wat hij doet en eigenlijk vind ik het niet eens zo erg dat ik geen vlinders voel fladderen. Ik kan er even geen gevoelens bij hebben.

Net als het echt heftig begint te worden, tikt een barmeisje Bram op de schouder. Hij maakt zich met een licht geïrriteerde blik van me los, maar zijn hand blijft op mijn bovenbeen liggen. Het barmeisje glimlacht vriendelijk. 'Sorry dat ik stoor, maar die jongen daar geeft jullie deze drankjes.' Ze wijst naar Ruben, die zijn glas naar Bram en mij optilt. Zijn gezicht staat strak en gespannen en Marleen is uit het zicht verdwenen. Eigenlijk kijkt hij ronduit boos en ik snap hem niet. Hij mag het met Marleen doen, maar ik mag niet met iemand anders zoenen?

'Hé, dat is Ruben!' roept Bram. 'Zullen we hem even gaan bedanken?'

'Liever niet,' antwoord ik. Ik voel me nu een beetje ongemakkelijk. Het is niets voor mij om zomaar voor de lol met een man te rotzooien. 'Ga jij maar even naar hem toe, als je wil. Dan ga ik Tamara zoeken.' Ik sta op en Bram slaat zijn armen om mijn middel.

'Kom je nog wel terug?'

'Anders moet je me maar komen halen,' fluister ik in zijn oor. Ik weet niet waarom ik zo doe. Ik heb mijn lol nu gehad. Ruben heeft me gezien. Ik kan nu ophouden, maar op een of andere manier wil ik testen hoe geïnteresseerd Bram in me is. Ik wil me niet langer afgewezen en voor schut gezet voelen. Ik manoeuvreer me door de drukte naar Tamara toe. Ik heb advies nodig.

Ze staat te dansen met een jongen die ik niet ken, maar zij kent hem behoorlijk goed zo te zien. Hij heeft zijn handen op haar heupen en danst vlak achter haar. Ze zegt iets tegen hem als ze mij ziet en hij laat haar los.

'Hoe is het?' vraagt ze. 'Is het gezellig met Bram?'

'Een beetje te gezellig,' antwoord ik. 'Ruben is hier ook en ik probeerde hem jaloers te maken...'

'En dat lukt je aardig, geloof ik. Hij ziet er groen van...'

'Heb je ons gezien?'

Ze knikt. 'Ik ben trots op je! Met Bram zoenen is een perfecte zet. Ruben is stinkend jaloers, hij zou het liefst persoonlijk tussen jou en Bram in springen.'

'Volgens mij heb je gemist dat er een blonde snol aan hem vastgeplakt zit...'

'Ach, dat heeft geen enkele toekomst. Geloof mij nu maar.'

'Waarom is hij hier dan samen met haar? Ik begon bijna te geloven dat hij inderdaad een stomme vergissing gemaakt heeft, maar blijkbaar maakt Ruben steeds dezelfde vergissingen.'

'Isa, ik weet dat het geen leuke ervaring was, maar je moet je eroverheen zetten. Ten eerste heeft Bram genoeg interesse in je voor twee mannen. Ten tweede betwijfel ik ernstig of Ruben echt nog bij Marleen wil zijn. Hij ziet er nu niet bepaald gelukkig uit.'

'Ik weet het niet meer...'

'Ik kan het niet voor je oplossen. Je moet het zelf doen.'

'Weet ik. Ik hou je ook te lang op. Die jongen kan niet wachten tot je weer oog voor hem hebt.'

'Ik ken hem nog van school. Hij is nu een stuk aantrekkelijker. Misschien ga ik straks wel met hem mee naar huis. Als jij het alleen redt, natuurlijk.'

'Tuurlijk red ik het,' lieg ik. Ik wil dat ze mijn hand vasthoudt en alles voor me regelt. Zij is immers het mannenorakel. Maar misschien heeft ze gelijk. Misschien moet ik eens voor één keer naar mezelf luisteren.

'Ik houd het maar voor gezien vanavond. Ik ga naar huis,' zeg ik.

Tamara glimlacht. 'Verstandige meid.'

Verstandig... Dat ben ik al een hele tijd niet meer. Onvolwassen, onzeker en overgevoelig, dat komt meer in de buurt. Wat een puinhoop. Ik loop naar de garderobe om mijn jas te halen. Ik twijfel even of ik Bram nog gedag moet zeggen, maar dat lijkt me een beetje overdreven. We hebben niks met elkaar. Ik geef het bonnetje af en wacht tot het meisje mijn jas gevonden heeft. Dan voel ik een hand om mijn pols. Waarom heb ik ook gezegd dat Bram me moest komen zoeken?

'Ga je al weg?' Dat is niet de stem van Bram. Ik draai me om en kijk in de bruine ogen van Ruben. 'Ik weet niet waarom ik nog moeite doe,' gaat hij verder. 'Ik kan me niet eens herinneren wanneer je voor het laatst normaal met me hebt willen praten.'

'Waarom doe je die moeite dan?'

'Hoe vaak wil je dat nog van me horen, Isa?'

'Je hebt gelijk. Je kunt net zo goed je mond houden, aangezien elk woord dat je zegt klinkklare onzin is.' Het is ongelooflijk, maar hij kijkt me aan alsof hij niet weet waar ik het over heb. Hij staat gewoon nog steeds te liegen. 'Weet je Ruben, bespaar je de moeite voortaan, want ik ben er helemaal klaar mee. Je hoeft niets meer uit te leggen, je hoeft je niet meer te verontschuldigen, laten we gewoon allebei verdergaan, oké?'

'Voor jou is dat blijkbaar heel gemakkelijk.'

'Ik ga nu weg. Ga terug naar je vriendin, Ruben...' Het meisje reikt mij mijn jas aan en ik neem hem van haar over.

'Ze is mijn vriendin niet.'

'Weet zij dat ook? Zo zag het er namelijk niet bepaald uit.'

'Weet je wel hoe jij er net uitzag met die lul van de sportschool?'

'Nou en? Ik ben net zo vrij om te doen wat ik wil als jij.'

'Dus dat is het dan? Wat jou betreft hebben wij niks met elkaar te maken?'

Ik zucht diep. 'Het is wel duidelijk dat jij nog lang niet klaar bent met die blonde... vrouw.' Ik ben blij dat ik het woord 'snol' op tijd kon inslikken. 'Ik vind het best, maar ik kan niet meer met je omgaan alsof er niets aan de hand is. Dus kunnen we beter doen alsof we elkaar niet kennen.'

Ruben lacht verontwaardigd. 'Dat kan toch niet?'

'Ik wil geen ruzie met je. Daarom kunnen we elkaar beter vermijden.'

Hij wendt zich van me af, zijn gezichtsuitdrukking vol frustratie. Ik denk dat hij eindelijk opgeeft, maar dan komt hij weer naar me toe. 'Weet je wat mijn probleem is?'

Ik haal mijn schouders op. Ik zou niet weten waar ik moest beginnen.

'Ik ben in de war. En de enige persoon die me zou kunnen helpen met wat ik voel, wil niets meer met me te maken hebben. Ik wil zo graag eens rustig met je praten...'

'Ik weet dat je dat wilt, Ruben. Maar ik wil het niet. Ik ben je praatpaal niet. Ik ben je psycholoog niet. Ik ben... niets.'

'Daar vergis je je in.'

'Het spijt me, maar jij moet ook accepteren dat er iets veranderd is tussen ons.'

Hij kijkt me aan. Lang. Doordringend. Ik ga wat naar achteren om wat afstand te creëren, maar hij loopt gewoon met me mee en plotseling is hij nog dichterbij dan daarnet. Hij staat tegen me aan en tilt mijn gezicht een stukje op. Daar is het dan. Extatische verrukking als zijn lippen die van mij raken. Zijn hand glijdt langs mijn ruggengraat naar beneden. Hij kust me en ik doe er niets tegen. Na wat een eeuwigheid lijkt, laat hij me los en kijkt hij me aan. 'Dit is niet veranderd, Isa.'

Zijn blik glijdt langzaam naar de ruimte achter me. Als ik omkijk, zie ik een mooie, slanke blondine die vol ongeloof naar ons staart. Het is Marleen en aan haar blik te zien, is het nu echt over tussen haar en Ruben.

Ik word wakker van mijn telefoon. Ik zwaai mijn arm uit bed om hem te pakken te krijgen. Hij klinkt steeds harder. Ik tast het nachtkastje af, maar voel niets. Afgaand op het geluid tast ik de vloer af. Ik heb hem vast in mijn tas laten zitten. Mijn tas ligt naast het bed en ik vis mijn mobieltje eruit. Net op tijd neem ik met krakerige stem op.

'Jeetje, wat duurt het lang voor jij de telefoon opneemt,' brult Tamara in mijn oor.

'Ik lag nog te slapen,' zeg ik schor.

'Het is bijna middag, hoor. Kom onderhand eens je nest uit. Ik wil het met je hebben over mijn vangst van gisterenavond.'

'Kan dat niet later? Ik lig nog op bed.'

'Nou, ik sta min of meer voor je deur, dus het zou fijn zijn als je even open zou doen.'

Ik ga rechtop zitten en zwaai mijn benen uit bed. 'Waarom doe je altijd zo vervelend?'

'Doe nou maar open...'

'Ik kom er al aan,' zeg ik terwijl ik de slaapkamerdeur opendoe.

'Dan zie ik je zo, doei!'

'Wacht!' roep ik ineens klaarwakker.

'Wat is er?' vraagt Tamara verschrikt.

'Ga maar naar huis, ik kom straks naar je toe.'

'Isa, doe toch gewoon die deur open.'

'Dat kan niet. Ik leg het je later uit.'

'Wat is er nou?' vraagt Tamara. Ze weet van geen ophouden.

'Ik ben niet thuis,' antwoord ik terwijl ik verbouwereerd rondkijk. Ik sta naakt op een vreemde overloop.

'Wat?' vraagt ze opgewonden. 'Bij wie ben je dan?'

Dat zou ik ook wel willen weten. 'Ik bel je nog!' zeg ik en ik druk mijn telefoon uit. Dan loop ik terug de slaapkamer in terwijl ik in gedachten gisterenavond reconstrueer. Ik was aan het praten met Ruben en hij kuste me...

Ik zie een spoor van kleren dat van de deur naar het bed leidt. Het is een ontzettende rommel en tussen mijn spullen liggen mannenkleren. Flarden van vannacht komen terug. Wat gênant is dit. Ik heb veel te veel gedronken. Ik gris wat kleding van de vloer om mezelf te bedekken, maar alles ligt door elkaar.

In het bed ligt iemand te slapen. Langzaam verdwijnt de nevel in mijn hoofd en ik neem me voor nooit meer te drinken. Ruben kuste me en toen zag hij Marleen. Ze keek met grote ogen van hem naar mij en rende toen naar buiten. Hij ging niet eens achter haar aan. 'Ik heb niets meer met haar. Ik ben hier met mijn broer. Het is toeval dat zij er ook is.'

Ik weet niet meer zo goed wat ik gezegd heb. Ik wilde hem wel geloven, maar ik kon het gewoon niet meer opbrengen.

Toen verscheen Bram opeens naast me. 'Heb je een lift nodig?' vroeg hij.

Het is allemaal nogal rommelig in mijn hoofd, maar ik herinner me dat ik wegliep.

'Doe nou geen stomme dingen, Isa!' riep Ruben me na. En de toon waarop hij dat zei – bezorgd, gekwetst, smekend, boos, teleurgesteld... dat alles samen – maakte me furieus. Ik vond dat hij geen enkel recht had om al die dingen te zijn en mij een schuldgevoel te bezorgen. Dus ben ik gewoon weggegaan en nu denk ik dat ik toch iets heel, heel, heel erg stoms gedaan heb.

De slapende bobbel onder het dekbed rekt zich langzaam uit. 'Ik wist niet dat jij overal zo fanatiek in bent, Isa.'

'Bram...' mompel ik, vooral om mezelf te overtuigen dat dit echt waar is.

'Je bent een beest, meisje...' Hij slaat het dekbed van zich af en ik staar naar zijn naakte lichaam.

'Heb je mijn bloesje misschien gezien?' vraag ik.

'Wacht even,' mompelt hij. Hij gaat een beetje verliggen en trekt het bloesje onder zich vandaan. 'Krijg ik nu een beloning?'

vraagt hij terwijl hij het triomfantelijk heen en weer slingert.

'Wil je het alsjeblieft gewoon aan me geven?'

'Waarom zou je je weer aankleden? Je kunt ook weer in bed komen liggen.'

Ik steek mijn hand uit naar mijn bloes. 'Geef nou!'

'Je bent een beetje gespannen...' Hij steekt zijn arm naar me uit en ik laat me op het bed trekken. Ik ben zo overrompeld dat ik niet eens tegenstribbel.

Bram geeft me kleine kusjes op mijn schouder. 'Ontspan een beetje. Ik weet wel een leuke manier om langzaam wakker te worden.' Hij laat zijn hand over mijn arm glijden en ik raak een klein beetje in paniek. Ik heb niet zoveel ervaring met onenightstands, maar dit bevalt me helemaal niet. Ik kan niet geloven dat ik zo stom ben geweest om met hem naar bed te gaan.

'Bram, dit was een vergissing. Geef me mijn bloesje, dan kan ik gaan.'

Hij laat zich lachend weer op het matras vallen. 'Je komt toch wel terug voor meer.'

12

Vanaf nu ga ik alles anders doen. Dit is het dieptepunt en vanaf nu ga ik mijn leven weer in eigen hand nemen. Het is afgelopen met zelfmedelijden en bankhangen. Als ik thuiskom, stop ik al het junkfood dat nog over is in een grote plastic tas. Die mogen Daphne en Floor meenemen als ik ze weer zie. Ik zal ze opbellen om het goed te maken, want zo kan het niet langer. Misschien is het ook wel een beetje mijn schuld en heb ik me te veel afgezonderd. We moeten gewoon allemaal nog om leren gaan met mijn nieuwe gewoonten.

Ik ruim mijn huis op, stofzuig, verschoon mijn bed en gooi de ramen open. Dan stap ik onder de douche, waar ik een halfuur blijf om alles van me af te wassen. Ik en Bram... Het is zo vreemd dat ik er bijna om moet lachen. Eigenlijk was hij nog best goed ook. Jammer dat ik niet verliefd op hem ben. Goh, ik heb er wel een puinhoop van gemaakt.

Dat gaat nu veranderen. Ik ga me concentreren op mijn werk, gezond eten en veel bewegen. Alleen voorlopig niet in de sportschool, want nu heb ik pas echt een reden om die te ontlopen.

En dan Ruben. Volgens mij heb ik de rollen aardig omgedraaid gisterenavond. Ik was het zo beu om slachtoffer te zijn van de situatie. Ik wilde hem laten voelen wat hij mij aangedaan heeft. Ik wist niet dat ik zo haatdragend kon zijn. Ik heb hem bewust gekwetst, juist omdat hij zo belangrijk voor me is. Ik wil niet zo zijn. Het lijkt wel of Ruben en ik ineens het slechtste in elkaar naar boven halen, terwijl ik eigenlijk alleen maar wil... Tja, wat wil ik eigenlijk? Hij heeft gezegd dat hij mij wilde en niet Marleen, maar toch heb ik hem weggestuurd. Hij wilde vrienden blijven en dat was ook niet genoeg voor me. Ik heb al zijn toenaderingspogingen afgewezen, maar als ik er nu aan denk hem niet meer te zien, lijkt me dat verschrikkelijk. Misschien ben ik zelf mijn grootste probleem. Als ik zo ontevreden over mezelf blijf, hoe kan ik dan geloven dat Ruben me leuk vindt? Hoe kan ik hem dan toestaan mij leuk te vinden? Misschien verpest ik het allemaal zelf en moet ik daar eens aan werken.

Als ik klaar ben met douchen loop ik met een grote badhanddoek om me heen naar mijn slaapkamer. Zoals altijd vermijd ik te kijken in de staande spiegel waar ik voorbij moet. Ik kan me niet herinneren wanneer ik mezelf voor het laatst goed bekeken heb zonder kleren. Ik blijf even staan en draai me dan voorzichtig om. Alsof ik bang ben mezelf te laten schrikken. Ik kijk eerst naar mijn blote voeten en mijn kuiten. Dat is nog niet zo erg. Het probleem begint boven mijn knieën. Dat stukje sla ik graag nog even over. Ik kijk naar mijn armen en schouders. Ook geen ramp. Je ziet mijn sleutelbeenderen en schouderbladen weer! Eigenlijk ziet het er best mooi uit. Ik adem even in en uit en laat dan de handdoek vallen. Daar is het dan. Mijn naakte lichaam. Het enige dat ik heb. Het functioneert gezond. Alles zit erop en eraan. Soms misschien een beetje te veel van het goede, maar het gaat om het principe. Ik zou dankbaar moeten zijn dat alles werkt. Ik zou dankbaar moeten zijn dat het me gelukt is om al die kilo's kwijt te raken. Ik weet dat ik er nog niet ben. Mijn buik is nog steeds iets gewelfder dan ik zou willen, mijn heupen zijn aan de brede kant. Mijn billen en bovenbenen mogen wel wat slanker. Maar ik ben niet echt dik. Ik kan weer leuke kleren aan. Ik heb in een paar weken tijd de twee knapste mannen van de sportschool voor me gewonnen. Misschien mag ik wel iets meer respect voor mezelf opbrengen. Misschien moet ik dat eerst eens proberen voor ik me weer op de mannen stort. Ik raap snel de handdoek van de grond en sla hem om me heen. Ik heb genoeg gezien. Die zelfacceptatie heeft natuurlijk tijd nodig.

Ik kleed me aan en bel Tamara om haar te vertellen wat er gebeurd is. Ze vindt het allemaal heel erg grappig. Ik denk zelfs dat ze trots op me is. Na bijna een uur aan de telefoon gehangen te hebben, kijk ik in mijn agenda. Ik zie dat Floor aan de beurt is voor de filmmiddag. Ik pak de plastic tas met snoepgoed en stap in mijn auto.

'Het spijt mij ook!' roept Floor als ik haar mijn excuses aangeboden heb. Ze gaat naast me zitten en omhelst me. 'Ik heb heel erg gemeen tegen je gedaan.'

'Je had wel een beetje gelijk. Ik ben te veel met mezelf bezig geweest. Maar dat gaat nu veranderen. Ik ben over dat gedoe met Ruben heen en ik ga me nu weer op jullie concentreren.' Daphne komt ook bij ons op de bank zitten. 'Wij hadden je ook wel iets meer mogen steunen met dat afvallen. Ik vind het juist heel knap dat het je gelukt is om zo te veranderen.'

'Maar eigenlijk ben ik niet zoveel veranderd en om dat te bewijzen nodig ik jullie en Mas en Archie uit voor een etentje bij mij thuis. Laten jullie maar weten wanneer jullie kunnen.'

'Krijgen we dan wel iets lekkers?' vraagt Floor met een duwtje tegen mijn schouder.

'Jazeker! Sla met worteltjes en komkommer!'

'Joepie!' roept Floor.

'En ik wil ook weer eens met jullie gaan winkelen. Ik heb echt een nieuwe garderobe nodig en ik denk dat ik inmiddels wel weer in de leuke winkels kan slagen.'

'Afgesproken!' antwoordt Daphne. 'En nu weer ouderwets film kijken!'

Mijn eerste werkdag sinds mijn mentale inzinking gaat verrassend vlug voorbij. Ik besteed het grootste gedeelte van de dag aan het wegwerken van administratieve klusjes die zijn blijven liggen. Ik ben blij weer terug te zijn en ga moe maar voldaan naar huis.

Ik maak een gezonde maaltijd voor mezelf klaar, met veel verse groenten. Dat kan ik wel gebruiken na de afgelopen dagen. Ondertussen beluister ik de berichtjes op mijn antwoordapparaat.

'Hoi Isa, met Tamara. Ik wilde even zeggen dat ik vanmiddag al ben gaan sporten. Ik dacht dat jij voorlopig toch geen zin zou hebben om te gaan, dus mag je de confrontatie met Bram nog even uitstellen. Ik bel je nog!'

'Hé, met Floor! Ik heb met Mas overlegd en we kunnen morgenavond komen eten. Daph kan ook, dus bel me even als het doorgaat. Als ik iets klaar moet maken of meebrengen, moet je het maar zeggen. Doei!'

'Isa, je spreekt met mama. Ik maak donderdag weer lasagne. Kom je ook eten? Ik weet dat ze aan de lijn is, Tamara, maar ze kan best een keertje lasagne komen eten! Ik gebruik nu 20+ kaas, hoor Isa. Laat je even weten of je komt? Groetjes!'

Ik moet lachen om de discussie die mama en Tamara tijdens het inspreken van zo'n kort berichtje nog weten te voeren. Ik noteer meteen op mijn kalender dat Floor, Mas en Daph morgen komen eten en ben opgelucht dat ik niet hoef te sporten van Tamara. Dan kan ik vanavond rustig bedenken wat ik morgen op tafel zal zetten. Ik ben wel een beetje teleurgesteld dat voor het eerst sinds dagen Rubens telefoonnummer niet meer bij mijn gemiste oproepen staat. Ik had wel verwacht dat hij het een keer op zou geven. Ik heb hem zelf gezegd dat hij dat moest doen, maar nu het zover is...

Ik eet aan de eettafel met een blik op de televisie waar de actualiteiten van vandaag besproken worden. Ik denk aan wat Tamara zei over de confrontatie uitstellen. Dat is inderdaad wat ik het liefste doe. Ik zou er veel voor over hebben om Bram nooit meer onder ogen te hoeven komen. Maar uiteindelijk zal ik toch moeten, vrees ik. Ik ben net zo ver gekomen op deze sportschool. Als ik Bram en Ruben nooit meer wil zien, zal ik naar een andere sportschool moeten. Weer helemaal opnieuw beginnen. Of helemaal met sporten stoppen. Het klinkt als iets wat ik zou kunnen doen, maar ik wil niet meer zo zijn. Ik wil mijn problemen op een volwassen manier oplossen. Ik wil niets meer uit de weg gaan omdat ik bang ben of onzeker. Dit keer ga ik het eens heel anders aanpakken.

Na het eten stap ik daarom toch op de fiets en rijd ik naar de sportschool. Als ik mijn spullen in een kluisje heb gelegd en de zaal inloop, zie ik Bram bij de balie staan. Ik loop naar hem toe. Hij ziet me al van meters afstand. 'Hé, Isa!' roept hij door de zaal.

'Ik wilde even met je praten,' zeg ik als ik voor hem sta. 'Heb je even?'

'Natuurlijk. Kom maar even mee naar mijn kantoortje.' Hij knipoogt naar me alsof hij me een oneerbaar voorstel doet, wat in zijn geval misschien wel zo is.

Ik loop met hem mee en wacht tot hij de deur sluit. 'Ik voel me een beetje opgelaten over wat er gebeurd is tussen ons.'

'Echt waar?' vraagt hij met een grote grijns op zijn gezicht. 'Je hoeft je anders nergens voor te schamen, hoor. Je hebt me flink beziggehouden!'

Ik voel mijn wangen rood kleuren. 'Dat is het ook niet precies... Ik bedoel... Het was een eenmalig iets... Toch?'

Hij haalt zijn schouders op. 'Nou, als je nog een keer wil...'

'Nee!' Oeps, dat kwam er iets te overtuigd uit.

'Heb je er spijt van, Isa?'

'Nou, dat ook weer niet direct. Maar ik denk gewoon dat we het hierbij moeten laten. En ik wil niet dat het raar wordt tussen ons als we elkaar hier zien.'

'Oké,' antwoordt hij.

'Oké?'

'Tuurlijk. Ik ben niet op zoek naar een vaste relatie. Ik vind het prima zoals het nu is.'

Ik knik. 'Gelukkig.'

'Maar ik meende wel wat ik net zei. Als je nog eens wil, dan weet je me te vinden.' Hij lacht, waardoor ik ook moet lachen.

'Was dat alles?' vraagt hij.

Ik knik.

Hij opent de deur en laat me voorgaan naar buiten. 'Je bent een lekker wijf, Isa,' zegt hij terwijl hij me helemaal bekijkt. Ik geef hem een por tegen zijn arm en doe of ik beledigd ben, maar als ik eerlijk ben, vind ik het best leuk. Ik een lekker wijf. Zo ben ik mijn leven lang nog nooit genoemd en nu zegt uitgerekend Bram het. Terwijl hij de hele dag omringd is door afgetrainde meiden.

Ik kan een glimlach niet onderdrukken. Als ik geweten had dat confrontaties zo gemakkelijk zouden zijn, was ik er veel eerder mee begonnen. Ik voel me helemaal volwassen. Als ik naar de crosstrainer wil lopen, zie ik Ruben bij de fietsen. Hij kijkt vlug weg, alsof hij me niet gezien heeft. De fiets naast hem is vrij. Misschien kan ik het bij hem ook eens proberen. Hij zei zelf dat hij onze vriendschap niet kwijt wilde. 'Hoi, Ruben,' zeg ik terwijl ik naast hem op de fiets klim.

'Hoi,' zegt hij niet echt enthousiast.

Ik weet dat het moeilijk is, maar we kunnen op zijn minst beleefd tegen elkaar zijn. Dat is wat volwassenen doen. 'Hoe gaat het?'

'Goed.'

Ik knik. 'Gelukkig.'

'Met jou ook...' Het is meer een constatering dan een vraag.

'Ja, hoor,' beaam ik voor de zekerheid. Misschien was het toch een vraag. 'Het gaat goed met Streepje en morgen ga ik Mas ontmoeten...'

'Mooi zo!' zegt hij snel. Hij houdt op met trappen en ik zie dat hij eigenlijk nog veertien minuten moet fietsen. 'Ik moet weg. Ik moet nog werken vanavond.'

'Oké,' antwoord ik. Misschien is het te veel gevraagd. Misschien kunnen we niet als vrienden een praatje maken. Er is gewoon te veel gebeurd. Ruben stapt van zijn fiets en ik moet even slikken. 'Fijne avond verder.'

'Ja, dank je. Jij ook.' Hij klinkt een beetje schor en loopt weg zonder me echt aan te kijken.

Ik doe mijn best om niet jaloers te zijn op Floor, echt waar. Maar als Daphne een blik van verstandhouding met me wisselt, begrijp ik dat het heel normaal is om hier een beetje jaloers op te zijn. Mas is echt een droom. Niet alleen ziet hij er heel goed uit, hij is ook nog eens sympathiek en welbespraakt. Hij weet de conversatie heel goed op gang te houden, heeft een duidelijke mening over allerlei uiteenlopende onderwerpen, maar hij laat vooral ook anderen aan het woord. En dan de manier waarop hij naar Floor kijkt. Hij is stapelgek op haar, dat zie je zo. Ze gaan vast trouwen. Ik zie het al helemaal voor me. Ze zijn voor elkaar gemaakt.

Logisch dus, dat ik af en toe een heel klein steekje jaloezie voel. Niet alleen om Ruben, al was het leuk geweest als hij degene was die tijdens dit soort etentjes mijn hand vasthield en in adoratie naar me keek. Ik vraag me af of er weer een ander komt die ik net zo leuk vind. Die mij laat stralen zoals Mas Floor laat stralen. Ik weet niet of ik die persoon zal vinden. Ruben is het niet en Bram al helemaal niet, dus wie dan wel?

'Wat een leuk idee is dit, Isa,' zegt Daphne terwijl ze een wortel in de salsadip doopt. Als voorgerecht heb ik wortels, komkommer en bleekselderij in lange stengels gesneden. Ik heb ze in longdrinkglazen op tafel gezet en sausjes gemaakt om de groenten in te dippen. Er staan ook radijsjes en paprika en voor de liefhebbers een mandje met stokbrood en wat kruidenboter. Ik blijf zelf natuurlijk van dat laatste af. Mijn tactiek is om me helemaal vol te eten aan de rauwe groenten, zodat ik geen trek meer heb als het hoofdgerecht op tafel komt. Om te bewijzen dat gezond eten ook lekker kan zijn, heb ik verse tonijnfilet klaargemaakt. Het komt uit de grillpan, dus het is helemaal niet vet. Omdat ik Floor en Daphne niet wil laten lijden onder mijn lijnen, heb ik voor hen krielaardappeltjes erbij gebakken. Ikzelf houd het bij groenten en de vis.

Ik dip nog een stengel bleekselderij in de tzatziki. Een klein beetje saus mag wel. Het is op yoghurtbasis.

Floor besmeert een stokbroodje met kruidenboter. 'Ik vind het ook leuk. Zo lust ik die gezonde dingen ook wel.'

'Maar dat stokbrood mag eigenlijk niet. Daar moet je mee oppassen,' zeg ik.

'Wie is er aan de lijn dan?' vraagt Mas verbaasd.

'Ik, natuurlijk,' antwoord ik.

'Maar je bent helemaal niet dik.'

Ik kijk Mas sprakeloos aan. Ik niet dik? Mas vindt mij niet dik? Heeft Floor hem betaald om dit te zeggen?

'Isa is heel veel afgevallen,' zegt Floor. 'Zeker tien kilo.'

'Zoveel?' roept Mas uit.

Ik knik bescheiden.

'Hoe heb je dat gedaan?'

'Door veel te sporten en gezond te eten. Het is niet gemakkelijk...'

'Die foto die bij Floor naast de televisie staat... Sta jij daar ook op?'

'Ja, dat ben ik een jaar geleden. Die is in de dierentuin gemaakt, toch?'

Floor knikt. Mas fluit tussen zijn tanden. 'Het was echt niet in me opgekomen dat jij dat was. Ik vind je hartstikke slank.'

Ik weet niet wat ik hoor. Voor Mas ben ik gewoon. Hij heeft me leren kennen zonder mij met overgewicht te associëren. Ik ben zojuist ook een beetje verliefd op hem geworden. Met rode wangen sta ik op om de tafel leeg te ruimen en het hoofdgerecht klaar te maken.

Floor komt met haar handen vol achter me aan de keuken in. 'En? En? En? Wat vind je?'

'Hij is super! Hij mag blijven.'

'O! Ik ben zo blij dat jullie hem ook mogen!'

'Ik mag iedereen die mij slank noemt.'

Floor giechelt. 'Hij is zo charmant, vind je ook niet?'

'En knap,' antwoord ik terwijl ik de vaatwasser inlaad. 'Is hij ook rijk?'

'Nou, hij verdient inderdaad goed.'

Ik sta net met mijn handen vol vuile borden als ik de deurbel hoor. 'Shit,' mompel ik, terwijl ik de borden vlug in de rekjes laat zakken.

'Zal ik even gaan?' roept Daphne.

'Graag,' zeg ik. 'Als je het niet erg vindt.' Maar Daphne is al opgestaan en loopt naar de voordeur.

Floor trekt me aan mijn arm een beetje verder de keuken in. 'Ik heb me nog nooit zo goed gevoeld over een man. Ik denk echt dat Mas het is. De ware.'

'Weet je, Floor, dat zou best eens kunnen.'

'Isa?' Daphne komt de keuken in. 'Er is iemand voor je. Een bezorger, geloof ik.'

'Een bezorger?'

'Ja. Hij heeft een heel groot pakket.'

'Een pakket? Hoe kan dat nu weer? Ik heb helemaal niks besteld,' mompel ik terwijl ik mijn handen afdroog.

'Misschien heb je iets gewonnen,' oppert Floor.

Ik denk aan de belspelletjes toen ik ziek thuis was, maar ik ben niet één keer in de uitzending gekomen. Dat kan het niet zijn. Ik loop naar de voordeur. 'Het zal wel voor de buren zijn.'

'Nee, het is echt voor jou,' antwoordt de bezorger zodra ik in het halletje verschijn. Hij heeft een groot, in bubbeltjesfolie gewikkeld gevaarte bij me binnen gezet.

'Wat is dit?' vraag ik terwijl ik naar de jongen kijk. Hij heeft iets bekends, maar ik kan het niet thuisbrengen.

'Het is een cadeautje,' zegt hij.

'Van wie dan?' vraag ik.

Hij kijkt me met opgetrokken wenkbrauwen aan. Jeetje, waar ken ik hem nou van? 'Wil je het niet uitpakken?' vraagt hij. De tussendeur gaat op een kiertje open en Daphne gluurt om het hoekje.

'Hoi,' zegt de jongen met een knikje in haar richting.

'Hoi,' zegt ze giechelend alsof hij de eerste jongen is die haar ooit heeft aangesproken.

Ondertussen heb ik me op de folie gestort. Ik sleur het naar beneden en opeens weet ik waar ik die jongen van ken. 'Hé! Jij bent Robin!' roep ik. Op dat moment valt het inpakplastic naar beneden en zie ik een prachtige schommelstoel voor me staan. Rubens schommelstoel. 'Dat is Rubens schommelstoel!' roep ik opgetogen. Eigenlijk begrijp ik er niets van. Waarom krijg ik die?

'Het is Rubens schommelstoel!' echoot Daphne en onmiddellijk verschijnt ook het hoofd van Floor in de deuropening. Ik kijk van hen naar Robin.

'Ik snap er niets van...'

'Ik ook niet. Ruben wil hem niet meer verkopen.'

'Waarom niet?' Vanuit mijn ooghoek zie ik dat ook Mas zich bij Daphne en Floor in de deuropening heeft gevoegd.

'Het had iets met jou te maken, geloof ik. Ik weet het niet precies. Ik dacht dat jij het wel zou begrijpen.'

'Nou, ik begrijp er dus niks van. Waarom komt Ruben niet zelf langs als hij me die stoel wil geven?'

'Dat durft hij niet meer. Je bent niet echt de makkelijkst te benaderen persoon, als ik mijn broer mag geloven,' zegt Robin meesmuilend.

'Hij is Rubens broer!' hoor ik Daphne uitgelaten doorbrieven.

Ik kijk naar Robin. Ik niet benaderbaar? Ik ben hartstikke benaderbaar! Het enige wat ik al die tijd gewild heb, is door Ruben 'benaderd' worden.

'Wat bedoel je daarmee?' hoor ik mezelf vragen. Ruben is degene die mij aan de kant gezet voor zijn ex. Waarom ben ik nu degene die...

'Nou, je hebt hem zo vaak afgewimpeld.'

Oké, daar heeft hij dan misschien een punt. Maar dat had een reden en ik heb gisteren nog geprobeerd om een praatje met hem te maken. En ik weet nog steeds niet wat Robin hier nu eigenlijk doet. Ja, mij die stoel geven, maar... 'Waarom krijg ik die stoel nu precies?'

'Dat moet je mij niet vragen! Volgens Ruben wist jij het. Ik weet alleen dat hij ervan af wil en dat jij wel begrijpt wat je ermee moet doen.'

Ik moet denken aan het gesprek dat we hadden in de showroom. Over baby's. Nog steeds snap ik het niet. Waarom verkoopt hij die stoel niet gewoon aan iemand die daadwerkelijk een baby heeft?

'Hij zei wel iets over die gast van de sportschool. Hij bracht het half als grapje, maar...'

'Had hij het over Bram?'

'Ik weet niet of het belangrijk is, hoor. Hij noemde het heel terloops, maar het klonk alsof het hem dwarszat. Ik dacht dat je dat misschien wilde weten.'

'Wat zei hij dan?'

'Hij zei dat jij die stoel nu vast wel wilde hebben omdat je nu iets met die Bram hebt. Ik weet niet precies wat er gaande is tussen jullie, maar ik weet wel dat Ruben behoorlijk van de kaart is om jou. Kijk maar wat je ermee doet.' Robin begint achteruit naar zijn bestelwagen te lopen.

'Maar hoe moet ik nou weten wat ik moet doen?' roep ik hem verbaasd achterna. Ik ben met stomheid geslagen. Denkt Ruben dat ik verliefd op Bram ben? En wat betekent die stoel dan? Is dat zijn manier om ons zijn zegen te geven? Moet ik nu de baby van Bram gaan zitten wiegen? Wie denkt hij eigenlijk wel dat hij is? Is hij soms blij dat hij nu van me af is?

Robin opent het portier van de wagen. 'Ik denk dat jullie nog wat uit te praten hebben, maar dat moet je helemaal zelf weten.'

Robin stapt in de wagen. Ik storm de woonkamer in en loop bijna drie mensen omver. Floor, Mas en Daphne staan nog steeds bij de deur.

'Wat is er?' vraagt Daphne. 'Je ziet er boos uit.'

'Hoorde je niet wat hij zei? Ruben denkt dat ik een liefdesbaby met Bram ga krijgen en daarom geeft hij me alvast een schommelstoel.'

'Hoe durft hij!' zegt Mas, die er duidelijk geen touw aan vast kan knopen.

'Waarom kan hij niet eens duidelijk zijn? En waar bemoeit hij zich eigenlijk mee?' vraag ik me hardop af terwijl ik de keuken weer inloop. 'Ik heb het helemaal gehad met dat vage gedrag.'

Floor loopt achter me aan. 'Zeg hem dat dan!'

'Nee. Als hij omslachtig wil doen, dan kan ik dat ook.'

'Misschien moet een van jullie eens duidelijk zijn,' zegt Daphne. 'Op deze manier blijven jullie om elkaar heen draaien. Stop met voor hem denken. Vraag hem hoe het zit.'

'Ik wil me nergens mee bemoeien,' zegt Mas, die ons gesprek

van een afstandje volgt. 'Maar als je het mij vraagt, is hij helemaal weg van jou.'

Ik kijk op van de tonijnfilets die ik woedend in de grillpan aan het smijten ben.

Mas haalt zijn schouders op. 'Kerels doen normaal gesproken niet zo vaag. Maar soms zijn ze verliefd en dan komt het wel eens voor.'

Ik loop naar Mas toe. Hij lijkt te weten waar hij over praat.

'Ik weet natuurlijk niet hoe het allemaal zit,' zegt hij. 'Maar zoals ik het zie, betekent die stoel iets voor jullie. Elke keer als hij naar dat ding kijkt, denkt hij aan jou en daarom wil hij ervan af. Hij wil de stoel niet kapotmaken, omdat hij overduidelijk een bepaalde waarde voor hem heeft en daarom geeft hij hem aan jou. Omdat hij jaloers is, plakt hij er zo'n stomme opmerking over jou en die andere vent aan vast. Wat hij eigenlijk wil is dat jij naar hem toe gaat om te zeggen dat je hem wil. En die stoel.'

Ik kijk hem met grote ogen aan.

Floor slaat haar armen om hem heen. 'Ik zei toch dat hij geweldig is?'

'Dus jij vindt dat ik naar hem toe moet gaan?' vraag ik.

Mas haalt zijn schouders op. 'Dat is wat hij wil. En als jij hem wil...'

Ik kijk van hem naar Floor en Daph.

'Ga dan!' zegt Daphne.

'Maar het etentje... Ik wilde vanavond gezellig met jullie...'

'O, hou toch op!' onderbreekt Floor me. 'Dat hoofdgerecht krijgen we zonder jou ook wel gaar. Ga nu eindelijk eens Ruben binnenhalen!'

Ik knik. 'Oké dan.'

Het is dat ik Rubens auto op het kleine parkeerplaatsje heb zien staan, anders zou ik denken dat er niemand was. Ik zie nergens licht branden en het is doodstil. Net als de vorige keer kan ik zo bij Zuidhof en Zonen binnenlopen. De deur staat gewoon open. Misschien moet ik daar eens iets van zeggen. Het is al laat op de avond. Je weet maar nooit wat er hier langskomt, zo half verscholen in het bos. Misschien alleen eekhoorns, maar toch...

Ik loop naar de werkplaats en klop op de deur. Ik hoor helemaal niets. Geen machines, geen stemmen. Ik klop wat harder. 'Ruben? Ben je daar?'

Ik open de deur voorzichtig, maar ook de werkplaats is helemaal donker. Waar hangt hij nou uit? Misschien heeft hij me gezien en is hij op de vlucht geslagen. Of hij heeft zich verstopt.

'Ruben?' roep ik nog een keer. Weer geen reactie. Ik zucht en draai me om. Dat heb ik weer. Heb ik eindelijk een moedige bui, kan ik hem nergens vinden. Als ik terug naar de showroom loop, gaat opeens mijn telefoon. Het is verder zo stil dat ik een sprongetje van schrik maak.

'Hoe gaat het?' vraagt Floor als ik opneem.

'Ik ben er net,' antwoord ik. 'En hij is er niet. Ik denk dat dit een teken is.'

'Ja, dat is het. Een teken dat je hem moet gaan zoeken.'

'O, Floor! Ik weet niet eens meer wat ik tegen hem moet zeggen.'

'Nou, dan begin je gewoon meteen te zoenen.'

'Dat verdient hij helemaal niet! Hij zoekt toenadering en duwt me weer weg. Aantrekken en afstoten. De hele tijd door. Ik word er doodmoe van en ik ben het beu dat hij me behandeld als een...'

Ik stop met praten als de deur een stukje opengaat en een bundeltje licht van de enige lantaarn die buiten staat, op de vloer naar binnen valt. Ruben staat in de deuropening.

'Isa,' zegt hij met een geamuseerd toontje in zijn stem. Hij heeft me dus gehoord. Waarschijnlijk hoor je me in deze stilte drie kilometer verderop in de bossen nog.

Bo glipt langs hem heen. Hij rent op me af en ik kniel neer om hem te begroeten.

'Floor, ik bel je zo terug,' zeg ik voor ik mijn mobieltje in mijn zak stop. Dan aai ik Bo, die opgewonden blaft en zijn voorpoten op mijn knieën zet om dichterbij te komen.

'Je bent gelukkig niet boos op me,' zeg ik. 'Ik ben de laatste keer niet zo aardig tegen je geweest.' Bo blaft vrolijk door, dus ik neem aan dat het wel goed zit.

Ruben komt wat verder naar binnen, nog steeds in het donker. Waar zit hier eigenlijk de lichtknop? En jeetje, wat ziet hij er weer onweerstaanbaar uit. Hij heeft een versleten jeans aan en onder zijn trui, waarvan hij de mouwen heeft opgestroopt, steekt aan één kant een klein randje van zijn T-shirt uit. Ik weet niet waarom, maar ik vind het zo sexy. Dat nonchalante staat hem geweldig. Zijn haar in de war, de stoppels op zijn wangen, dat stomme stukje van zijn T-shirt.

Ik sta op. 'Ik heb je stoel gekregen.'

'Ik had er geen plek meer voor. Ik dacht dat jij hem mooi vond, dus...'

Ik kijk naar de hoek waar de stoel gestaan heeft. Die is volkomen leeg. Er staat helemaal niets.

Ruben ziet me kijken. 'Binnenkort komen hier allemaal nieuwe spullen,' zegt hij met een zenuwachtig trekje rond zijn mond.

Ik knik. 'Ik vind hem heel mooi. Dank je.'

Hij kijkt me aan. 'Kom je daarom helemaal hierheen? Om me te bedanken?'

Dit gaat mis, dit gaat helemaal mis. Ik wilde hém de waarheid zeggen en nu gaat hij alles verpesten. Hij kijkt naar me met een vreemde broeierige blik. Ik weet niet meer wat ik hier doe. Ik wil me gewoon op hem storten. Maar dat doe ik niet.

'Verdomme, Isa, zeg het gewoon!' schalt het opeens door de ruimte. *'Jij houdt van hem, hij houdt van jou! Klaar! Is dat nou zo moeilijk?'* Het duurt een eeuwigheid voor ik doorheb dat het de stem van Floor is, die uit mijn broekzak lijkt te komen. Niet te geloven! Hoe kan ze dit doen? Mijn vingers trillen als ik mijn mobieltje uit mijn zak haal en dit keer goed uitzet. Hoe krijg ik het weer voor elkaar? Mijn zoveelste blunder. Ik zie dit echt niet meer zitten.

Ik maak aanstalten om naar de deur te lopen, maar Ruben houdt me tegen.

'Is dat waar?' vraagt hij.

Ik moet lachen. Van de zenuwen, van schaamte en omdat zelfs ik kan zien hoe belachelijk deze situatie is.

'Ik meen het, Isa. Ik wil het weten.' Hij pakt mijn hand vast en trekt me naar zich toe.

Ik kijk naar hem. 'Moet ik dat echt nog zeggen?'

'Het zou wel handig zijn. De vorige keer had je het nog zo gezellig met onze grote vriend Bram.'

'En jij met Marleen.'

'Voor de laatste keer: het is uit met Marleen en het blijft uit met Marleen. Ik was niet samen met haar in die bar. Ik was er met Robin en kwam haar toevallig tegen. Zij kwam naar mij toe en ik heb haar nogmaals verteld dat het nooit meer iets wordt. Ik duwde haar weg. Dat had je kunnen zien als je het niet te druk had gehad met Bram.'

'Dat zit je flink dwars, hè?'

'Natuurlijk! Ik wil niet dat je bij hem bent. Ik erger me kapot aan die gast. Ik vond het verschrikkelijk dat je hem kuste in die discotheek en dat je er met hem vandoor ging. Ik werd er niet goed van toen ik jullie in de sportschool samen zag. Ik geef het allemaal toe.'

Daarom deed hij dus zo kortaf tegen me. Hij was jaloers. Ik moet moeite doen om een triomfantelijke glimlach te onderdrukken en het lukt maar half, denk ik.

'Ik heb wel tien keer tegen je gezegd dat ik jou wilde en niet Marleen,' gaat hij verder. 'Maar dat interesseert je niks. Ik maak één misstap en je gaat meteen door naar de volgende. Hoe weet ik dat jij mij niet gewoon gebruikt hebt?'

Ik laat een schamper lachje horen. 'Ik jou gebruiken?'

'Kom op, Isa. Eerst mij, toen Bram. Ik begin een patroon te zien. Jij kunt hersenchirurgen of briljante wetenschappers krijgen. Ik snap best dat ik niet van jouw niveau ben. Ik heb niet gestudeerd. Ik verdien geen topsalaris. Ik ben maar een simpele jongen. Je hebt nooit serieuze bedoelingen gehad, toch?'

'Denk je dat nou echt? Ik heb vanaf het eerste moment aan je voeten gelegen. Voor mij betekende het iets toen we elkaar zoenden. Elke keer opnieuw. Misschien vind jij dat kinderachtig of ouderwets, maar ik zoen niet met iedereen.'

'Je zoent met Bram.'

'Niet meer. Dat was eenmalig.'

'Ben je met hem naar bed geweest?'

'Ik had een rekening te vereffenen, denk ik. Dat was ook eenmalig.'

Hij draait zich om. Hij is boos. Gekwetst. Ik weet hoe hij zich nu voelt en eigenlijk snap ik niet waarom we elkaar zoveel pijn moeten doen. Hoe is het zo ingewikkeld geworden tussen ons? Ik loop naar hem toe en leg mijn hand op zijn onderarm. Zijn vuist is gebald en ik voel de verstrakte pezen onder zijn huid.

'En nu?' vraagt hij met zijn rug naar me toe.

'Ik weet het niet. Ik weet niet of je mij nog wilt...'

'Of ik jou nog wil?' reageert hij fel. 'Ik ben zo gek op je, Isa, ik kan gewoon niet nadenken als ik bij je ben.'

Hij kijkt me aan en ik voel me week worden. Zijn blik is duister en ik wil niet meer boos op hem zijn. 'Is dat echt waar?'

Hij draait zich met een woeste beweging om. 'Ik kan je misschien verliezen aan een hersenchirurg, maar ik ga het niet afleggen tegen Bram.'

Ondanks alles moet ik een beetje lachen. 'Bram is geen partij voor jou. Nooit geweest. Ik wilde gewoon... Ik weet het niet... Ik wilde niet zielig zijn. Ik wilde niet het gevoel hebben tweede keus te zijn.'

'En ik heb je dat gevoel gegeven?'

'Natuurlijk. We hebben het hier over Marleen. Ze is tien keer zo mooi, twee keer zo dun...'

'Het spijt me. Dat is echt... verschrikkelijk. Als ik jou heb laten denken dat je niet goed genoeg bent... Niet mooi genoeg... Dan vind ik dat echt onvergeeflijk lomp van mezelf. En dan kan ik alleen maar hopen dat ik nog een kans krijg. Want ik vind niemand mooier dan jij. En niemand geeft me het gevoel dat jij mij geeft.'

'Had dat dan gewoon gezegd,' antwoord ik, terwijl ik mijn vingers langs het kleine randje stof van zijn T-shirt laat glijden.

'Had me dan de kans gegeven,' kaatst hij terug. Ik voel zijn hand langs me heen strijken en ik laat me in zijn armen trekken.

'Sukkel,' mompel ik.

Ik zie een glimlach rond zijn lippen. 'Trut,' fluistert hij terwijl zijn handen brutaal alles vastpakken wat ze binnen bereik hebben. Ik leg mijn hand in zijn nek en trek hem naar me toe voor een kus. Mijn hele lijf tintelt van opwinding als ik zijn tong tegen de mijne voel. Kleren worden losgetrokken en op de grond gesmeten en ik dank de goden dat ik de lichtknop niet kon vinden. Het is donker, op de flatterende lichtbundel die door de kier van de deur schijnt na.

'Jij bent de allermooiste, Isa,' zegt hij nog eens. Dan drukt hij zijn lichaam tegen dat van mij tot ik niet meer op mijn benen kan staan en we ons op de vieze vloer laten zakken.

Ik duw een volle kar met boodschappen door de smalle paadjes van de supermarkt. Ik heb de hele week elke vrije minuut met Ruben doorgebracht en ik heb niets eetbaars meer in huis. Ik ben er gewoon niet aan toegekomen om iets buitenshuis te doen. Zelfs naar mijn werk gaan kost me moeite. Het is bijna ondraaglijk om acht uren zonder Ruben te moeten zijn.

Ik heb Floor en Daphne telefonisch op de hoogte gebracht van het grote nieuws. Floor is door het dolle heen. Ze is ervan overtuigd dat zij Ruben en mij samengebracht heeft. Ik zou het graag ontkennen, maar als zij niet ingegrepen had, stonden Ruben en ik nu misschien nog om de hete brij heen te draaien. Ik gun haar de eer.

Tamara heb ik gesproken toen ik donderdagavond bij mijn ouders ging eten. Ik was er binnen een uur weer weg omdat ik met Ruben afgesproken had, maar dat vonden ze niet erg. Zelfs mijn ouders zijn blij dat er weer een man in mijn leven is. Ze willen hem nu al ontmoeten.

Ik loop de groenteafdeling op en koop verse wortels, een krop sla en sperziebonen. Verder laad ik Spa blauw, cola light, koffie, thee en volkorencrackers in mijn karretje. Straks moet ik nog even naar de bakker en de slager en dan heb ik weer genoeg in huis voor de komende dagen.

Ik ben deze week ook nog helemaal niet gaan sporten. Maar ik denk niet dat het zo erg is, want ik heb nu een andere manier van lichaamsbeweging gevonden.

Ruben verschijnt in het gangpad en loopt naar me toe. Mijn hart maakt een sprongetje en even heb ik de neiging om mijn boodschappen uit zijn gezichtsveld te houden. Maar dat is nu niet meer nodig. Er ligt niets in mijn wagentje wat verstopt moet worden. En nog belangrijker: we zijn nu een stel. Ik heb geen geheimen meer voor hem. Oké, eentje dan. Ik zal hem nooit vertellen hoeveel ik weeg en al helemaal niet hoeveel ik ooit gewogen heb.

'Kijk eens wat ik gevonden heb,' zegt Ruben terwijl hij me een klein doosje laat zien. 'Chocolade voor honden. Hier gaan ze niet dood van.'

Ik bekijk de verpakking. 'Chocolate Drops,' lees ik hardop. 'Chocoladepastilles voor honden. Maximaal vijf tabletjes per dag.' Ik lees vluchtig het lijstje met ingrediënten door. Er zit in ieder geval geen cacao in de snoepjes. Zo op het eerste gezicht zie ik niets schadelijks. 'Maar Bo is op dieet,' zeg ik. 'Je mag hem niet belonen met eten.'

'Kom op, Iesje...' Ruben legt de hondenchocolade in het winkelwagentje. 'Eén keertje kan toch geen kwaad?'

Ik wil uit gaan leggen dat eentje altijd tot meer leidt en dat het geen gewoonte moet worden, maar ik bijt op mijn lip. Ruben heeft gelijk. Eén keertje mag best.

'Zullen we weer naar huis gaan?' fluistert hij in mijn oor terwijl hij zijn arm om me heen slaat. Ik knik. Onderweg naar de kassa gooi ik nog een grote chocoladereep bij de rest van mijn boodschappen. Die supergrote van witte chocolade. Met nootjes. Op de lijn zal ik altijd moeten blijven letten. En mijn nieuwe levensstijl met al dat gezonde eten en sporten is heel goed. Maar ja, het leven moet wel leuk blijven, natuurlijk.

Dankwoord

Mijn dank gaat uit naar iedereen die in mij geloofde nog voor daar een tastbare reden voor was. Ik hoop dat zij zelf weten wie ik daarmee bedoel. Ik zal het in ieder geval niet vergeten. Toch zou ik een aantal mensen tekortdoen als ik het hierbij zou laten.

Allereerst mijn zusje Priscilla. Zonder jou zou dit boek niet zijn wat het is. Voor alle tijd die je hebt besteed aan het lezen en herlezen, voor je feedback, voor het meedenken en je geduld: bedankt, bedankt, bedankt!

Papa en mama, ik bedank jullie voor alles. Omdat jullie altijd achter me staan en niets jullie te veel is. Jullie zijn de basis van alles. Wat zou ik zonder jullie moeten?

Mijn opa's en oma's. Ik heb een diep geloof in jullie allemaal. Ik weet nu dat engelen bestaan. Dank u, lieve oma van Gastel, omdat u mijn dromen uit laat komen en altijd bij me bent. Opa van Gastel, bedankt voor uw gave om cv's en blijkbaar ook manuscripten bij de juiste mensen terecht te laten komen. Ik ben oneindig dankbaar voor elke seconde die ik samen met jullie heb mogen doorbrengen en onze band is voor eeuwig. Opa Remie, u bent mijn eerste herinnering aan 'boekjes lezen'. Oma

Remie, bedankt voor uw steun en liefde en omdat u hier bent om het namens drie geweldige mensen in de gaten te houden!

Tante Corrie, bedankt voor je enthousiasme en durf om te geloven dat niets onmogelijk is. Soms heb je dat nodig met dromen zo groot als de mijne.

Verder bedank ik mijn vriendinnen, Hanneke, Elke en Caroline. Tante Toos, ome Anton, Angela, Roland en Danny en mijn collega's voor alle leuke reacties.

Ik bedank The House of Books voor alle geweldige boeken die zij in dit genre al uitgegeven heeft. Het is een droom die uitkomt dat ik daar nu bij hoor! Bijzondere dank gaat uit naar Geneviève Waldmann, Melissa Hendriks, Jacqueline Dullaart, Margot Eggenhuizen en Edwin Krijgsman voor al hun tijd en energie. Verder dank aan iedereen die zich heeft ingezet om dit mogelijk te maken.

Ten slotte gaat mijn dank uit naar Isa. Vroeger wilde ik minder op je lijken, maar nu weet ik dat ik nog veel van je kan leren. En Ruben, het is een hele geruststelling te weten dat mannen zoals jij toch op innerlijk vallen.